中国艺术研究院基本科研业务费个人后期出版资助项目
项目编号：2023—3—2

重建自我的征程

中国现代文学中的身份冲突与建构

危明星 著

文化艺术出版社
Culture and Art Publishing House

图书在版编目（CIP）数据

重建自我的征程：中国现代文学中的身份冲突与建构 / 危明星著. —北京：文化艺术出版社, 2023.12
ISBN 978-7-5039-7518-9

Ⅰ.①重… Ⅱ.①危… Ⅲ.①中国文学－现代文学－文学研究 Ⅳ.①I206.6

中国国家版本馆CIP数据核字(2023)第216837号

重建自我的征程：中国现代文学中的身份冲突与建构

著　　者	危明星
责任编辑	刘利健
责任校对	董　斌
书籍设计	马夕雯
出版发行	文化藝術出版社
地　　址	北京市东城区东四八条52号（100700）
网　　址	www.caaph.com
电子邮箱	s@caaph.com
电　　话	（010）84057666（总编室）　84057667（办公室） 　　　　　84057696—84057699（发行部）
传　　真	（010）84057660（总编室）　84057670（办公室） 　　　　　84057690（发行部）
经　　销	新华书店
印　　刷	鑫艺佳利（天津）印刷有限公司
版　　次	2023年12月第1版
印　　次	2023年12月第1次印刷
开　　本	710毫米×1000毫米　1/32
印　　张	11.625
字　　数	220千字
书　　号	ISBN 978-7-5039-7518-9
定　　价	58.00元

版权所有，侵权必究。如有印装错误，随时调换。

序 · "学习委员"危明星

　　危明星博士的这部学术著作，主要讨论的是文学要素中所涉及的"身份"问题。由此我联想到，危明星留给我的最初印象，是"学习委员"这一身份。这一印象过于清晰与持久，以至于我后来认为，学习委员的理想类型就应当是她这样的。那是危明星读大三的时候，我给中文系学生讲授"新时期小说研究"课程，她正好担任班上的学习委员。任课教师需要学习委员协助的事务，其实并不多，不外乎课前准备多媒体设备、课堂考勤、期末收集论文、偶尔转达同学们的建议而已。不过，考虑到大学四年有几十门课程，学习委员在此类琐事上所费的时间、精力，累计起来也就不少。学习委员危明星引起我的特别关注，不只在于她做事极为"称职"，还在于我突然发现，优秀的学习委员往往具有诸多可贵的品性，如守时，自律，持之以恒，方向明确，求知主动，富于行动力——这也是学术"好苗子"该有的性格和气象。学习委员这一身份，在与任课老师的交流上，有着便利。危明星很好地利用了这一身份便利，课堂内外会主动谈及文学上的思考，请教专业上的疑问。估计危明星给其他老师也留下了类似的印象，几年后这些老师都能脱口说出她的名字。那时文学院的课程实行大班上课，一两百人的课堂，一学期下来，老师能记住面孔、叫出名字的学生屈指可数。学习委员危明星至今仍被老师们提起，大概缘于她的聪慧能干、一心向学、彬彬有礼。

有着学习委员优秀品行的危明星，求学之路比较顺畅。她获得推免研究生的资格后，或许对我的研究方向和学术风格有些兴趣，选择导师时就联系了我。这部学术著作如果在话题、文风上有不尽如人意之处，我自愧须担一部分"文责"；如果有些篇章引发了读者的兴味，这倒要归功于她的勤学多思。学习委员危明星做事、做人、为学，都能让人放心。记得她后来到中国人民大学跟随姚丹教授攻读博士学位，曾与我交流博士学位论文选题《知识再造与新文化运动的衍进——〈新潮〉同人研究（1919—1922）》。最初我暗暗替她捏了一把汗，感觉这个选题仿佛一块虽然不大却很硬的骨头，不好啃，难以花样翻新。待到她写出详细的研究提纲，顺利开题，通过答辩，成果接连在《文学评论》《中国现代文学研究丛刊》等期刊发表后，我的疑虑也就烟消云散，并且颇有前浪后浪之感。

危明星博士这部学术著作中的大部分内容，我是熟悉的，其中一些篇章的写作，我们曾反复交流过。《三代知识分子眼中的赛金花》这一节的内容来自她的本科毕业论文，后发表在《扬州大学学报（人文社会科学版）》。第四章是在她的硕士学位论文《半殖民语境下现代中国文学的教堂书写》的基础上删改而成，部分内容在《江西社会科学》《文艺理论与批评》《现代中国文化与文学》《新文学评论》等期刊发表过。《"旧文人"的生前身后名》这一节是她当年提交的课程论文，其写作缘于研究生课堂上讨论"'反对者'的声音"这一话题，此文在《海南师范大学学报（社会科学版）》发表时，我曾为之写过题为《"反对者"的声音：重返新文学的论争现场》的专题讨论主持人语，现摘录其中部分文字，以代替我对危明星所做探索的评析：

在新文学的发展过程中，充满了纷争的声音。时过境迁，有些声音被文学史家刻意曲解、弱化甚至遗忘了，而那些带有激进、现代、西化、左翼腔调的声音，则在回放时被有意调大了音量，使得与之相对的声音未能获得正面的描述和公正的对待。与主调相对的声音，可以看作是"反对者"的声音。其实，时代弄潮儿的声音和"反对者"的声音，共同规约了新文学发展的路向和格调，合成了中国现代文学的和声。有意遮蔽、一味贬低、简单对待"反对者"的声音，无助于我们进一步把握新文学的内在风貌和演进轨迹。

从胡适发表《文学改良刍议》算起，文学革命距今正好百年。置身百年的节点，回望与反思的工作显得尤为迫切。将各方言说再历史化，重新认识"反对者"的价值与意义，考察"正反相对"的价值论断的形成过程，对简约化的研究模式及其带来的偏至进行反思，不失为重构新文学历史、重申新文学价值的一种方式。这里刊发的青年学人的两篇文章，正是这方面的一个尝试。

……危明星等的文章以林纾逝世后新文学家对其的评价为切入口，通过细密的史料梳理，发现在一片自省、颂林之声中，周作人、钱玄同却"逆流而上"，执意回到"五四"初期新文学阵营的激烈态度，坚持认为林纾思想观念守旧、作品"没有价值"。周、钱的姿态看似不合潮流，实乃维护新文化传统和新文学合法性的一种策略。从中，我们可以洞悉"旧文人"生前身后名的形成机制，并对新文学的发生机制有更多的理解。

这些"习作"留下了危明星在学术起步阶段的思考痕迹，于今重读相关文字，我仍为其生机勃勃的探索而触动。在西南大学求学期间，危明星形成了"阶段性"的学术偏好，即对文学中边缘、异质因素的关注。这种偏好使得她对"身份"问题的解读，有着自己的观察视角和感奋点。一般的现代文学史与学术著作在谈论身份问题时，更多的是在谈论"给定"的身份，如国粹派、左翼作家、资产阶级形象、大众读者等，仿佛他们在历史中一出场就是如此。研究者也习惯按照其身份标签来进行文学的分析评价。"给定"身份是一种定性眼光和静态思维，难以揭示作家、形象、读者各自的"身份间性"。间性思维聚焦的是身份过渡性、多重性、矛盾性和发展性。危明星站在学术前沿，关于旧文人林纾、乱世边缘女性、革命转向、教堂空间等的论述，皆注意到了"身份间性"在文学史脉络中刻下的繁复纹理。

研究文学的"身份"书写，理论功力深厚的学者往往秉持"解构"的思维，解构刻板印象，解构权威形象，解构"纯洁"身份，但相对来说较为忽略"身份"的主体建构。危明星对此有清醒的认识，故把发力点落在"从主体建构的角度探讨现代文学"。从身份建构的角度出发，危明星发现了三代知识分子征用赛金花形象的内在逻辑，发现了上海体验是丁玲20世纪30年代文学创作的底色，发现了贺敬之创作于1979年的《访日杂咏》与当时所谓的新诗潮构成了某种潜在的对话关系，发现了教堂空间与革命圣地在叙述中如何对接。这种建构式的"身份"发现，被危明星置于主体的结构关系中予以探讨，从而把"身份"研究充分地历史化、动态化、个人化了。正如书中所论，"现代文学身份建构中的自我，既指向作为个体的单数的'自我'，也指向作为民族国家的复数的'自我'"，因此"研究者应该在'我'和'我们'之间达成一种相互理解"，并且"需要处理'自我'与'他者'的关系"。危明星把"小我"和"大我"、"我"和"我们"、"自我"与"他者"等几组关系引入文学的"身份"研究后，就为新旧身份、女性身份、革命身份、中西身份等问题的论述，提供了贴合历史的思想架构，论述中不时有新见涌出。

危明星到中国艺术研究院工作后，有一次和我说起，她想把自己发表过的一些成果整理出版。我原以为她要出一本论文集，不禁心里嘀咕：初出江湖，尚未出版专著，倒先弄了本"自选集"。半年后她把书稿发给我，拜读后我多少有些感叹，一则感叹这确实算是专著，全书围绕文化认同和身份建构展开；二则感叹她的写作效率之高、整合能力之强；三则感叹书中内容观点确实有面世的价值。以前我看到一些学者在"后记"里谈到其博士学位论文或项目成果从写作到出版，历时八年、十年甚至二十年之久，其间几易其稿，我就不由得而生崇敬之情，这符合"板凳要坐十年冷"的古训，做出来的成果自然不会令人失望。但这套说辞看多了之后，就有些狐疑。现在遇到十年、八年的说法，我就会"一分为二"地看待了。如果不是选题宏观、资料上需要竭泽而渔或攻克学科基础问题的著作，我往往会把它归于治学者的慵懒，而不是归于十年磨一剑的雄心。自21世纪以来，学术的研究范式和审查规则变化太快，著作是否有面世的价值并能获得面世的许可，充满了变数。在此情形下，只要自忖不是速朽的成果，我认为还是及时出版为好。一项成果的完成及价值，与花费的时间长度并不一定成正比，倒是与时间效率、身心投入程度、知识储备状况密切相关。明星在本书中所做的研究，如果从时间长度来看，从大四就开始了，至今已九年有余。本书作为学术青年的初次亮相，危明星不妨出版，我也不妨拉杂言之以为序。

李永东
2023年8月12日

目 录

001 绪　论　身份建构与现代中国文学的演进

015 第一章　现代文学史中的新旧身份转换

017 第一节　"旧文人"的生前身后名
　　　　　　——后五四语境下新文学家对林纾的再评价

029 第二节　五四新文学的激情与幻灭：丁西林独幕剧《酒后》主题新解

044 第三节　新古体诗与革命诗抄的当代赓续
　　　　　　——论贺敬之的新古体诗《访日杂咏》

069 第二章　边缘女性身份的现代建构

071 第一节　异国空间与《孽海花》中的傅彩云形象构型

090 第二节　三代知识分子眼中的赛金花

112 第三节　边缘女性构型的政治规约与身体美学的衍化

129	第三章	革命身份的炼成
131	第一节	"身处艰难气若虹"：陈独秀的革命人生
149	第二节	上海体验与丁玲的"左转"
174	第三节	延安青年贺敬之的成长之路
197	第四章	教堂空间视角下的中西身份冲突及重建
199	第一节	中国现代文化语境中的异质文化体验
218	第二节	作为西方文化符号的教堂与自我身份的建构
249	第三节	现代文学中教堂书写的空间叙事
272	第四节	阶级与性别话语改写下的教堂空间 ——以1940年前后延安文学中的教堂书写为中心
303	结　语	
313	附　录	现代文学中的古典文学传统
341	参考文献	
359	后　记	

绪论 | 身份建构与现代中国文学的演进

身份认同（identity）概念是许多现代理论关注的焦点，精神分析、女性批评以及后殖民批评等都与之相关。简单来说，它追问的是"我"和"我们"是谁的问题。"我"的问题是一个相对哲学化的问题，在卡勒（J.Culler）看来，它涉及两种基本论争：其一，这个自我是先天给定还是后天所造？其二，应该从个人还是社会的角度来理解它？[1] "我们"则偏向社会文化研究，它关注个体与更广泛的集体或社会群体所共享的某些关系，比如性别、国家和文化上的身份。但这种合并讨论并非随意为之，它试图在"我"和"我们"之间达成一种相互理解，也就是将个体理解为社会性的个体，同时从个体对其身份的认识和改造中理解社会文化的发展。

身份并不像某些哲学家所认为的那样是内在的、恒定的，它

---

[1] 参见［美］乔纳森·卡勒《文学理论入门》，李平译，译林出版社2013年版，第113页。

实际上是在我们与世界的互动中逐渐形成的，它具有动态性、社会性和多重性。首先，身份在某些方面确实具有先天给定性，正如海德格尔表明的那样，个人必然从一开始就生活在一个业已存在的、无法选择的世界中。[1] 出生、所属传统和社会等因素织就了个体无可回避的原初身份。但也正如海德格尔随即指出的那样，这种境况并不是既成事实和定论，人们拥有塑造和筹划自身的可能性。在这个意义上，身份是一种动态的、有待重建的东西。身份认同的关键就在于认识到个体或集体的境遇，并努力做出改变。其次，这种认识和改变本质上是社会性的。自18世纪以来，身份认同的社会属性不断得到强调，马克思、韦伯、阿尔都塞等理论家都揭示了社会对身份认同的决定性作用。实际上个体正是在日常实践和社会互动中认识和筹划自身，后者因此也将随着历史、环境和社会政治关系的变化而变化。最后，身份的多重性。个体或群体的身份并不是单一的，在不同的社会关系网中，相同个体必然具有多重身份：性别、家庭角色、社会职务和文化认同等。这些身份相互交织在一起，深刻体现出马克思所谓"人是一切社会关系的总和"这一判断。这种多重性的总和揭示了身份的复杂性，而唯有充分见证这些身份的面貌，才能真正意义上形成对某一时代或社会的全面理解。

---

[1] 参见 [德] 彼德·特拉夫尼《海德格尔导论》，张振华、杨小刚译，同济大学出版社2012年版，第36页。

在更加激进的意义上,身份认同的解构与重建通常伴随着"强烈的思想震荡和巨大的精神磨难"。当文化主体面临在强势与弱势文化之间进行集体身份的抉择时,这一点尤其突出,它往往呈现为一种"焦虑与希冀、痛苦与欣悦并存的主体体验"[1]。身份,尤其是群体身份的这种变迁之旅无法一蹴而就,因为它充斥着对"旧我"的怀念与否定、对"新我"的期待与迷茫、对"他人"的借鉴与排斥。它们相互交织成一个时代里社会认同的底色。对深处其中的人们来说,如何看待这种身份错乱、如何冲破阻碍构建一个完善的自我,都并非易事;而这一重建自我的征程本质上既是个体的,也是社会的。

19世纪中后期以来,在西方文化的强势裹挟下,中国艰难地踏上了现代化道路。人们惯用若干重大事件来标记其进程,然而当细读历史文本时,我们会发现其中隐藏着复杂的现代化转型体验。某种意义上我们需要以"考古学"的方式来重现历史现场,揭示个体及群体在身份冲突与重建中的情感、思想和抉择。正如阿蒙森-迈耶(L.M.Amundsen-Meyer)所言,"在考古学中对社会身份进行理论研究,需要认识到尽管我们的研究对象已经死亡并长眠地下,但他们曾经都是拥有生活、朋友、目

---

[1] 陶家俊:《身份认同》,载赵一凡等主编《西方文论关键词》,外语教学与研究出版社2006年版,第465页。

标和自我意识的人"[1]。因此只有重建他们的实践与互动才能更好地理解他们，而理解他们本质上也是在追问"我"和"我们"从何处来的问题。正是在这一目标下，本书对中国现代文学所反映的身份冲突与重建话题展开了深入探讨。正如前述理论界定表明的那样，身份认同是动态的、社会性的和多重的，并且伴随着认同危机的挑战。19世纪中后期以来，中国社会广泛经历了身份认同的转型，这种转型既是个人的也是社会的，既是被动的也是主动的，并具体体现在文学、性别、阶级革命与文化思想等领域——这些领域并不是彼此独立的，相反，它们相互关联，共同见证了中国社会的整体转型。

从目前现代文学研究界的成果来看，关于身份认同问题的研究较为丰富。学者纷纷从新文学史、作家身份、国族身份、族裔身份认同等面向展开研究。这里试列举部分有代表性的研究个案：王本朝的《"文艺复兴"与"思想启蒙"——"五四"新文学运动的身份认同》[《华南师范大学学报（社会科学版）》2019年第3期]从身份认同的角度探讨了新文学运动发生的资源、路径等问题；杨联芬的《新伦理与旧角色：五四新女性身份认同的困境》[《中国社会科学》（2010年第5期）]同样聚焦于新文学，但却是从性别认同的角度切入的；王乾坤、王书婷

---

[1] L.M. Amundsen-Meyer, etc., *Identity Crisis: Archaeological Perspectives on Social Identity*, Calgary: Chacmool Archaeological Association University of Calgary, 2001, p.1.

的《现代中国文学的自我认同》[《华中师范大学学报（人文社会科学版）》2013年第2期]则从文学史观念的反思切入现代中国文学的认同机制问题。不少研究者则聚焦于作家身份的认同展开研究，如贺桂梅的《知识分子、女性与革命——从丁玲个案看延安另类实践中的身份政治》(《当代作家评论》2004年第3期)等文章就从性别身份的角度探讨了丁玲的转型问题；李怡的《日本体验与中国现代文学的发生》(博士学位论文，北京师范大学，2003年)、李兆忠的《喧闹的骡子：留学与中国现代文化》(人民文学出版社2010年版)则聚焦于具有留学经历作家的文化身份认同问题。除了从作家入手探讨身份认同问题，更有一部分研究者从现代文学中一些有意味的思潮、现象入手，探讨现代中国文学的文化身份认同、国族身份认同问题。如李永东的《文化身份、民族认同的含混与危机——论郭沫若五四时期的创作》(《文学评论》2012年第3期)等文章则从租界这一特殊文化空间入手，探讨了现代作家的文化身份认同，而《半殖民地中国"假洋鬼子"的文学构型》(《中国社会科学》2017年第3期)等文章又从"假洋鬼子"等特殊的文学形象入手，探讨现代中国知识分子的国族认同问题。而卫小辉的《族裔身分视域中的新文学史图景——以萧乾和沈从文为中心》(《民族文学研究》2015年第6期)则从族裔身份探讨现代作家的文学创作。另有王卫平的《身份认同：知识分子与革命、民众之关系——中国现代知识分子小说的另一种解读》[《北京师范大学学报（社会科学版）》2008年第3期]从阶级、革命身份认同的角度探讨了中国现代中国文学中的知识分子写作。

总体上看，身份认同在中国现代文学研究界乃至中国学界取得了丰硕的研究成果，在文学史、性别、国族、革命、文化身份等领域均有成果涌现。不过，也应该看到这些成果多为单篇论文，不成体系，从身份认同的角度整体研究现代中国文学的成果并不多。更值得指出的是，目前的研究成果大多提出了现代中国文学的身份认同困境问题，却没有从主体建构的角度探讨现代文学主体建构的努力。虽然西方学者柯文早就在其研究中指出突破西方中心主义的观念，从中国中心的角度研究中国历史的必要性。史书美等海外学者以及相当一部分中国学者也开始立足中国实际，摆脱西方中心的视角，在历史化的语境下研究现代中国文学，但这一方面的研究成果还不够突出。因此，在"中国式现代化"的时代命题之下，从身份认同的角度系统研究现代中国文学主体生成的复杂历史仍有必要。

正如前文所述，身份认同从根本上说是要追问"我"和"我们"是谁的问题。什么导致我们如此？我们能否以及如何成为不同的、新的自己？可以说现代中国文学正是在对自身身份的这种考问和重建中演进的。因此，我们需要以"考古学"的方式来重现历史现场，揭示个体及群体在身份冲突与重建中的情感、思想和抉择，以期真正理解那些曾经鲜活的人，进而回答现在的"我们"这一身份的形成之路。在纷繁复杂的历史及文学实践中，现代身份、性别身份、阶级/革命身份和文化身份是其中最为突出的几个身份认同问题。为此，本书选择文学史传统的古典与现代身份转换、边缘女性身份的觉醒与抗争、现代作家革命身份的炼成、空间书写中的文化身份冲突与改造四个面向，在晚清—现代的历史脉络中探讨现代中国文学的身份冲突与重建问题。

本书一共分为四章：

第一章"现代文学史中的新旧身份转换"。通过对原始报刊资料的阅读，我们发现在文学革命中被新文学家大加挞伐的对象——林纾，在其去世后却得到了不少新文学作家的"同情之理解"，同时，通过对史料的辨析，我们也会发现林纾生前身后被批判的历史，自始至终都与新文学合法性斗争的历史紧密相关。若重返历史现场，那么我们对文学史上被神化的"双簧信"事件将会有更加辩证的认识。继续沿着文学史的新旧身份转换这一话题，第二节通过对丁西林的喜剧《酒后》的文本细读，试图指出在"后五四"的语境之下，五四新文学传统的困境与命运走向。如果说第一节和第二节表明了中国文学现代身份认同的困境，那么第三节则通过贺敬之新时期的古体诗创作，揭示了革命诗抄谱系中旧体诗转化为新古体诗的正面经验。

第二章"边缘女性身份的现代建构"事实上把研究的焦点放在了现代中国文学中的边缘女性身上。对《孽海花》中傅彩云这一鲜明女性人物的探讨表明，异国空间这一特殊的场域带来了女性身体与性别的双重解放。傅彩云的原型即历史上的晚清名妓赛金花，第二节跳出单部作品解读的思路，在晚清—现代—当代三代知识分子的视域下，探讨赛金花形象的历史流变。通过这一条历史线索，我们可以清晰地看到中国边缘女性由"妓女型新女性"到"不平常的奴隶"再到"现代女性"的演变过程，这一过程其实也是现代中国女性身份演变的典型表征。那么，文学究竟该如何刻画边缘女性？第三节尝试对这一问题作出建构性的解答。我们认为，女性的身体，一直被各种观念、事件、权力和组织所绑架，把身体还给它的主体的时刻，也就是"人"真正确立的时刻。

第三章"革命身份的炼成"选取了中国革命进程中三位颇具代表性的作家（思想家），分别探讨其革命身份的生成过程。陈独秀是中国共产党的创始人之一，也是现代著名的思想家、革命家，追溯其完整的人生历程，方能看到其革命身份生成的复杂性，同时也能通过陈独秀的革命人生，反观现代中国的革命进程。丁玲是中国现代文学史上最著名的女作家之一，她因《莎菲女士的日记》《梦珂》等颇能代表五四新文学气质的作品声名鹊起。而在现代文学史上，丁玲更因其左翼作家的身份受到关注。那么，丁玲是如何从新文学作家成长为左翼作家的？本书的探讨表明，上海体验在其中起了关键性的作用。如果说陈独秀代表了现代中国的第一代革命知识分子，丁玲代表的是第二代，那么贺敬之可作为第三代革命知识分子的代表。第三节以近年来两部贺敬之的研究著作为切入点，探讨了延安之子贺敬之在成长中对"小我"与"大我"身份的认同过程,而"小我"与"大我"的关系,也是中国知识分子在处理革命身份时首先面临的问题。通过贺敬之的个案,我们或许能从中看到中国知识分子革命身份炼成的正面经验。

第四章"教堂空间视角下的中西身份冲突及重建"选取了现代中国文学中颇具特色的教堂书写这一研究对象,并通过教堂这一空间,研究现代中国文学中文化身份的冲突与改造问题。在近现代中国,教堂与人形成双向互动,国门内外的教堂,带给知识分子不同的教堂体验;身份各异的知识分子,其打量、体验教堂的角度也千差万别。本章第一节通过现代作家的教堂体验,揭示现代知识分子既受到基督教精神的感染,又看到附着在教堂背后的殖民侵略与文化霸权的矛盾文化心态。第二节的研究则表明,作为西方符号能指的教堂,具有两层内涵:一是象征着西方现代化、都市化的一面,被现代中国作家加以展示;二是象征着西方的基督教精神,成为现代作家借径的价值资源。但不论是作为展示的对象,还是借径的对象,教堂都折射出中国知识分子在面对、"取法"西方时复杂的文化心理,而这一点,在"误读"的教堂中体现得最为充分。第三节一方面借鉴空间叙事理论,集中研究了教堂书写的空间叙事问题,指出作为叙事空间的教堂或提供了故事的场景,或参与了对中国历史的叙述和对受殖者形象的塑造;另一方面,通过教堂空间叙事的研究,我们也认为教堂的空间叙事集中体现了中国文化冲突与改造中的典型特征。第四节聚焦于延安的教堂，通过茅盾、陈荒煤、贺敬之、丁玲的教堂书写，论析阶级和性别两种话语对教堂的改写过程，在阶级、性别与文化身份之间建立起有机联系。

  本书四章的分析在某种意义上也深化了我们对身份问题的看法。首先，身份认同的重建并不是完全摒弃"旧我"，毋宁说它是通过一种自我批判来建构一个更加开放的自我。"我"的身份在其中遭受挑战，但也得到延续。其次，个体身份与群体身份的相互影响。我们在正文的几个章节中以个案分析的形式探讨了个人或单部作品在文学、性别、革命及文化等方面的身份认同与变迁。在某种意义上，这些个体是对社会变迁的再现，比如三代知识分子笔下赛金花形象的演变，就生动地展示了现代中国的边缘女性身份建构与时代律动之间的紧密关系。然而，这些个案同时表明它们本身拥有一种更加积极的创造力量：它们参与了对社会文化的重建。比如"小同志艾末"的成长之路只是贺敬之个人参与革命的记录，但通过贺敬之在建构革命身份时对"小我"与"大我"辩证关系的处理，我们能够从中汲取现代中国知识分子建构革命身份的正面启示。现代文学中的延安教堂书写同样如此，丁玲以性别话语改造教堂空间，贺敬之则以阶级话语改造教堂，最终作为异质空间的教堂成为现代中国"在地化"的别有意味的空间。在这种意义上，自我身份与群体身份就处在相互塑造的过程中，最终推动了历史巨轮的前行。

最后，需要特别指出的是，一方面，本书的研究采用的并不是面面俱到的文学史写作模式，而是基于身份认同的理论视角，选取研究界较为薄弱或颇有建设性意义的个案，从现代身份、性别身份、革命身份、文化身份四个面向横向展开现代中国文学的身份认同研究；另一方面，本书在每个子话题的论述中大体上按照时间的线索，以晚清—现代的线性脉络，完整展开现代中国身份认同的历史图景，力图呈现现代中国文学重建自我主体性的完整历程。

第一章 现代文学史中的新旧身份转换

一百多年前，陈独秀、胡适等人倡导文学革命，主张以白话文取代文言文，以新观念取代陈腐的思想，从形式和内容两方面全面革新中国文学。诚然，中国现代文学的合法性在某种程度上正是建立在对古典文学的批判之上的，但批判古典文学并不意味着对文学传统的全盘否定。新与旧是一对相对的概念，"新"会随着时移境迁变为"旧"，而在适当的条件之下，"旧"也能重新焕发新生。现代文学史中的新旧身份转换就体现出新与旧的辩证统一。在新文化运动中，林纾曾以堂吉诃德式的勇气挑战站在时代风潮前端的新文学作家，而新文学作家也对这位一度引领风骚、为其提供西方文学养分而当下却不合时宜的前辈大加挞伐，甚至将其塑造为反动者的形象。但在新文化的浪潮退去之后，重新再来检视新文学作家的言论，会发现其评价或分化，或褪去极端的色彩，在文学革命中被当作"旧文人"的林纾终于得到相对理性的评价。有意味的是，在后五四的语境中，曾经作为时代主题的妇女解放观念及其背后所代表的五四理想主义的激情也获得反思的契机，在奔涌向前的时代长河中，由新文学家热烈拥护的"五四"也成为其重新反思的传统。这再一次印证了这一点：新与旧并非二元对立，非此即彼，研究新何以为新，旧何以成旧，是深入理解现代文学史的必要前提。除此之外，"旧"的转化问题，也值得在文学史和思想史的脉络中加以细致梳理。因此，本章以贺敬之在新时期的新古体诗创作为例，探讨在中国延续数千年、一度作为中国文学之代表的古典诗歌如何在新的时代条件下转化为新古体诗，以此发掘文学史中新旧身份转换的正面经验。

第一节
"旧文人"的生前身后名
——后五四语境下新文学家对林纾的再评价

一

在文学革命中,林纾是被新文学阵营大加挞伐的对象,1918年,钱玄同、刘半农通过"双簧信"对林纾大加批判。随后,林纾在文章《致蔡鹤卿太史书》以及小说《荆生》《妖梦》等作品中对新文化运动者予以反击,由此掀开文学史上的一场激烈论战。从一般的文学史叙述来看,林纾在这场论战中明显处于下风,并被打上"反新文化运动"的顽固守旧派的标签,其作品、译著屡屡遭到新文学阵营的胡适、陈独秀、鲁迅等人的嘲讽。但在林纾逝世后,即使是新文学阵营的作家,如郑振铎、胡适等人也大多对林纾进行了理性客观的重新评价,与之前的激烈态度形成了鲜明对比。

1924年10月9日,林纾逝世,文学界随即掀起一股纪念林纾、重新评价林纾的浪潮。10月18日,李佳白、赵士骏首先在《国际公报》上发表《追怀名誉主笔林纾先生》一文,高度评价林纾,认为他"学艺文章,洋溢环海内外"[1]。其后,郑振铎、周作人、胡适、刘半农、钱玄同、曹孟其等人都发表文章,重新讨论、评价林纾及其文学成就。在这些批评文章中,新文学阵营几位作家的观点颇有意味。1924年10月11日,郑振铎在《小说月报》发表《林琴南先生》一文,这是新文学阵营的作家首次客观理性地评价林纾。郑振铎在文中认为:"他的主张是一个问题,他的在中国文坛上的地位,又另是一个问题;因他的一时的守旧的主张,便完全推倒了他的在文坛上的地位,便完全湮没了他的数十年的辛苦的工作,似乎是不很公允的。但那时为了主张的不同,我们却不便出来说什么公道话。"[2] 从这段文字可以看出,文学革革命的浪潮过去后,新文学阵营的作家开始理性反思几年前与林纾的论战,并承认之前对林纾的评价有失公允。在这篇文章中,郑振铎试图对林纾作一次"盖棺论定"式的客观评价:在著作方面,肯定了林纾打破章回小说体裁模式的功绩,并指出了林纾作品如《闽中新乐府》的进步性;在翻译方面,则肯定林译小说介绍世界的常识,介绍西方文学并肯定西方文学的价值,肯定了小说的地位。同年12月1日,胡适亦发表《林琴南先生的白话诗》一文,一方面认为反白话文学"最出力的","在老年人中要算林先生了";另一方面也承认"五六年前的反动领袖在三十年

---

[1] 李佳白、赵士骏:《追怀名誉主笔林纾先生》,《国际公报》1924年第2卷第47期。

[2] 郑振铎:《林琴南先生》,《小说月报》1924年第15卷第11号。

前也曾做过社会改革的事业"[1]，肯定了林琴南白话诗的价值。

　　林纾逝世几年之后，文学史著则对林纾的文学功绩作了一次真正"盖棺论定"式的评价。陈炳堃（陈子展）的《最近三十年中国文学史》认为，"他于小说上已算尽其最善之力，有其不可磨灭者在。而且从他开始打破章回小说的传统的格式，即此一端，小说史上也就不当忘记他的了"[2]。钱基博的《现代中国文学史》则认为，"大抵崇魏、晋者，称太炎为大师；而取唐、宋，则推林纾为宗盟云"，又认为林纾之文"工为叙事抒情，杂以恢诡，婉媚动人，实前古所未有！固不仅以译述为能事也"。对新文化运动前后守旧的林纾，钱基博也作出了相应评价："是时胡适之学既盛，而信纾者寡矣！于是纾之学，一绌于章炳麟，再蹶于胡适。会徐树铮又以段祺瑞为奉直联军所败，纾气益索！然纾初年能以古文辞译欧美小说，风动一时；信足为中国文学别辟蹊径！独不晓时变，姝姝守一先生之言；力持唐、宋，以与崇魏、晋之章炳麟争；继又持古文以与倡今文学之胡适争；丛举世之诟尤，不以为悔！殆所谓'俗士可与虑常'者耶！然有系于一代文学之风会者固匪细，不可不特笔也！"[3] 相对而言，陈子展、钱基博的史著对林纾的评价是较为公允客观的。

　　在一些回忆性的传记、文章中，林纾的文学成就亦得到新文

---

[1] 胡适：《林琴南先生的白话诗》，《晨报六周纪念增刊》1924年12月1日。
[2] 陈炳堃：《最近三十年中国文学史》，太平洋书店1930年版，第157页。
[3] 钱基博：《现代中国文学史》，世界书局1933年版，第137、143、152页。

学作家的认可。1929年，郭沫若在自传里就承认："前几年我们在战取白话文的地位的时候，林琴南是我们当前的敌人，那时的人对于他的批评或许不免有一概抹杀的倾向，但他在文学史上的地位是不能抹杀的。他在文学上的功劳，就如梁任公在文化批评上的一样，他们都是资本主义革命潮流的人物，而且是相当有些建树的人物。"[1]1934年，苏雪林在《林琴南先生》一文中坦承林琴南是自己最早的国文教师："读他的作品，我因之而了解文义，而能提笔写文章，他是我十五年前最佩服的一个文士，又是我最初的国文导师。"苏雪林尤其强调林译小说的价值："不过我终觉得琴南先生对于中国文学里的'阴柔'之美，似乎曾下过一番研究功夫，古文的造诣也有独到处。其译笔或哀感顽艳沁人心脾，或质朴古健，逼似史汉，与原文虽略有出入，却很能传出原文的精神。"[2]

由此可见，新文学界对林纾的评价，在其生前与死后存在巨大的反差，这种反差提醒我们在审视新旧之争时，不能简单地唯新文学的主张为是，而应在时代情势与事后评价之间觅得一种平衡。新文学反对者的声音，不应一概抹杀，如果秉持理性的态度，我们对新旧之争的评析将更加审慎公允。

然而，林纾逝世后新文学界对他的评价，最初也不是没有争议的，周作人、刘半农、钱玄同三人对林纾的评价态度就有过分歧，为此他们在《语丝》周刊上展开了一场小争论。从他们的争

---

[1] 郭沫若著作编辑出版委员会编：《郭沫若全集·文学编·第11卷》，人民文学出版社1992年版，第199页。

[2] 苏雪林：《林琴南先生》，《人间世》1934年第14期。

论中,我们可以进一步洞悉"旧文人"生前身后名的形成机制。

二

1924年12月1日,周作人在《语丝》第3期上发表《林琴南与罗振玉》一文。在文章中,周作人明显存在"扬林抑罗"的倾向,不仅承认林纾的文学功绩(尤其是在翻译上的贡献),而且承认林纾是自己的老师,认为"他在中国文学上的功绩是不可泯没的","'文学革命'以后,人人都有了骂林先生的权利,但有没有人像他那样地尽力于介绍外国文学,译过几本世界的名著?""林先生不懂什么文学和主义,只是他这种忠于他的工作的精神,终是我们的师,这个我不惜承认","读林译的书,有时能忘却了他平昔卫道的主张,去享受书中的文学趣味"。[1] 远在巴黎的刘半农看了周作人的这篇文章,随即致信周作人,信件发表于1925年《语丝》第20期上。在信中,刘半农写道:"你批评林琴南很对,经你一说,真叫我们后悔当初之过于唐突前辈。我们做后辈的被前辈教训两声,原是不足为奇,无论他教训的对不对。不过他若止于发卫道之牢骚而已,也就罢了;他要借重荆生,却是无论如何不能饶恕的。"[2] 刘半农一方面承认在文学革命中态度过于激进,另一方面也坚持认为林琴南在思想观念上的守

---

[1] 开明(周作人):《林琴南与罗振玉》,《语丝》1924年第3期。
[2] 刘半农:《巴黎通信》,《语丝》1925年第20期。

旧。由此可以看出，周作人和刘半农在对林纾的评价上侧重点不同，但都承认林纾作为长辈的地位以及自身的冒进。

钱玄同的观点却与二人大为迥异，看了刘半农的通信之后，他立即在同期《语丝》上发表《写在半农给启明的信底后面》一文。在这篇文章中，钱玄同言辞激烈，继续立场鲜明地打着"反林"的旗帜，不仅不同意周作人在《林琴南与罗振玉》一文中"扬林抑罗"的断论，对"半农关于已故清室举人林蠡叟的话"也提出"抗议"。在钱玄同看来，林琴南依然是不可宽恕的"遗老"，"今之所谓'遗老'……一律都是'亡国贱俘，至微至陋'"，"其人格之卑猥无心，正与张弘范吴三桂一样"。对于刘半农认为过于唐突前辈的话语，钱玄同则反问道"何以要认林纾为前辈？……何以后辈不可唐突前辈，而前辈可以教训后辈？"并劝刘半农勿"长前辈底志气，灭自己底威风"。[1] 有意味的是，周作人在看了钱玄同的这篇文章后，又写了《再说林琴南》一文，也发表在《语丝》第20期上。从文章的内容来看，周作人这篇文章中的观点与自己之前的观点自相矛盾。在文章中，周作人首先声明自己的立场，认为林纾的功绩仅仅止于翻译小说——"他的功绩止此而已"（引者注：指译介外国文学），并且，周作人也一再强调林纾翻译小说是受利益的驱动，"不能算是什么了不得的大精神大事业"；对于林纾的著作，周作人也一概否定，"林琴南的作品我总以为没有价值"，"没有性格"，"都是门房传话似的表现古人的思想文

---

[1] 钱玄同：《写在半农给启明的信底后面》，《语丝》1925年第20期。

章"。[1]至此,《语丝》上关于林纾评价的小争论以否定林纾而结束。

从钱玄同的《写在半农给启明的信底后面》和周作人的《再说林琴南》这两篇文章来看,二人的观点与文学革命中新文学阵营的主张较为一致。1918年,在《复王敬轩书》一文中,刘半农就写到林纾的译书"差胜一筹","精神全失去,面目皆非",其著作则"半点儿文学的意味也没有"。[2]1919年,陈独秀在《随感录:林纾的留声机器》一文中,更是指出林纾"想借重武力压倒新派的人"[3],可惜最后未能得逞;在《随感录:婢学夫人》一文中,则直指林琴南排斥新思想是"想学孟轲辟杨墨、韩愈辟佛老"[4]。鲁迅发表于1919年的《随感录:(五七)现在的屠杀者》一文则暗指林琴南"做了人类想成仙;生在地上要上天;明明是现代人,吸着现在的空气,却偏要勒派朽腐的名教、僵死的语言,侮蔑尽现在;这都是'现在的屠杀者'"[5]。在与林纾的论战中,新文学阵营对林纾几乎都持完全否定的态度,林纾的著作和译书都被一概否定。钱玄同和周作人的这两篇文章无疑继承了文学革命中新文学阵营的观点,对林纾的文学功绩一概否定。特别是钱玄同,在言辞态度上"毫不客气",而受到钱玄同影响的周作人,也一反之前的克制态度,对林纾"不客气"起来。

---

[1] 开明(周作人):《再说林琴南》,《语丝》1925年第20期。
[2] 刘半农:《复王敬轩书》,《新青年》1918年第4卷第3号。
[3] 只眼(陈独秀):《随感录:林纾的留声机器》,《每周评论》1919年第15期。
[4] 只眼(陈独秀):《随感录:婢学夫人》,《每周评论》1919年第16期。
[5] 唐俟(鲁迅):《随感录:(五七)现在的屠杀者》,《新青年》1919年第6卷第5号。

相对于当时的主流观点来看，周、钱二人的评价多少显得格格不入。几年后，寒光在《林琴南》一书中就认为周作人在《再说林琴南》一文中对林纾的批判"太过"："像这样无理的论调，无非想打翻林氏个人一时的声价，却并他伟大的功绩也要埋没它，未免太过了！"[1] 在文坛对林纾的评价趋于客观理性时，在胡适、郑振铎等新文学阵营的领袖都对林纾采取相对宽容的态度时，周作人为何"逆流而上"，前后矛盾，执意回到"五四"初期新文学阵营的激烈态度，对林纾大加挞伐？

三

周作人的《林琴南与罗振玉》和《再说林琴南》两文最主要的分歧在于对林译小说的评价，前者强调林译小说的价值，后者却认为林纾翻译小说是受利益的驱动，并不算了不得的大精神大事业。从这一点来看，两文的观点确实前后不一。但《再说林琴南》一文除了否定林译小说之外，更重要的其实是反对林琴南"始终拥护他所尊重的中国旧礼教"[2]。作者并没有从翻译本身来否定林译小说，而是站在翻译之外，从林纾翻译小说的动机着手批判林纾，并把矛头最终指向林纾的价值立场。由此可以看出，

---

[1] 寒光:《林琴南》，上海中华书局1935年版，第16页。
[2] 开明（周作人）:《再说林琴南》，《语丝》1925年第20期。

钱玄同的《写在半农给启明的信底后面》一文只是周作人态度转变的触机，周作人对林纾看似有失公允的批判实则有其深层的思想动因。

周作人和鲁迅在翻译上主张"直译"。"直译"着眼于通过语言和思维方式的转变，改造旧思想，推翻"孔孟道德"。在1918年的《随感录》中，周作人就批判林纾的翻译"把外国异教的著作，都变作班马文章，孔孟道德"，说其"抱定老本领旧思想"。[1] 反复古、反封建礼教一直是周作人思想中的重要部分，并贯穿其思想的始终。1917年，在蔡元培的鼓动下，周作人赶赴北京，而到北京不久，他与鲁迅兄弟二人就遭遇张勋复辟。张勋复辟事件对周作人影响较大，正因为此，周作人"深深感觉中国改革之尚未成功，有思想革命之必要"[2]，这一事件为他成为新文化运动的斗士做好了充分的思想准备。在新文化运动中，周作人连续发表《贞操问题》等对封建礼教造成巨大冲击的文章，并通过《人的文学》《平民文学》《思想革命》等文构建起一个完整的思想体系。由此，周作人成为五四新文化运动的领袖人物。在文学革命的高潮过后，周作人尽管一改激进的姿态，想要退回"自己的园

---

[1] 周作人：《安得森的〈十之九〉》，载钟叔河编订《周作人散文全集》第2卷，广西师范大学出版社2009年版，第57页。
[2] 周作人：《复辟前后》，载钟叔河编订《周作人散文全集》第13卷，广西师范大学出版社2009年版，第494页。

地"里，"甘心做蝙蝠派"[1]，但"周作人一生始终是假道学不共戴天的敌人，别的事情周作人都可以让步，不介入，但只要涉及伪善的封建旧礼教，周作人就怒不可遏"[2]。这就可以理解周作人在《再说林琴南》一文中为什么不惜推翻自己不久前的观点，不提林纾的翻译成就，而直接批判作为"卫道者"的林纾。

周作人在《再说林琴南》一文中再次表现出新文化运动时的激进姿态与当时国内的大环境也有关系。1922年，北洋政府通过了"取缔新思想"案，周作人的部分作品随之遭到查禁。周作人由此看到启蒙者命运的悲剧性："预备被那老老小小，男男女女，南南北北的人齐起作对，变成名教的罪人。"[3] 而在《复旧倾向之加甚》《学校的纲常》《论荒谬思想并不多》等文中，周作人更是表现出自己对复旧倾向的担忧与排斥。《再说林琴南》一文中，作者"逆流而上"，尖锐地批判林琴南，就是针对当时国内的复古倾向。把林琴南作为守旧阵营中的一员加以批判，一直是作为新文学阵营斗士的周作人的一种斗争策略。直到1934年，周作人还一直在强调林琴南与新文学之间的不可调和。在《中国新文学的源流》一书中，周作人指出：

---

[1] 周作人：《山中杂信》，载钟叔河编订《周作人散文全集》第2卷，广西师范大学出版社2009年版，第343页。
[2] 钱理群：《周作人传》，华文出版社2013年版，第251页。
[3] 周作人：《不讨好的思想革命》，载钟叔河编订《周作人散文全集》第3卷，广西师范大学出版社2009年版，第231页。

> 林纾译小说的功劳算最大，时间也最早，但其态度也非常之不正确。他译司各特(Scott)狄更司(Dickens)诸人的作品，其理由不是因为他们的小说有价值，而是因为他们的笔法有些地方和太史公相像，有些地方和韩愈相像，太史公的《史记》和韩愈的文章既都有价值，所以他们的也都有价值了。这样，他的译述工作，虽则一方面打破了中国人的西洋无学问的旧见，一方面也可打破了桐城派的"古文之体忌小说"的主张，而其根本思想却仍是和新文学不相同的。
>
> 他们的基本观念是"载道"，新文学的基本观念是"言志"，二者根本上是立于反对地位的……而林纾在民国七八年时，也一变而为反对文学革命运动的主要人物了。[1]

从这段文字可以看出，周作人竭力区分新文学与旧文学，强调新文学在观念上与桐城派之类旧文学的区别，因此，用"桐城笔法"翻译外国小说的林琴南毫无例外，又一次遭到周作人的批判。可以说，从新文化运动一直到20世纪30年代，周作人基本都对林纾持否定态度，而其批判的焦点也正是林纾"卫道"的守旧姿态。批判林纾，也是周作人维护新文化传统、确立新文学合法性的一种斗争策略。在这场评价林纾的小论争中，周作人的态度最为复杂。但不论是先发表的《林琴南与罗振玉》，还是与前

---

[1] 周作人:《中国新文学的源流》，载钟叔河编订《周作人散文全集》第6卷，广西师范大学出版社2009年版，第90页。

者观点迥异的《再说林琴南》，作者的基本立场都是一致的——林琴南虽然是"我们的师"，但其"复旧""卫道"的价值立场都应该被批判。作为当时学界的一种"杂音"，周作人的观点恰恰反映出他刻意维护新文学传统的立场。

回望历史，文学革命已逾百年，林纾逝世也已近百年，但反思现代文学，我们似乎仍未摆脱正与反、新与旧二元对立的思维模式。文学史中的"反对者"的声音，依然被淹没于主流的声浪之下。围绕"旧文人"林纾评价的争论虽已消歇，但事件本身的历史意义值得思考：以二元对立的态度看待新、旧文学显然把问题简单化了，对"旧文人"的臧否随历史语境的变化而变化，为评论者的立场所左右，因此，新文学界最初给出的评判并不能作为最后的结论。事实上，被后来的文学史塑造为保守派的林纾，曾经也与友人创办苍霞精舍这样教授中西文化知识的新式学校，"开风气之先"[1]；而即使是他屡屡被诟病的翻译小说，有研究者也指出其拓展了古文（文言文）的表现力，认为林纾对现代白话文有"实实在在的贡献"[2]。或许，所谓的"旧"身份，不过是历史情势催生的产物罢了。

---

[1] 张旭、车树昇编著：《林纾年谱长编(1852—1924)》，福建教育出版社2014年版，第46—47页。
[2] 陈平原：《古文传授的现代命运——教育史上的林纾》，《文学评论》2016年第1期。

第二节
五四新文学的激情与幻灭：
丁西林独幕剧《酒后》主题新解

1925年，丁西林被凌叔华小说《酒后》的情节吸引，在友人的怂恿下，创作了独幕剧《酒后》，发表于《现代评论》第1卷第13期。不可否认，两部作品在情节上具有相似性，都是写一对夫妻在日常生活中的一场小小风波。但从表达的意思上看，两者差异甚大。凌叔华的小说凸显的是女性的主体意识，而丁西林的戏剧旨向却并不在此。

目前学界对喜剧《酒后》的研究并不算充分，成果大概可以分为两类：一是对比研究小说《酒后》和戏剧《酒后》；二是着重从台词、情节、人物等方面探讨戏剧《酒后》的艺术特色。而妇女解放、人生的荒诞与无奈等主题是研究者普遍关注的核心。此外，丁西林的喜剧结构精巧、语言考究，尤其值得做文本细读，在这一方面，钱理群早在20世纪90年代就做了一次成功的试验——他采用丁西林本人赞赏的"批注"方式，对《酒后》这一出精巧的喜剧做了精彩的"点评"[1]。整体来看，既往的研究多将丁西林的这出喜剧定位为一部温和、善意的喜剧，研究者虽然触及喜剧中涉及的妇女解放等主题，但多浅尝辄止、更看重作者在喜剧形式上的意义。事实上，文学史认为丁西林是现代喜剧的开拓者之一。[2]在喜剧的创作上，作者一直秉持幽默的喜剧观，追求"会心的微笑"和"善意的讽刺"："一篇喜剧，是少不了幽默和夸张的。剧词中，对于社会的各方面，也多少含有讽刺的意味。可是这些讽刺都是善意的，都是热忱的。"[3] "喜剧是一种理性的感受……喜剧的笑是会心的微笑。"[4]作者的目的并不在于直陈现实，针砭时弊，只是一种温和而善意的讽刺。而正是作者这种温和的态度，也造成了《酒后》这一剧作意义的含混与模糊。整体看来，不论作者的态度多么温和，其讽刺的旨向却是明确的；作者对喜剧形式上的探索与成功实践固然功不可没，但内容上的意义也不容小觑。若从时代语境、作家本人创作与时代语境的关系以及剧本细读切入，该喜剧其实是从妇女解放的内在矛盾出发，善意地讽刺"五四式的激情"必将破灭的命运。这出看似轻巧的喜剧，实则包含反思"五四"的宏大取向。

---

[1] 参见钱理群《丁西林喜剧〈酒后〉批注》，《名作欣赏》1993年第2期。
[2] 参见张健《中国现代喜剧史论》，北京大学出版社2006年版，第211页。
[3] 丁西林:《〈妙峰山〉前言》，载孙庆升编《丁西林研究资料》，中国戏剧出版社1986年版，第64页。
[4] 丁西林:《〈孟丽君〉前言》，载孙庆升编《丁西林研究资料》，中国戏剧出版社1986年版，第68页。

一、"五四式的激情"

妇女解放问题是五四运动中斗争比较尖锐的问题，也最能体现五四运动的某些特点。《新青年》在1917年第2卷第6号开辟《女子问题》专栏，《星期评论》在1919年7月至8月开展"女子解放从那里做起"的讨论，其他如《少年中国》《星期日》《晨报》也纷纷开辟专栏，聚焦妇女问题。[1]在讨论文章方面，吴虞在1917年发表《女权平议（一九一七年六月一日）》一文，鲜明地提倡"女子当琢磨其道德，勉强其学问，增进其能力，以冀终得享有其权之一日"[2]；之后，李大钊的《战后之妇人问题》《妇女解放与Democracy》，田汉的《第四阶级的妇人运动》，李达的《女子解放论》，向警予的《女子解放与改造的商榷》等文章都从妇女解放的角度掀起五四解放运动的狂澜。随着运动的深入，关于妇女解放问题的讨论也越来越深入，如在伦理、道德、贞操问题上，陈独秀的《孔子之道与现代生活》，胡适的《贞操问题》，鲁迅的《我之节烈观》，叶绍钧的《女子人格问题》等文章都对束缚女性的封建伦理进行了强有力的批判。而其他如男女社交公开问题、婚姻家庭问题、女子教育及经济独立问题，"五四"学人也展开了讨论。不可否认，

---

[1] 参见张莲波《中国近代妇女解放思想历程（1840—1921）》，河南大学出版社2006年版，第219—220页。

[2] 吴虞:《女权平议（一九一七年六月一日）》，载中华全国妇女联合会妇女运动历史研究室编《五四时期妇女问题文选》，生活·读书·新知三联书店1981年版，第14页。

"五四"的妇女解放运动，确实解开了束缚中国女性几千年的封建枷锁，而作为五四运动中斗争最激烈的一部分，妇女解放问题很大程度上代表了五四解放的某些实效，"妇女解放可以作为社会解放的某种尺度。在五四以后，新一代知识妇女由观念革新所带来的行为改变，正具有这种意义"[1]。同时，不可避免地，"五四"的妇女解放，也带有鲜明的"五四"烙印——充满激情的理想主义。

"五四"一代知识分子大多有留学的背景，对西方文化有着完整、直接的认识，他们开创了中国新的知识范型，但在文化心态、道德模式方面依旧保留有中国传统的特色[2]，其往往具有强烈的社会责任感和精英意识，试图从政治、思想、文化方面改变中国现状。一方面，随着现代报刊稿酬制度的建立和完善，"五四"知识分子有了赖以谋生的职业和借公共媒介"发声"的空间。于是，各种各样的社团、报刊纷纷涌现，知识分子们畅所欲言，充分表达自己的新思想、新见解。另一方面，他们的这些新思想、新见解又具有浪漫、理想，甚至空想的色彩，是一种"五四式的激情"[3]。这份"五四式的激情"自然也体现在妇女解放运动中。"五四"学人们从民主、平等的观念出发，论证了封建伦理制度的不合理性，为现代的妇女解放奠定了充分的学理依据。问题是解

---

[1] 李泽厚:《中国现代思想史论》,生活·读书·新知三联书店2008年版,第14页。
[2] 参见许纪霖《中国知识分子十论》,复旦大学出版社2003年版,第88页。
[3] 欧阳哲生:《新文化的传统——五四人物与思想研究》,广东人民出版社2004年版,第461—462页。

放之后的妇女该何去何从，或者说在没有现实保障的情况下女性能否实现真正的解放？在"五四"妇女解放思潮的鼓舞下，有一批女性觉醒了，觉醒者之中不乏牺牲者，如不愿接受包办婚姻自刎而死的赵女士，外出求学没有家人接济惨死他乡的李超。为壮大妇女解放的声势，深入探讨妇女解放的对策，知识分子们把赵女士和李超作为典型的个案开展宣传，但解决的对策并没有那么有效，如陶毅在《关于赵女士自刎以后的言论（选登）（一）（一九一九年十一月二十一日）》中只有疾呼"以后强迫买卖、金钱等等万恶的妖魔宣告死刑的期恐怕快到了"[1]，胡适的《李超传（一九一九年十二月一日）》要切实一些，从家长族长专制、女性财产权和教育权等方面开出"良方"[2]，但作者基本上还只是从学理上论争女子教育权、财产权的合法性，并没有切实的对策。

在"五四"这股妇女解放浪潮的影响下，文学创作领域亦有不少反映女性解放、婚姻家庭问题方面的作品，如罗家伦的《是爱情还是苦痛》、叶圣陶的《这也是一个人》、王统照的《沉思》等。与妇女解放运动理论性的文章不同，这些作品从社会问题出发，开始探索诸如爱情、伦理、人生等某些带有普遍性意义的问

---

[1] 陶毅:《关于赵女士自刎以后的言论（选登）（一）（一九一九年十一月二十一日）》，载中华全国妇女联合会妇女运动历史研究室编《五四时期妇女问题文选》，中国妇女出版社1981年版，第203页。

[2] 胡适:《李超传（一九一九年十二月一日）》，载中华全国妇女联合会妇女运动历史研究室编《五四时期妇女问题文选》，中国妇女出版社1981年版，第218页。

题。但作家们的探讨同样带有"五四式的激情"的特色，抛出现实的问题，又无能为力，只能陷入感伤，或是从一些浮泛性的概念里寻找答案。如冰心就从母爱中寻找力量，试图用温柔的母爱来化解一切。正如李泽厚所言，"二十年代的文艺知识群开口宇宙，闭口人生，表面上指向社会，实际是突出自己；提出似乎是最大最大的世界问题，实际只具有很小很小的现实意义"[1]。丁西林的独幕剧《酒后》，正是从妇女解放的问题上，敏锐地捕捉到了这份"五四式的激情"及其背后的理想主义色彩。

在历史上，丁西林的独幕剧一度受到批判，向培良就认为他"用漂亮的字句同漂亮的情节引起浅薄的趣味"，"是只能供给游荡阶级无聊时消遣"[2]。而事实上，丁西林并非一个"两耳不闻窗外事"的剧作家。丁西林生于1893年，童年正值维新变法时期，他受到"新学"思潮的影响，自幼便喜爱科学，后入清政府交通部工业专门学校学习，又留学英国伯明翰大学，攻读物理学和数学。[3] 在思想上，丁西林受到蔡元培的影响，"在他的直接领导之下，我替国家社会服务近二十年，从未厌倦"[4]。在文学

---

[1] 李泽厚：《中国现代思想史论》，生活·读书·新知三联书店2008年版，第238页。

[2] 培良：《中国戏剧概评（节录）》，载孙庆升编《丁西林研究资料》，中国戏剧出版社1986年版，第114、117页。

[3] 参见孙庆升《丁西林传略》，载孙庆升编《丁西林研究资料》，中国戏剧出版社1986年版，第3页。

[4] 丁西林：《〈妙峰山〉题辞》，载孙庆升编《丁西林研究资料》，中国戏剧出版社1986年版，第63页。

创作上，丁西林受到梅瑞狄斯、萧伯纳和巴里的影响，强调理性成分，关注两性和妇女题材，在形式上多讨论和论辩，心理刻画细腻入微，是"易卜生社会问题剧中国化过程中最早出现的一种成功变体"[1]。《酒后》创作于1925年，延续了作者之前两个独幕剧的题材，依然聚焦于两性和妇女问题。丁西林的处女作《一只马蜂》发表于1923年，写的是青年男女吉先生、余小姐与吉老太太斗智斗勇，最终达成爱的默契；《亲爱的丈夫》发表于1924年，写的则是一位诗人与男扮女装的旦角结婚，却不知道"妻子"的性别，揭示了两性之间的惊人隔膜。《酒后》延续了作者的这一主题，把两性之间的内在矛盾进一步戏剧化，并从内因出发，揭示女性解放过程中困境的成因。无论是与老太太斗智斗勇的吉先生、余小姐，还是精神契合背后隐含两性深层隔膜的《亲爱的丈夫》，或是向丈夫要求"一吻之恋"最终无疾而终的亦民，作者在题材、主题上，始终与五四解放大潮中的妇女解放主题密切相关，并且从一个侧面针砭了"五四式的激情"所带有的理想色彩。

《一只马蜂》中，表面上看作者似乎是在赞扬青年男女反抗包办婚姻并最终取得胜利，但从深层来剖析，剧中的吉老太太根本不了解儿子的心意，只是出于对儿子的关心才努力撮合其婚事；而儿子的态度则意味深长——他似乎是为了反抗而反抗："一个人的婚事，从前，是父母专制，现在因为用不着父母去管，所以

---

[1] 张健：《中国现代喜剧史论》，北京大学出版社2006年版，第227—234页。

用不着父母去问。"《亲爱的丈夫》里，追求爱情至上的诗人和任太太表面上达成了精神的契合，实际上丈夫竟然不知道妻子是男儿身，表面的婚恋自由、爱情至上背后却是惊人的隔膜。而《酒后》中的"五四式的激情"理想，则在妻子身上表现得非常明显。

在剧本中，作者用了大段的对话来阐释妻子所谓的"爱的哲学"。在妻子看来，有了爱才叫幸福，以爱为标志，人的生存分为两个层次：有爱的人是生在世上的人，没有爱的人则是活在世上的人，仅仅满足基本的生存需要，与动物无异。在丈夫的引导下，妻子用了一大段话来阐述自己的理念：

> 一个人，在世上，有了爱，他就觉得他是人类的一个，他就觉得这个世界也是他的，他希望大家都有幸福，他感觉得到大家的痛苦，这样方才能够叫生在世上。一个人，如果没有爱，他就觉得他不过是一个旁观的人，他是他，世界是世界，他要吃饭，因为不吃饭就要饿死，他要穿衣服，因为不穿衣服就要冻死，他要睡觉，因为不睡觉就要累死。他的动作，都不过是从怕死来的，所以只好叫做活在世上。[1]

表面上看，妻子似乎把爱上升至人类普遍性的高度，一个人要生在世上，就要具有博爱的精神，要对所有人都抱有同情心。

---

[1] 丁西林：《丁西林剧作全集》（上），中国戏剧出版社1985年版，第52页。

如果仅从生存的本能出发，没有博爱，人就与动物一样，是世界上最可怜的人。从这一理念出发，妻子联想到客人，因为客人同他的太太之间没有爱，妻子便认为他是世界上最可怜的人。事实上，妻子已经把人类普遍性的大爱与夫妻之爱混为一谈。并且由于同情，更是为了实践自己"爱的哲学"，妻子竟然突发"异想"，想要亲吻熟睡中的客人。妻子想要亲吻客人，并非出于本能和欲望，因为她要求当着丈夫的面去亲吻客人，仿佛在向丈夫宣示婚内女人的权利，因为妻子亲吻客人的理由是婚内的女人也有表示自己"意志的自由"。在这里，妻子的逻辑又一次发生转移——由博爱至夫妻之爱再到女性自身的权利，而博爱、夫妻之爱、女性的自身权利三者之间并没有必然的联系，妻子的实践与自己爱的哲学之间也就不构成联系，妻子的实践，不如说是一种为了实践而实践的激情冲动。而无论是博爱、夫妻之爱还是女性自身的意志自由，又无一不带有"五四"鲜明的烙印。追求博爱，以爱感受世界，洁净人生，获得温暖和力量，这种思想在冰心身上表现得很明显。同时，它也体现出"五四"一代"敏感性、哲理性和浮泛性"的特征，尽管没有多少现实的内容和思想的深度，却充满着"五四"一代激情而稚气、理想而浪漫的特点。而追求现代的婚姻家庭，争取女性的独立和自由，本来就是五四解放运动中妇女解放的重要内容。而妻子"一吻之求"的最后无疾而终，也暴露出妇女解放运动中的内在矛盾。

妻子在向丈夫提出请求之前，就已经意识到自己的请求太

"出格"，因此才会再三征求丈夫的同意，待丈夫答应之后，方才说出自己请求的具体内容。而在行动的过程中，妻子也处处表现出犹疑：先是要求当着丈夫的面亲吻客人，以示自己的"清白"；在亲吻之前，又担心客人知道；当丈夫要离开，想表示自己对妻子绝对的"信任"时，妻子立刻恐慌起来，先是意外地质问丈夫为什么走开，接着拉住丈夫，把他按在椅子上；在丈夫的鼓动下，妻子终于下定决心，"毅然"走向客人，但她不仅要求丈夫同行，到了沙发旁边又开始犹豫，见丈夫一走，立马吓回；行动失败后，丈夫想告诉客人发生了什么事时，妻子的表现十分激烈，屡次掩住丈夫的嘴，以向客人隐瞒自己的行动。妻子行动的失败自然与她本人的怯弱有关，但也出于她对自己行动理由的怀疑：追求女性的意志自由，是否就一定要用亲吻客人的方式？或者说，亲吻客人之后，女性是否就真的能够实现意志的自由？答案显然是否定的。以亲吻其他男人作为实现婚内女性自由意志的标志，本身就对伦理道德的基本限度构成挑战。在妇女解放运动中，"五四"学人基本上与"五四"传统保持一致，"在激情的纠缠和功利的支配下对于传统采取激进的快刀斩乱麻式的行动哲学"[1]。妻子在激情的理想主义的支持下试图实践自己的理念，但理念本身具有内在的矛盾性，最后自然只能以失败告终。作者正是通过戏剧冲突生动地展示夫妻双方的博弈，并在此过程中把

---

[1] 岳凯华：《五四激进主义的缘起与中国新文学的发生》，岳麓书社2006年版，第61页。

妻子"丑角化"，揭示"五四式的激情"必然破灭的命运。

二、"五四式的激情"及其破灭

从《酒后》的情节结构来看，作者有意把戏剧设置成夫妻双方博弈的过程。在这个过程中，妻子一步步败下阵来，被一步步"丑角化"，妻子"丑角化"的失败过程，也就是其"五四式的激情"理想破灭的过程。《酒后》一共有六段戏[1]，我们可以从这六段戏里窥见作者的这一用意。

第一段戏，由妻子打算给客人盖毯子的动作开始，整场戏围绕夫妻二人的谈话展开，谈话的中心是客人。人物出场后，妻子打算给客人盖毯子，丈夫则有心为难妻子——"想难她一下"，让妻子去盖，而妻子不甘示弱，故意"做给你看看"，把毯子盖在了客人身上。随之，夫妻二人继续展开博弈。丈夫想要叫醒客人，妻子不让，丈夫顿时似乎醋意萌发，故意把妻子和客人的关系拉近，丈夫最后躺在了妻子的怀里，整个戏的第一段小高潮告一段落。从这一段戏来看，夫妻二人表面非常和谐，家里的环境也布置得十分温馨，但通过二人的对话，夫妻之间的暗涌可见一斑。

在第二段戏里，作者进一步把两人的矛盾扩大化。妻子推开了靠在自己身上的丈夫，由抽烟的问题开始，丈夫又一次挑起矛盾，而从丈夫"心虚""自负"等一系列话语来看，他的醋意并没

---

[1] 参见钱理群《丁西林喜剧〈酒后〉批注》，《名作欣赏》1993年第2期。

有消失,或者说丈夫有意把矛盾进一步激化。接着,两人的话题由抽烟上升至所谓的人生哲学。妻子大谈特谈自己爱的哲学,丈夫表面看似乎很感兴趣,实则不然,他其实早就对妻子所谓的哲学了然于胸。从丈夫的话语、动作,可以看出他的认真与感兴趣是"装"出来的,丈夫先说这是妻子最"得意"的题目,接着"坐直"身子,一本正经,而妻子一讲完,丈夫现世主义者的一面马上表现出来。丈夫清楚地知道,按照妻子的说法,中国人大多处于动物性的层面,并又一次把话题导向客人。这一回合,表面看来妻子的道理头头是道,但丈夫的行为动作已经表明他对妻子的哲学并不赞成。从对话来看,丈夫一直处于主导的地位,妻子则一步步落入丈夫设置好的陷阱,开始处于下风。

第三段戏由讨论客人的婚姻入手,进而引申到中国的婚姻制度。作为现世主义者的丈夫清醒地知道中国婚姻制度的弊端,并且觉得"存在即合理"——"这本来也是很对的",不同意妻子打破婚姻制度的说法。而与从前的人相比,丈夫更加否定现在的人,对于一味追求婚姻自由、爱情至上的所谓进步人士,丈夫用了一段反讽的话表明自己的立场。要追求爱情至上可以,丈夫可以毒死妻子,也可以借口妻子精神病、不能生育等把她赶走,可见,要打破现存的婚姻制度,必然会有悖伦理和良知,由此,也说明了妇女解放的内在矛盾性。而面对丈夫的说辞,妻子几乎没有反驳,一步步随着丈夫的思路走,也因此一步步落入其逻辑框架中。接下来,丈夫又一次把话题拉回到客人身上,在讨论理想男子之前，作者用了"好像刚刚想到"一句舞台说明，而这一句说明恰恰表明丈夫并不是刚刚想到，而是酝酿已久。妻子却浑然不觉。到第三段戏，夫妻已经进行了三次交锋，在这三次交锋之中，我们可以看到丈夫始终居于主导地位，而满篇大道理的妻子，实则一直被丈夫牢牢掌控而浑然不觉。

进入第四段戏，剧情慢慢往高潮发展。在理论上处于下风的妻子想转入行动，要践行自己的哲学，因此"脑中生了一个异想"。但在提出要求之前，妻子又充满犹疑，屡次征求丈夫同意。这一方面可以看出妻子的狡黠与审慎，另一方面表明妻子对自己行动的不确定，这种不确定，实则来自对自己"哲学"的怀疑。丈夫最后答应了妻子。

第五段戏开始，剧情进入高潮。妻子提出要求后，丈夫显然被妻子激进的做法震惊了，先用一个反问，接着以为妻子是开玩笑——"嬉笑"着果断拒绝妻子，拒绝的理由，作者用了"不应该"一词。妻子反驳的理由则是婚内的女性也有表示意志自由的权利，交锋中，可以看到丈夫并不是反对女子的意志自由，而是不赞成其表示意志自由的方式。在辩驳的过程中，可以看到丈夫始终论据充分，占于上风，而妻子则近乎胡搅蛮缠。当丈夫对其表示意志自由的方式不赞成后，妻子并没接着论证自己的方式，而是转移至"吃醋"，进而引申至爱情中的信任。妻子表示假如丈夫要和另外的女人接吻，自己不会拒绝，但要当着自己的面；同理，自己也会当着丈夫的面亲吻客人。有意思的是，妻子的做法，本身就是对彼此的不信任，这与她之前的一番说辞正好互相矛盾。此次交锋，妻子明显败下阵来，"没有话说"之后，只有用女人惯用的伎俩，撒娇撒泼，让丈夫同意。丈夫显然对妻子了如指掌，"镇静"地答应了妻子。果然，如丈夫所料，妻子马上怯场，丈夫开始"取笑"妻子，丈夫的取笑，不仅仅是取笑妻子行动上的犹疑，更重要的是取笑其幼稚的哲学及实践。在接下来的剧情里，妻子洋相百出，而丈夫正是妻子行动的主导者、洋相的制造者。第五段戏以妻子行动的失败告终，在夫妻二人的交锋中，妻子彻底失败，成为一个彻底的丑角——喜剧的制造者。

作者似乎还嫌不够，又安排了第六段戏。客人惊醒之后，丈夫的反应竟然是"大失所望"，该看的好戏没有看到，他自然不会善罢甘休，又接着给妻子制造麻烦，想把妻子的行动泄露给客人。妻子自然不同意，她激烈地反对丈夫，不敢让客人知道自己的行为，这正是对自己之前激情洋溢演说的反讽。更有意思的是，作为整个戏剧动力源的客人全然不知，"糊糊涂涂"，"一点也没有觉察到"，这又是对妻子所有行动意义的一个彻底消解，处于所谓的"婚姻牢笼"中的客人，就像关在"铁屋子"里的人，妻子所有的努力与拯救，最终都变得无意义。

夫妻双方的博弈过程，也就是妻子彻底失败的过程，也是其"五四式的激情"及其理想彻底破灭的过程。

从妻子的"爱的哲学"的内在逻辑来看，其理念充满着稚气、理想、浪漫的特点；从戏剧结构来看，丈夫始终主导着妻子的一切行动。与理想化的妻子相比，丈夫是一个明智的现世主义者，对妻子的幼稚、激情，丈夫都了然于胸，丈夫知道现实的残酷，但并不愿做出任何改变，对于妻子的努力，他也只是抱着"看戏"的心态。妻子充满"五四式的激情"的理想最终必然会破灭，而丈夫的态度与行动，无疑加速了妻子这份理想的破灭。但无论是对妻子也好，对丈夫也好，甚或上升至整个"五四式的激情"，作者的态度并不是愤激的，只能算是一种善意的讽刺。

《酒后》这一喜剧无论是从语言、情节还是人物等各方面来看，作家始终都秉持着自己的喜剧观——"会心的微笑"与"善意的讽刺"。作家的态度是温和的，但在行文中又处处可见其敏锐。与作家其他的作品一样，《酒后》始终"跳动着时代的脉搏，有着时代的眉目"[1]。面对"五四式的激情"及其理想，作家是一个清醒而温和的智者，通过自己熟悉的妇女题材，从人物观念的矛盾性出发，揭示出"五四式的激情"的浪漫及其理想必然破灭的命运。

---

[1] 庄浩然:《在幽默讽刺的笑声中再现现实——谈丁西林的喜剧风格》，载孙庆升编《丁西林研究资料》，中国戏剧出版社1986年版，第229页。

第三节
新古体诗与革命诗抄的当代赓续
——论贺敬之的新古体诗《访日杂咏》

除了《中国的十月》《"八一"之歌》等几首政治抒情诗外，新时期的贺敬之在创作上以新古体诗著称。尽管研究者早已关注到贺敬之的这些诗作并展开研究，但由于学界目前对现当代旧体诗词的研究尚处于"从'合法性'论争到'合理性'论证"[1]的阶段，贺敬之新古体诗的文学史意义仍是摆在眼前的研究难题。更关键的是，进入新时期之后，贺敬之长期处在文艺工作领导者的岗位上，假如仅仅就作品谈作品，恐怕很难得其真昧。事实上，贺敬之的新古体诗中有相当一部分与其工作经验直接相关，这些作品不仅是一位诗人的吟咏，更留下了一位革命工作者进入新时期后探索社会主义道路的思想足迹。因此，在文学史的谱系与思想史的脉络中探索贺敬之的新古体诗，或许是

---

[1] 李遇春、曹辛华、黄仁生：《从"合法性"论争到"合理性"论证——现当代旧体诗词研究的问题与方法三人谈》，《文艺研究》2020年第11期。

一条可行的路径，而其创作于1979年的《访日杂咏》组诗[1]，尤其能够作为这两个维度的"切片"加以研究。

一、历史转折期的"新古体诗"

贺敬之是一位注重诗体探索的诗人，有研究者指出，从诗集《乡村的夜》开始，作者就已经自觉进行关于诗体形式的探索，除了借鉴陕北民歌、马雅可夫斯基的楼梯体，中国的古典诗歌也早已作为重要的资源进入其《桂林山水歌》《三门峡歌》等诗作中。[2]不过，贺敬之最早的新古体诗是写于1962年的《南国春早》。该诗由两首五言古体组成，写于广州歌剧话剧儿童剧座谈会后，语言清新自然，表达的是颇富古典意味的客居之感。同年的另一组诗《访崖山》则已体现出新的内容，最后两联"零丁洋上翻旧浪，破晓红旗扫旧痕"是所谓"革命诗抄"独有的意境。中国现当代的旧

---

[1]《访日杂咏》组诗一共三组19首。第一组包括《抵东京》《首演〈闹天宫〉》《拜会大平首相》《相见欢》《访松山芭蕾舞团》《见河原崎长十郎》《与新制作座联欢》《访文学座》《题应新大谷》9首；第二组包括《游箱根》《访神户》《谢神户中华同文学校宴请》《中京城茶席》《访大阪》《雨中谒岚山诗碑》《奈良吟》7首；第三组包括《浅草行》《观天满宫菅原祭》《志贺岛感怀》3首。参见贺敬之《贺敬之文集二·新古体诗书卷》，作家出版社2005年版，第19—56页。

[2] 参见吕进《作为诗体探索者的贺敬之》，载陆华编《贺敬之研究文选》（上册），文化艺术出版社2008年版，第195—199页。

体诗词总体上有三个脉络：第一是由胡适、周作人等开启的"打油诗"一脉，第二是王国维、陈寅恪等趋于典雅的"人文血脉"的维系者，第三就是毛泽东、陈毅等人开创的"革命诗抄"。[1]大体上看，贺敬之的新古体诗继承的就是毛泽东、陈毅等人开创的"革命诗抄"谱系。自文学革命以来，旧体诗词在现当代文学史上始终处于边缘地位，新中国成立后，旧诗的这一边缘地位并未即刻转变，不论是"打油诗"一脉还是追求典雅的"人文血脉"一系，大多未公开发表或未进入文学圈进而参与建构当代文学，多属于"绽放在战争与革命百年现代史边沿上的'惨白色小花'"[2]。

  相较于前两类，"革命诗抄"却深刻参与了当代文学的建构。1957年，《诗刊》发表毛泽东的18首旧体诗词，由此引发老革命家写作旧体诗词的潮流。毛泽东诗词的发表在文学史上是一个标志性的事件，贺桂梅认为："如果说当代文学的起源在于'民族形式'论争引入的古典、现代与当代的三元结构，由此开始形塑一种不同于现代文学的当代文学，那么到了1950—1960年代之交，毛泽东诗词的发表和创作则标志着一种在古与今的二元维度上展开实践的当代文学样态的形成。"[3]在这一文学史的脉络中，

---

[1] 潘静如：《旧体诗如何介入20世纪的文学史和思想史？——读夏中义〈百年旧诗人文血脉〉》，《中国图书评论》2020年第4期。

[2] [日]木山英雄：《狂放的丈夫气——杨宪益》，《人歌人哭大旗前：毛泽东时代的旧体诗》，赵京华译，生活·读书·新知三联书店2016年版，第1页。

[3] 贺桂梅：《书写"中国气派"——当代文学与民族形式建构》，北京大学出版社2020年版，第499页。

有研究者进一步细化指出,贺敬之的新古体诗创作追随的是陈毅的路子——在体式上主要采用"七古"和"五古"。最明显的证据是贺敬之的第一首新古体诗即写于1962年诗歌座谈会后一个月,正是在这次座谈会上,陈毅发表了自己关于旧体诗的主张。[1]从诗歌风格上看,这是确实之论。这样,贺敬之写于1962年的《南国春早》和《访崖山》的文学史脉络已然呈现:他最早是在政治抒情诗中创造性地运用古典资源,在毛泽东展开当代文学的"古今之辨"后则在创作风格上沿着陈毅五言古体和七言古体的路子,尝试写作新古体诗。

然而,《南国春早》和《访崖山》是贺敬之仅有的两首写于特殊时期的新古体诗。此后,直到1976年"四人帮"垮台,贺敬之被解除监督劳动归来之后,才接连写下《饮兰陵酒》《赠诗友》《题徐州绘画馆》三首感慨万千,既忆"崎岖蜀道",又展望"新诗境"、新河山的新古体诗。在这三首诗中,前两首写于1976年,第三首写于1978年,为自表心曲和勉励同道之作,均属半公开性质。与这五首诗相比,其写于1979年的《访日杂咏》显示出了独特的文学史意义。

1978年1月,贺敬之就任文化部副部长。1979年8—10月,他率领中国京剧团百人赴日本演出和访问,其间创作新古体诗19首。据贺敬之1993年追记,这些诗作中的一部分在当时及稍

---

[1] 参见丁正梁《贺敬之新古体诗简论》,载陆华编《贺敬之研究文选》(下册),文化艺术出版社2008年版,第715—725页。

后曾公开发表于中、日报刊。[1]1979年12月，日本大平首相访华。《访日杂咏》中的《游箱根》《奈良吟》应《光明日报》之约公开发表，以示对大平首相的欢迎。在两首诗的题记里，贺敬之谈及《访日杂咏》的创作背景：

> 一九七九年八月底至十月初，我随中国京剧院演出团赴日本访问。这期间，我曾写了一些旧体诗。本来，我对旧体诗写作的知识甚少，这些诗说是旧体，其实多与旧律不合。但为了表达对中日友谊的感奋，也为了答谢日本朋友要我即席写诗题赠的盛意，便在匆忙中不自量力地试用了这种形式。[2]

从这段文字可以看出，贺敬之的《访日杂咏》属于"即席题赠"之作，但题赠之后，这些诗作中的一部分当即公开发表，半公开的"题赠"遂变为完全公开的性质。这段文字还透露出一条重要的信息，即贺敬之在发表之初就已从形式上自审了自己的作品，他意识到这组《访日杂咏》虽称为"旧体"，但"多与旧律不合"。早在1965年，毛泽东就发表过自己对写作旧体诗是否要严守律诗格律的意见，认为"律诗要讲平仄，不讲平仄，

---

[1] 参见贺敬之《贺敬之文集二·新古体诗书卷》，作家出版社2005年版，第19页。

[2] 贺敬之：《访日杂咏·题记》，《光明日报》1979年12月9日。

即非律诗"[1]，而且认为律诗固然会束缚思想，但只要"掌握了格律，就觉得自由了"[2]。20多年后，经过历史的剧变，在时代转折的重要节点上，贺敬之公开发表自己"与旧律不合"的"旧体"，在一定程度上可以看作与毛泽东的一次遥远的对话。

"与旧律不合"的"旧体"，事实上包含着贺敬之再一次创造新"形式"的努力。贺敬之对旧体诗有一种辩证的认识，一方面认为其有"高度凝练和适应民族语言规律的格律"，另一方面也指出旧体诗有"文字过雅、格律过严，致使形式束缚内容的一面"。因此，他认为在运用这种特殊的诗歌形式时，"特别需要发挥形式的反作用，即选用合适的较固定的体式，以便较易地凝聚诗情并较快地出句成章"。所谓"合适的较固定的体式"，贺敬之认为即"或长或短，或五言或七言的近于古体歌行的体式，而不是近体的律诗或绝句"。因格律上相对宽松，不至于束缚内容，贺敬之把古体作为主要的资源加以借鉴，但借鉴古体不是完全采用古体，贺敬之认为声律，包括生活和语言都是发展变化的，因此不论古体还是近体，都可以"在句、韵、对仗，以及平仄声律诸方面进一步发现新的规律，以改变并发展旧有的格律，而不应永远一成不变的"[3]。这种形式上的变化求

---

[1] 毛泽东:《致陈毅》（一九六五年七月二十一日），载中共中央文献研究室编《毛泽东书信选集》，中央文献出版社2003年版，第571页。
[2] 陈晋:《文人毛泽东》，上海人民出版社2005年版，第473页。
[3] 贺敬之:《自序》，《贺敬之文集二·新古体诗书卷》，作家出版社2005年版，第2—3页。

新,在历史转折的当口是颇有意味的,而贺敬之1979年公开发表的《访日杂咏》及其在题记中对"与旧律不合"的"旧体"的强调,正可视作其在形式上求新求变的第一步。

贺敬之这种"与旧律不合"的"旧体",后来被命名为"新古体诗"。据研究,贺敬之1993年在《诗刊》上发表《富春江散歌》和《〈贺敬之诗书集〉序》,引起诗坛的热烈反响。1994年,《诗刊》开设《新古诗》专栏,先后刊载范光陵、苇可和贺敬之的诗作;同年7月18日,《光明日报》发表贺敬之的《延边老人节》,诗人自己称之为"新古体";到8月6日在《文艺报》刊发《文情艺事杂诗》的时候,贺敬之正式肯定诗评家的"新古体诗"的命名。[1] 由此看来,"新古体诗"的命名源于贺敬之20世纪90年代创作的组诗《富春江散歌》,但追溯起来,其"新古体诗"的正式发表及其"形式"的自觉,却源于《访日杂咏》。

除了形式上自觉意识的形成,《访日杂咏》就内容而言亦体现出历史转折期"革命诗抄"的独特价值。自古以来,关于中日文化交流就是旧体诗词的一个重要主题,不过晚清以前的古典诗词多为赠别日本使节或僧人之作,中国诗人较少亲赴日本并留下诗作。近代以来,随着中国国门的打开,访日的中国知识分子日益增多,并留下《富岳诗》(王韬)、《日本杂事诗》(黄遵宪)、《东夷诗》(章太炎)等诗作名篇。就"革命诗抄"的谱系而言,周恩来、郭沫若为"访日"主题的旧体诗词树立了典范。

---

[1] 参见何火任《贺敬之评传》,社会科学文献出版社2020年版,第341页。

1917年，周恩来在东渡日本时写下"大江歌罢掉头东，邃密群科济世穷。面壁十年图破壁，难酬蹈海亦英雄"[1]的名篇。几十年后，当贺敬之出访日本时，忆及周恩来访问日本岚山，脑海中浮现的就是其《大江歌罢掉头东》一诗："岚山诗碑下，风雨后代花。再诵'蹈海'句，四化千帆发！"[2]而郭沫若则写有同题《访日杂咏》十首。1955年，郭沫若率中国科学代表团访问日本，写下《箱根即景》《访须和田故居》等十首旧体诗，题为《访日杂咏》，刊于1956年2月29日的《北京日报》。郭沫若这次出访是受到日本学术会议的邀请，这组《访日杂咏》表达的也多是"永不愿操同室戈""泯却无边恩与仇"[3]等中日友好的主题。在1979年这一特殊的时刻，贺敬之率代表团访问日本时，也曾到访箱根等象征着中日友好的城市，并在《志贺岛感怀》中提及郭沫若诗作与中日友谊的密切关系。[4]由此可以看出，贺敬之的这组《访日杂咏》在现当代旧体诗的谱系中处于"革命诗抄"的延长线上，并且作为历史转折期的新古体诗，其特殊之处还在于不仅是单纯的文学作品，还是一种文化外交的手段，这一点，

---

[1] 周恩来：《大江歌罢掉头东》，载李继凯、王奎编《中国共产党人早期诗文选》，太白文艺出版社2020年版，第333页。

[2] 贺敬之：《雨中谒岚山诗碑》，《贺敬之文集二·新古体诗书卷》，作家出版社2005年版，第41页。

[3] 郭沫若：《访日杂咏（十首）》，载郭沫若著作编辑出版委员会编《郭沫若全集·文学编·第4卷》，人民文学出版社1984年版，第108—112页。

[4] 参见贺敬之《志贺岛感怀》，《贺敬之文集二·新古体诗书卷》，作家出版社2005年版，第52—56页。

下文将继续展开论述。

创作于1979年的《访日杂咏》，除了形式上的自觉和内容上的特殊性，还与当时所谓的新诗潮构成某种潜在的对话关系。在贺敬之公开发表《访日杂咏》的时候，《诗刊》刊发了舒婷的《致橡树》与北岛的《回答》，1979年也因此而被看作新诗"结束'地下状态'公开走到公众面前的可纪念的一年"[1]。长期以来，由于旧体诗词多被当作现当代文学史的"弃儿"，学界并未注意到在1979年这一特殊的年份，作为所谓"革命诗抄"脉络的旧诗也是一个重要的文学现象。如果不把《访日杂咏》这一类诗歌纳入研究的范围，则1979年文学与思想界的复杂状况将难以呈现。进而言之，作为"革命诗抄"延续的《访日杂咏》与代表着"现代主义"思潮的朦胧诗是什么关系？贺敬之又如何看待朦胧诗这一年轻的诗派？

进入新时期后，贺敬之先后创作、改定《中国的十月》和《"八一"之歌》。这是他在新时期为数不多的几首新诗中较有代表性的两首，此后他便较少创作新诗，转而持续、大量地创作新古体诗。在一般文学史的叙述中，新时期的诗坛似乎也形成从贺敬之等20世纪五六十年代活跃的诗人，到以艾青为代表的庞大的"归来"诗人群体，再到以北岛、舒婷、顾城等青年诗人为代表的朦胧诗派的代际转换。老一辈诗人群体的退隐与年轻诗人群

---

[1] 谢冕：《新诗论潮》，《新世纪的太阳——二十世纪中国诗潮》，中国人民大学出版社2009年版，第209页。

体崛起的叙述逻辑背后,其实是文学史观念的更迭,宏大的政治抒情的时代似乎过去了,具有"异质性"的新诗潮流逐渐成为新时期诗歌的主潮。由此,"革命传统"的新古体诗便进一步被排除在文学史叙述之外。而从贺敬之本人的思想状况来看,他一方面称自己"诗笔愚钝,步履艰难"[1],是"重新学习的老作者"[2],另一方面则始终坚持"革命化、民族化、群众化"[3]的文艺主张。因而对于朦胧诗,贺敬之一方面肯定舒婷、顾城、梁小斌等人早期的作品[4],另一方面也强调"社会主义文艺的主流应当具备群众化这一重要特征","多数作品应当为广大群众所理解","其中质量高的应当并能够做到'雅俗共赏'"[5],希望包括朦胧诗在内的新诗能够照顾一般读者,写得更易读。可以说,新古体诗便是贺敬之寻找到的兼具"革命化、民族化、群众化"的艺术形式,而其作为这种艺术形式之代表的《访日杂咏》,理应在更广阔的

---

[1] 贺敬之:《致孔孚》(1988年12月1日),《贺敬之文集六 · 散文 · 书信 · 答问 · 年表卷》,作家出版社2005年版,第182页。

[2] 贺敬之:《关于和"人民同心,与时代同步"——致易仁寰》(1994年5月6日),《贺敬之文集六 · 散文 · 书信 · 答问 · 年表卷》,作家出版社2005年版,第199页。

[3] 贺敬之:《关于文艺的革命化、民族化、群众化问题——致龚定平》(1984年2月15日),《贺敬之文集六 · 散文 · 书信 · 答问 · 年表卷》,作家出版社2005年版,第151—153页。

[4] 参见贺敬之《致张先海》(1997年11月11日),《贺敬之文集六 · 散文 · 书信 · 答问 · 年表卷》,作家出版社2005年版,第218—219页。

[5] 贺敬之:《关于懂与不懂——致S·L同志》(1997年8月20日),《贺敬之文集六 · 散文 · 书信 · 答问 · 年表卷》,作家出版社2005年版,第245—246页。

文学史视野中被加以探讨、定位。

二、《访日杂咏》与文化外交

据《人民日报》的报道，1979年8月29日，日本首相大平正芳在官邸接见由文化部副部长贺敬之担任团长的中国京剧院三团访日团。[1] 此外，1979年9月5日，《人民日报》再次报道日本日中文化交流协会欢迎贺敬之一行的盛况。[2] 贺敬之的这次出访，是其就任文化部副部长以来的第二次出国访问，在1979年7月，他已率领中国京剧团访问过朝鲜。[3] 这些带有官方性质的文化交流与访问活动，是贺敬之工作的一部分，同时也是文化外交的一种重要手段。所谓"文化外交"，指的是"由一国政府直接开展或引导和支持其他主体开展的、以思想文化领域的活动为主要内容的服务于国家外交政策和对外战略目标的外交活动"[4]。据研究，新中国成立之初派遣文化团体和艺术表演团是我国文化外交的主要形式。1966年以后，由于受到激进外交政策的影响，文化外交一度处于低潮，到20世纪70年代初，经过调整外交策略，

---

[1] 参见《大平首相接见中国京剧院三团访日团》，《人民日报》1979年8月30日。
[2] 参见《日中文化交流协会酒会欢迎我京剧院三团》，《人民日报》1979年9月5日。
[3] 参见《我京剧团赴朝访问演出》，《人民日报》1979年7月17日。
[4] 李凌羽：《中日建交以来两国间文化外交的历程与评析》，硕士学位论文，兰州大学，2017年。

1972年实现了中日邦交正常化。不过,由于受到冷战背景和中日两国国内因素的影响,这一阶段中日的文化外交依然具有较大的局限性。直至1978年《中华人民共和国和日本国和平友好条约》签订,两国的文化外交方才真正进入新阶段。[1]

在贺敬之率京剧团访日之前,邓小平于同年2月访问日本,就政治、经济、文化等诸多领域与日本政府达成共识;4月,邓颖超率全国人大代表团访日,5—6月,中日友好协会会长廖承志亦率领代表团访问了日本。值得一提的是,1979年4月邓颖超访日时,随行的还有陈毅之子陈昊苏,他后来也写了《访日杂咏十首》。这十首旧体诗多为长短句,在内容上鲜明地体现出"中日和平友好"的总体方针,如第一首写刚到日本时欣逢春雨,上阕写"樱花树树,彩云片片"的"好春光",下阕则表达"干戈已化天孙锦,世代结邻芳"[2]的美好愿望;又如写于离别之际的第十首,表达的也是"阳关三叠,离情一片"[3]的中日友好主题。贺敬之的这次文化外交,正是在上述中日外交进入新阶段的形势下展开的,而其创作的《访日杂咏》,则用"新古体"这一特殊的文学形式记录了这一阶段中日文化外交更为丰富的细节。

---

[1] 参见李凌羽《中日建交以来两国间文化外交的历程与评析》,硕士学位论文,兰州大学,2017年。
[2] 陈昊苏:《访日杂咏十首》,1979年5月油印本,第1页。
[3] 陈昊苏:《访日杂咏十首》,1979年5月油印本,第10页。

作为一种文化外交的手段，贺敬之《访日杂咏》的首要目的也是表达中日友好，而其如何用新古体诗来表达中日友好的主题是值得深入探讨的。第一首为《抵东京》：

挥手别燕山，转瞬见富士。
李白辞彩云，似寻晁卿至。

中岛健目望，今日出海迎。
劫后喜相会，杯酒和泪倾。

关山夜郎讯，碧海明月心。
千载诗魂在，扶桑知新音。

空海二王笔，春秋写新字。
万代友好约，价高《兰亭序》。[1]

这首《抵东京》其实由四组五言古体组成，组诗最引人注目的大概是对表征着中日文化的意象的交错使用。第一组以中国的"燕山"对日本的"富士"山，从"燕山"到"富士"的空间转换点

---

[1] 贺敬之:《抵东京》,《贺敬之文集二 · 新古体诗书卷,》,作家出版社2005年版, 第19—21页。

明诗人出访日本的背景；第二联紧接上联，以中国著名诗人李白自况，把这次出访比作到日本寻访晁衡，晁衡即唐朝留学中国的阿倍仲麻吕，这些各自代表中日文化的典型意象明确传达出友善的讯息。第二组诗首联巧妙化用日本日中文化交流协会会长中岛健目与日本国际交流基金会会长今日出海的名字，再现中日友人经过历史剧变之后相见的情形。第三组诗再次把主题拉回中日之间自李白、晁衡延续至今的友好情谊，化用李白《哭晁卿衡》诗"明月不归沉碧海"这一名句，点出"千载诗魂在，扶桑知新音"的中日延续千年的文化血脉。最后一组诗则引入可作为中日文化交流凭证的留唐高僧空海，空海在书法造诣上得王羲之父子的精髓，故诗人在下联自然引入《兰亭序》，并以此写出中日友好之无价。正是通过征用代表中日美好情谊的典型文化意象，并在空间上一中一日、时间上由古及今的交错对比中，贺敬之巧妙地传达出历史转折期中国在外交上对日本的基本立场。

从《访日杂咏》来看，贺敬之这次出访日本的行程有严密的安排——先是在东京与日本的各界艺术家联欢，随后参访了箱根、神户、大阪、岚山、奈良等城市，而这些城市的选择显然经过精心考量，其在诗作中对这些风景名胜的艺术化呈现就反映出这一点。《游箱根》一诗写道"昔曾观'风云'，今日来箱根"，诗中的"风云"指的是《箱根风云录》这部1952年由山本萨夫执导的电影。该电影讲述的是17世纪日本农民在友野的带领下修建箱根水渠，反抗德川幕府压迫统治的历史故事。1954年，该影片由长春电影制片厂译制后在全国公映。《箱根风云录》在中国的上映反映出中日文化交流的一个侧面，早在1952年，日本进步团体"前进剧团"就公开致信中国，表示其"为了保卫和发展日本民族的戏剧和电影"[1]，摄制了《不！我们要活下去！》和《箱根风云录》两部电影。1953年，《人民日报》又再次在报道中重点介绍了《不！我们要活下去！》《母亲、女人》《箱根风云录》等几部进步电影。[2]贺敬之在《游箱根》的开篇以《箱根风云录》这一表征日本进步势力与中国的文化互动的电影入手，以此唤起中日友好互动的历史记忆。因而箱根也就不是一个单纯的风景名胜，而是见证了中日之间几经"浮沉"的文化标记。箱根的特殊性不仅在于《箱根风云录》这部电影，箱根的小涌饭店等也曾见证过中日的友好情谊。1965年，老舍曾到过小涌饭店并题字留念，因而当诗人再次到达小涌饭店时才会发出"小涌似故园"的感慨。不过，如何在外交的正式场合得体地表述老舍在特殊时期的遭遇却是一个难题。正如研究者所言，贺敬之看到老舍的题字时应该感慨万千，而这些感慨都"不宜写入今日诗中"，故"以'家书意万千'尽概括其中了"。[3]而这，正体现出贺敬之所说的新古体诗的一大优长——"对某些特定的题材或某些特定的写

---

[1] [日]河原崎长十郎：《保加利亚和日本的艺术戏剧工作者给我国工人、农民及艺术工作者的信》，《人民日报》1952年6月22日。

[2] 参见《日本进步电影工作者不顾困难努力拍制进步影片》，《人民日报》1953年1月19日。

[3] 丁正梁：《贺敬之新古体诗选释》，中央文献出版社2008年版，第16页。

作条件来说，还有其优越性的一面。"[1]

除了箱根，神户也是一座在中日外交史上具有特殊历史意义的城市。1973年，神户与天津缔结为友好城市，后来神户又特辟一码头为中国停泊船只。贺敬之的《访神户》第一首就巧妙地糅入了这些在中日外交史上具有纪念意义的事件：良朋赠金钥，良港泊华轮。向心开神户，携手渡天津。在《访神户》的第二首，贺敬之则特别记录了中日友人"同琴谈《牧羊》，今昔两苏武"的情景。据诗人注释，神户关帝庙的住持释仁光为山东曲阜人，喜奏月琴，席间与中国京剧团同奏《苏武牧羊曲》，"但一情悲凉，一情欢悦，宾主同言：苏武如生今日，当以后者为然也"[2]。贺敬之曾提及有师友指出其新古体诗有"注释嫌繁"[3]的问题，但此处的注释却恰到好处，不论是关帝庙还是祖籍山东的日本住持，都能唤起中日共同的文化记忆与友善氛围，而宾主对两曲《苏武牧羊曲》共同体会的补充，则尤其点出了在这次文化交流的过程中日双方所达成的基本共识，这是贺敬之作为文化外交的新古体诗的独特价值所在。此外，贺敬之一行此次访日还到过大阪、奈良、岚山等地，而从

---

[1] 贺敬之：《自序》，《贺敬之文集二·新古体诗书卷》，作家出版社2005年版，第2页。

[2] 贺敬之：《访神户》注释，《贺敬之文集二·新古体诗书卷》，作家出版社2005年版，第34页。

[3] 贺敬之：《自序》，《贺敬之文集二·新古体诗书卷》，作家出版社2005年版，第4页。

古代的鉴真、晁衡、李白等到近现代的周恩来、郭沫若这些为中日文化交流做出贡献的人物、事迹也再次被诗人一一征用、发挥，写入《访大阪》《雨中谒岚山诗碑》《奈良吟》等诗作中，以新古体这一"合适的较固定的体式"反复勾勒中日紧密相连的文化血脉。

如上文所述，贺敬之曾指出《访日杂咏》这一组新古体诗中的相当一部分是为答谢日本友人请其"即席写诗题赠的盛意"，诗人虽言自己"在匆忙中不自量力地试用了这种形式"，但"这种形式"——新古体在外交场合的运用，从贺敬之的写作实践来看显然有其适应性，并很好地发挥了文化外交的功能。诗文题赠/唱和本是中国古代文人交游的一种重要形式，古典诗文的这一社会交往功能在文学革命之后并未消失，在某些特殊时期反而成为作家写作的重要动因，最典型的如木山英雄分析过的胡风与聂绀弩"孤绝中的唱和"[1]；在"革命诗抄"的谱系里，毛泽东等人也创造性地运用过诗文题赠、唱和等形式，在文学、政治等领域发挥了旧体诗的独特作用。而在1979年这一重要的历史转折期，贺敬之作为文化外交的《访日杂咏》又体现出怎样的思想转轨，这是下文要继续深入的命题。

---

[1] ［日］木山英雄：《人歌人哭大旗前：毛泽东时代的旧体诗》，赵京华译，生活·读书·新知三联书店2016年版，第173—197页。

三、"革命传统"的重构

从贺敬之的《访日杂咏》可以看出，20世纪50年代曾与新中国建立起友谊的进步文化团体也是这次访问、联谊的重点。他的《访松山芭蕾舞团》一诗写道：

> 松山岁寒志，
> 清水见友心。
> 一曲《北风吹》，
> 含笑话酸辛。[1]

松山芭蕾舞团在中日外交史上占有举足轻重的地位，1952年，周恩来曾向来访的日本友人赠送电影《白毛女》拷贝，电影在日本上映后激发了松山芭蕾舞团的清水正夫和松山树子夫妇的创作热情，遂将其改编为芭蕾舞剧，于1955年在东京上演。随后，松山芭蕾舞团的《白毛女》多次在华演出，被视为"中日邦交正常化前在中国家喻户晓的两国文化交流的重要

---

[1] 贺敬之:《访松山芭蕾舞团》,《贺敬之文集二·新古体诗书卷》, 作家出版社2005年版, 第24页。

品牌"[1]。而1958年,松山芭蕾舞团在北京演出芭蕾舞剧《白毛女》后,作为《白毛女》重要执笔者的贺敬之就曾给予强烈的肯定,指出"芭蕾舞剧《白毛女》,正是我们中日人民血肉相连的最好证明",而所谓"血肉相连"的一个重要表现即日本也有类似《白毛女》的"牛郎与女妖怪"的故事,贺敬之认为这说明中日两国的友谊是"'白毛女'的眼泪和被说为'女妖怪'的女郎的眼泪交流在一起的友谊,是决心走出山洞而共同斗争的友谊"[2]。松山芭蕾舞团的这次演出成为贺敬之与其友谊的开始,当经过近乎21年的岁月沧桑之后,诗人与松山树子和清水正夫重逢时,再次回忆起芭蕾舞剧《白毛女》当年在华演出时的情形。虽然几经沧桑,但松山树子与清水正夫夫妇与诗人和中国的友情历久弥坚,正如诗人在首联化用两人的名字所写的"松山岁寒志,清水见友心"。为何经过历史的动荡中日的友谊还能坚如磐石?其实贺敬之早在1958年的另一篇《欢迎日本的白毛女》的文章中就已指出:"对世界上一切丑恶和黑暗的愤恨及对

---

[1] 田培良:《文化外交对中日邦交正常化的作用》,《公共外交季刊》2011年第2期。此外,有关松山芭蕾舞团改编《白毛女》的相关情况,参见[日]山田晃三《〈白毛女〉在日本》,文化艺术出版社2007年版;[日]清水正夫《松山芭蕾舞白毛女——日中友好之桥》,王北成、前民译,国际文化出版公司1985年版。松山芭蕾舞团在中国的演出流变情况可参见秦兰珺《论松山芭蕾舞团的三版〈白毛女〉》,《文艺理论与批评》2017年第4期。

[2] 贺敬之:《喜儿回"娘家"——看日本松山树子芭蕾舞团的〈白毛女〉演出》(1958年3月),《贺敬之文集三·文论卷(上)》,作家出版社2005年版,第73—74页。

光明的渴望和信心，就使我们这样地把心联结在一起了。"[1]

对"丑恶和黑暗的愤恨"、对"光明的渴望和信心"是贺敬之这次访日时在历史的转折期重建中国与日本进步文化团体友谊的根本出发点。与河原崎长十郎和新制作座剧团、文学座剧团的联谊也体现出这一点。上文已经提到，早在1952年，河原崎长十郎就曾公开致信我国的工人、农民及艺术工作者，讲述日本民主力量争取日本解放斗争的情形，并把中国人民引为争取世界和平的同道。[2] 随后，河原崎长十郎又在日本编演郭沫若的历史剧《屈原》，当再次见到这位中国的老朋友时，双方不由得感叹"河原崎路艰"。但奠基于20世纪50年代的情谊依然延续至今，在征用当年的历史记忆重建双方友谊的同时，贺敬之化用河原崎长十郎改编的历史剧《屈原》，将其比作日本的屈原——"苍梧今犹记，扶桑有屈原"，这其实隐含着作者对中日双方再次并肩战斗，争取世界和平的期待。与松山芭蕾舞团和河原崎长十郎类似，新制作座剧团的真山保美也曾于1957年率剧团访华，周恩来总理当时即称赞其"在群众中，和群众一道"的办团宗旨。因此，当贺敬之率领的京剧团与新制作座剧团联欢时，诗人赞成并沿用了周恩来总理的评价，赞其"艺术为人民，永葆真善美"。

---

[1] 贺敬之：《欢迎日本的白毛女》(1958年3月17日)，《贺敬之文集三·文论卷（上）》，作家出版社2005年版，第76页。

[2] 参见[日]河原崎长十郎《保加利亚和日本的艺术戏剧工作者给我国工人、农民及艺术工作者的信》，《人民日报》1952年6月22日。

重提20世纪50年代建立的革命友谊，继续发掘松山芭蕾舞团、河原崎长十郎和新制作座剧团与中国的"革命"连带，是贺敬之这几首新古体诗共同的思想倾向，也是其重建中国与日本进步文化团体友谊的主要策略。但这种重建并非毫无阻力，重建的过程中如何看待"文革"及其对中日文化、思想交流造成的影响，这是诗人不得不面对的难题。据贺敬之的注释，在与松山芭蕾舞团的松山树子与清水正夫交谈时，对方就曾关切地问起诗人在"文革"中的遭遇和歌剧《白毛女》遭批判的往事，诗人的回应是别具意味的，他以泪中带笑的新古体诗——"一曲《北风吹》，含笑话酸辛"巧妙地回应了日本友人的关切。在1979年的重要历史当口，"四人帮"已被清算，中国的政治、经济、文化重回正轨，过去的"酸辛"自然不该遗忘，而面对日本友人，这种泪中带笑、既能引起共情又展望未来的诗句是最为恰切的。

《访文学座》一诗最能体现贺敬之重建中日友谊的努力。日本的文学座剧团成立于1937年，以文学性与艺术性为根本宗旨，而贺敬之此次在访问文学座剧团时见到的杉村春子，正是该剧团的中坚力量。由于观看过老舍的话剧《全家福》，杉村春子多次向贺敬之询问老舍在"文革"中的遭遇。对于杉村春子的关切，贺敬之以"泪思《全家福》，得失醒塞翁"予以回应。贺敬之的回应巧妙地化用"塞翁失马，焉知非福"这一习语，"泪思《全家福》"是怀念故去的老舍并对其遭遇感到痛心；"得失醒塞翁"更多的是表达"失"这一历史教训对当下的警醒意义,同时,"醒"的背后是对中日思想文化交流新阶段的展望。《访文学座》的最后一首则涉及《桃中轩牛右卫门之梦》这一在1976年被我国错误批判的话剧。《桃中轩牛右卫门之梦》是一部由日本剧作家宫本研创作的话剧,该剧以中国的辛亥革命为背景,重点描写宫崎滔天与孙中山在日本的革命活动。贺敬之在注释中指出,文学座剧团在1976年2月公演《桃中轩牛右卫门之梦》之后,"在'四人帮'极左路线控制下,我有关方面对此剧进行了伤害友谊的不恰当干预"[1]。这一注释从事实层面承认了中国极左思潮的危害,而"苍梧风狂日,扶桑伤花枝。友谊花不谢,知根坚如石"[2]一诗则表明狂风过后中国直面历史的态度,正面肯定了文学座剧团的中岛健藏、杉村春子在此次事件中对维护中日友谊所做的努力,并以"友谊花不谢,知根坚如石"来表明双方维系友谊的努力与决心。

收在《贺敬之文集》中的《访日杂咏》,按照内容分为三组,如果说前两组为面向日本友人的即席题赠之作,那么第三组则明显带有诗人旁观日本的视角与明显的反思意识。《浅草行》一诗最有代表性:

---

[1] 贺敬之:《访文学座》,《贺敬之文集二·新古体诗书卷》,作家出版社2005年版,第29页。
[2] 贺敬之:《访文学座》,《贺敬之文集二·新古体诗书卷》,作家出版社2005年版,第28页。

不借佛千眼,但学面面观。
谢君为向导,浅草行且谈。

"阳光城"可羡,山谷见饥寒。
阿崎归乡后,应怕到吉原。

达摩助竞选,巨履祈登天。
"油断"疑断油,问车恰增钱。

回经上野站,忽忆《藤野》篇。
怀师寻樱花,斟酌借他山。[1]

这次浅草之行由日本友人岗村为向导,第一组诗点明作者全面观察日本的学习者与旁观者态度。第二组诗中的"阳光城"为当时代表日本现代化程度最高的商业大厦,历经"文革",面对东邻发达的经济状况,贺敬之自然产生歆羡之情,但"面面观"的诗人,很快发现与"阳光城"形成鲜明对比的仍有饥寒贫民的山谷町。而在触目惊心的贫富差距对比之外,竞选的议员寄希望于神明等迷信现象、日本油价飞涨的日常也令诗人看到了所谓发达国家的另一面。因此在最后一组诗中,诗人想起鲁

---

[1] 贺敬之:《浅草行》,《贺敬之文集二·新古体诗书卷》,作家出版社2005年版,第47—48页。

迅对待日本的正确态度,既要保持与日本的友谊连带,又要在学习日本的同时审慎"斟酌"。其他诗作如《观天满宫菅原祭》《志贺岛感怀》也体现出诗人在改革开放的新形势下重新建构革命传统的努力,忽然得到访问东邻强国的机会,诗人自是"贪看且问","但听且记",但在学习日本经验的同时作者也不忘"回望长安万里路"。所谓"长安万里路",包含的意蕴是非常丰富的,既有中日之间有着历史凭证的文化交流史,又有双方在千年沧桑里的摩擦、碰撞,所谓"东魔留恨深";既有中国告别"夜郎自大",奋力直追的决心,又有对"赤水通四海"的长征精神的强调。"在继承民族传统、革命传统的前提下探索新路"[1],这是贺敬之在历史转折的关键时刻思想的立足点。

贺敬之曾谈及对自己新古体诗的看法:"它们从某一侧面、某一片段多少反映了若干年来、特别是这十多年来我的某些经历,多少记录了我在这段历史大变革时期某些方面的所见、所感、所思,从而多少显现了一丝半缕的时代折光。"[2]《访日杂咏》就是其中的代表之作。一方面,这组诗是以政治抒情诗与歌剧《白毛女》在文学史上占有重要地位的诗人进入晚年之后的集中的创作尝试,诗作接续毛泽东、陈毅开创的"革命诗抄"谱系,在1979年的特殊历史转折时期为文学史留下了别样

---

[1] 丁正梁:《贺敬之新古体诗选释》,中央文献出版社2008年版,第23页。
[2] 贺敬之:《自序》,《贺敬之文集二·新古体诗书卷》,作家出版社2005年版,第4页。

的图景;另一方面,《访日杂咏》糅合了作为新时期文艺工作领导者的贺敬之的工作经验,是一位从延安走来的革命者在新的历史形势下革命工作的零光片羽,它既是一种文化外交的手段,又是历史转折期思想的反映。

第二章 边缘女性身份的现代建构

性别身份问题长期以来一直是身份认同研究中无法回避的话题,但本章不作面面俱到的研究,而是聚焦于边缘女性,选取典型的个案,试图推进对女性身份现代建构问题的研究。我国一直有书写边缘女性的文学传统,近代以来,随着社会文化的转型,作家对边缘女性的书写往往又掺杂了诸多复杂的因素。这些在文学历史的长河中熠熠生辉的女性形象,有的既有历史本事的支撑,又受到特定的文化氛围——如租界文化、西方文化的熏染;有的则受到启蒙、革命、民族国家等政治话语的规约。女性的身份建构问题始终受制于时代文化语境。因此,本章除了以上两个面向的讨论,还在历时的层面上讨论了百余年来的赛金花题材创作,以期展现百余年来边缘女性身份建构的复杂历程。边缘女性在百余年的文学史中或以被侮辱者与被损害者的面貌呈现,或被征用来建构宏大的政治话语,本章更愿意在历史与理论的求索中,与读者一道询唤作为真正的现代"人"的女性形象。

第一节
异国空间与《孽海花》中的傅彩云形象构型

《孽海花》是晚清"四大谴责"小说之一,也是近代赛金花题材作品中最有代表性的一部。小说以晚清状元洪钧与名妓赛金花的故事为线索,意在展现晚清几十年的历史图景,小说中出场的众多官员,都有名可查,是对晚清官场的讽刺与影射。不少研究者对小说中的历史本事和掌故作了深入探讨,一方面以小说透视晚清历史,另一方面则通过曾朴"以掌故入小说"的文学实践重新勘定《孽海花》的文学史价值。[1] 除了历史掌故,《孽海花》对异域的想象性建构也成为后人了解晚清一代知识分子与西方文化之复杂关联的重要切口。曾朴一生未曾出国,但在《孽海花》中大量写到德国、俄国等异域的风土人情,因此有研究者指出作者

---

[1] 参见魏泉《以掌故为小说——曾朴的〈孽海花〉与晚清民国的掌故之学》,《文艺理论研究》2021年第6期。

对异域的想象借镜了上海法租界。[1]事实上，异国空间在《孽海花》中不仅是一个单纯的文化符号，还是一个功能性的空间——小说中最为人津津乐道的女性形象傅彩云的塑造就与异国空间密不可分。因此，通过文本细读探讨异国空间与傅彩云形象建构的关系，既能深入研究《孽海花》的文学价值，也能深化以曾朴为代表的晚清知识分子对异域现代性想象背后的复杂文化心态。

一、空间流转与傅彩云形象的流变

《孽海花》中的傅彩云形象随空间的转换而表现出不同的特征，经历了两次突变。以傅彩云随金雯青出国作为一个转折点，当所处的空间移至国外后，傅彩云的形象与之前国内的形象便呈现出迥然不同的特征，而随着金雯青任期结束打道回府，傅彩云的形象又一次发生变化。

（一）出国前：古典美人

《孽海花》中的傅彩云是作为状元金雯青的旧情人梁新燕的替身出场的，因此，金雯青与傅彩云初次见面，就有似曾相识之感，两人相对痴笑，互许终身。作为花魁的傅彩云一出场，就被

---

[1] 参见宋莉华《上海、法租界与晚清小说对异域的想像性建构——以〈孽海花〉为中心》，21世纪都市发展和文化：上海—巴黎都市文化国际学术研讨会，2009年10月25日。

作者刻画成一个古典美人："十四五岁的不长不短、不肥不瘦的女郎，面如瓜子，脸若桃花，两条欲蹙不蹙的蛾眉，一双似开非开的凤眼……正是说不尽的体态风流，风姿绰约。"[1] 再如傅彩云与金雯青成亲时的外貌特征："颤巍巍的凤冠，光耀耀的霞帔，衬着杏脸桃腮、黛眉樱口，越显得光彩射目，芬芳扑人，真不啻嫦娥离月殿，妃子降云霄矣。"[2]

由此可见，作者对傅彩云的刻画几乎照搬了中国古典人物刻画的模式与技法。首先，从外貌描写来看，作者对傅彩云脸庞、眉毛、眼睛、嘴巴和体态的描写，与《红楼梦》中对林黛玉的外貌描写如出一辙——"两弯似蹙非蹙罥烟眉，一双似泣非泣含露目……"[3]，"体态风流、风姿绰约"也是历来评论者对林黛玉外貌体态的概括。其次，从情节设计上来看，《孽海花》中金雯青与傅彩云的爱情模式也是对以《红楼梦》为代表的古典小说的模仿。傅彩云被作者设置成金雯青中状元之前的一个旧相好——妓女梁新燕。金雯青高中状元之后，因顾及自己的名声，抛弃了梁新燕，刚烈的梁新燕遂上吊自杀。在中国的古典作品中，书生与妓女因门第之别酿成惨剧的不在少数，如唐传奇中的《霍小玉传》，冯梦龙《警世通言》中杜十娘的故事等。

---

[1]（清）曾朴：《孽海花》，上海古籍出版社2011年版，第47页。
[2]（清）曾朴：《孽海花》，上海古籍出版社2011年版，第55页。
[3]（清）曹雪芹著，无名氏续：《红楼梦》（上），人民文学出版社2008年版，第49页。

曾朴在作品中，就借用了古典作品的这一爱情模式。在此基础上，作者又进一步借用类似《红楼梦》中宝黛二人前世冤家的爱情模式，安排傅彩云与金雯青相见，两人一见如故，相对痴笑的场面，与宝黛二人在荣禧堂初次相见的场面十分相似。最后，再从作者描写傅彩云所选用的意象上看，"桃花""凤冠""霞帔""嫦娥""妃子"这一系列意象，都是传统文人刻画古典美女时经常选用的意象。

除了外貌上被刻画成古典美人外，傅彩云出国之前，在性格特征上也具有古典美人的特点。傅彩云初遇金雯青，温柔多情、体贴细心，与出国之后的表现形成鲜明对比。傅彩云在花船上见到金雯青，两人在耳鬓厮磨的过程中，看到金雯青伤心落泪，傅彩云亦感到"透骨辛酸"，并温柔地替金雯青拭泪。在花船行酒令时，看到金雯青不胜酒力，傅彩云即体贴地替他挡酒。而金雯青亦为傅彩云作了四首七律诗，两人的爱情，颇有书生与才女的特征。特别是金雯青进京之后，独守大郎桥巷的傅彩云安于妇道，一心一意等金雯青，并没有做出什么越矩的举动，这与她出国后风流放荡的举动形成了鲜明对比。

总之，在出国之前，曾朴笔下的傅彩云是按照中国传统女性的形象来刻画的，无论是在体貌特征上，还是在性格特征上，傅彩云都与传统的古典美人别无二致。但当傅彩云所处的空间转向国外之后，其形象特征却发生了惊人的逆转。

（二）异国："放诞美人"

从小说的第九回开始，傅彩云代替金雯青的正室张夫人以公使夫人的身份出洋。随着空间的置换，傅彩云在外貌上与国内形成鲜明对比，如第十二回赴约之前，天鹅绒领巾、紫貂外套、堆花雪羽帽、花球等服饰，表现出鲜明的西化特征。作者在叙述的过程中，也把傅彩云形容成"蔷薇娘肖像，茶花女化身"。

傅彩云最大的转变在性格上。刚上出洋的轮船，她就对外界非常好奇，轮船上新奇的事物、怪异的语言成为她排遣寂寞的方式，能够与俄国虚无党女领袖夏雅丽学习洋文，更是令她欢喜不已。除了好奇新事物外，出国后的傅彩云还争强好胜，想与前任公使夫人侯夫人一争高下，好让金雯青不敢小觑自己。此外，傅彩云灵活多变的性格与木讷迂腐的金雯青形成鲜明对比。面对持枪威胁的夏雅丽，金雯青"倒退几步，一句话也说不出"，而傅彩云见风头不妙，立即老道地劝解夏雅丽，并用金钱摆平了此事。有意思的是，傅彩云仗着金雯青不懂洋文，故意多报了五千大洋以中饱私囊，而金雯青却被蒙在鼓里，完全不知。在对待异性上，傅彩云与下人阿福、瓦德西、船长质克等人均不清不楚。在异国空间，男女两性关系发生了置换，很明显，在作者笔下，傅彩云处处占上风，而金雯青无论是在对外交际上，还是在对内的家庭中，都处于下风。这样的关系，与国内男权主导的社会空间迥然不同。

从小说的第九回到第十八回，故事的主干是金雯青出洋，而在这十回中,作者又把大量的笔墨放在傅彩云身上。可以说,异国空间,就是女主人公傅彩云自我展示的空间,是一个属于她的大舞台。在这个舞台上,傅彩云风光无限,深得异国上流社会的赏识,被外国贵妇封为中国第一美人、"放诞美人"。而从对傅彩云的外貌描写,性格上的好奇好胜、灵活多变、善于交际,在两性关系上处于上风等方面来看,作者基本是站在正面的立场上对她加以刻画的。而从叙事模式、人物刻画等方面来看,作者在叙述上与国内的傅彩云形象形成对比,有意大量引入异域元素,试图展现一个颇带外国交际花特点的"放诞美人"。

(三)回国后:不贞女性

如果说作者对处于异国空间的傅彩云基本持正面立场,并用异域的价值标准来衡量她的话,那么当出洋结束,傅彩云再次置身国内时,作者的这一评价标准则悄然发生了变化。

回到国内后,傅彩云在国外所有的放荡行径才一一暴露。面对金雯青的指责,傅彩云用泼辣的言辞回击,这段言辞不像是女性觉醒的标志,倒颇像是破罐子破摔式的自我体认:"我的性情,你该知道了;我的出身,你该明白了。当初讨我的时候,就没有指望我什么三从四德、七贞九烈,这会儿做出点不如你意的事情,也没什么稀罕。"[1] 傅彩云这段不遵守三从四德、七

---

[1] (清)曾朴:《孽海花》,上海古籍出版社2011年版,第151页。

贞九烈的言辞,其实把自己拉向了传统妇道的反面——不贞。而在后文的叙述中,傅彩云的形象也与刚出场和在国外时迥然不同。在第二十三回,傅彩云与金雯青暂时冰释前嫌,从外貌上看,此时的傅彩云妖艳无比,与之前古典美人、交际花的形象判若两人——"身上穿着件同心珠扣水红小紧身儿,单束着一条合欢粉荷撒花裤,一搦柳腰,两钩莲瓣……一手托着香腮,一手掩着酥胸……真有说不出、画不像的一种妖艳。"[1]如果说出场时的傅彩云是林黛玉的翻版,出洋时的傅彩云是茶花女的翻版,那么回到国内的傅彩云则是如潘金莲一类妖艳女子形象的翻版。

更有意思的是,此时的金雯青一反出场时对傅彩云的态度:在出场时,傅彩云被金雯青当作昔日的旧情人,百般宠爱;而当发现傅彩云的放荡行径后,傅彩云则被看作来找金雯青复仇的梁新燕,金雯青的态度,已经由宠爱变为恐惧。无论是从外貌描写、金雯青对傅彩云的态度,还是从傅彩云的自我定位来看,其形象都再一次发生了转变,由交际花变成被传统价值体系排斥的女性。

二、符号化的表征空间及其对彩云形象构型的影响

由上文的分析可知,《孽海花》中傅彩云的形象大概分为三

---

[1] (清)曾朴:《孽海花》,上海古籍出版社2011年版,第173页。

个阶段，而无论是古典美人还是不贞荡妇，这两种形象在中国传统里都有原型，但只有处于异国空间中作为交际花形象的傅彩云，才与中国的文化背景格格不入，体现出另类特色。因此，异国空间与傅彩云形象的突变密不可分。

（一）异国作为符号化的表征空间

"文学作为文化的特殊样式，运用想象、虚构、隐喻、象征等手段，生产出符号化的表征空间。"[1]小说中的异国空间，正是这样一个符号化的表征空间。从史料来看，曾朴一生并未踏上过异国的土地，在描绘异国时，只能靠虚构、想象，其笔下的异国缺少现实的土壤，给人生疏、隔膜之感；在描绘异国及其风俗人情时，也多采用中国古典的模式，凭借的是自己有限的知识与经验。《孽海花》中所展示的异国空间（包括德国、俄国、轮船等），只不过是曾朴借镜上海租界，借镜外国文学，参考晚清士大夫、文人对异国的集体想象所创造的一个虚构空间罢了，而这一虚构的表征空间，又恰恰为另类的傅彩云形象提供了合法的场所。

曾朴于1892年初次到上海应春闱试，他这次在上海待的时间并不长，落榜后即捐官赴京任职。1897年，曾朴再次到上海，这

---

[1] 谢纳：《空间生产与文化表征——空间转向视阈中的文学研究》，中国人民大学出版社2010年版，第34页。

次到上海主要是为了创办实业。在上海期间，曾朴与谭嗣同、林暾谷等维新人士广泛交游，上海租界的花寓成为他们主要的落脚点。[1] 由此可见，曾朴对上海十里洋场，尤其是租界极为熟悉，而当时的上海租界（包括公共租界和法租界），咖啡馆、烟馆、欧式建筑、欧式公园林立，一生从未涉足异国的曾朴，自然把自己最熟悉的上海租界作为想象异国空间的重要资源。最明显的如曾朴对缔尔园和德国皇宫的描写：

  园中马路，四通八达。崇楼杰阁，曲廊洞房，锦簇花团，云谲波诡，琪花瑶草，四时常开，咖馆酒楼，到处可坐。[2]

  彩云一到，迎面就见一座六角的文石台，台上立着个骑马英雄的大石像，中央一条很长的甬道，两面石栏，栏外植着整整齐齐高的塔形低的钟形的常绿树。[3]

两段文字描写的虽然是德国最著名的建筑，但所采用的写法是中国传统的写景状物之法，或骈文，或散文，移步换景，并没有写出西式建筑的独特风貌，只是在景物中适当加入具有欧式风情的建筑罢了，如咖馆酒楼、骑马英雄的大石像。而这些具有欧

---

[1] 参见曾虚白《曾孟朴年谱》，载魏绍昌编《孽海花资料》（增订本），上海古籍出版社1982年版，第155—163页。
[2] （清）曾朴：《孽海花》，上海古籍出版社2011年版，第77页。
[3] （清）曾朴：《孽海花》，上海古籍出版社2011年版，第81页。

式风情的建筑,其直接经验即来源于上海,尤其是上海法租界。在上海期间,曾朴一度住在法租界内,并且深深迷恋租界内的生活方式,"我现在住的法租界马斯南路寓宅(Route Massenet),依我经济状况论,实在有些担负不起它的赁金了。我早想搬家,结果还是舍不得搬"[1]。熟悉的上海租界,就成为曾朴描述欧洲的模板,"《孽海花》中的欧洲,很大程度上就是对上海城市景观的成功改写"[2]。

除了借镜上海租界的城市景观,外国文学作品也是曾朴描写异域风情的重要资源。曾朴最初接触法文,是在同文馆。1897年,曾朴第二次到上海之后,结识了福建造船厂的厂长陈季同,陈在法侨居多年,与法国文学家弗朗士等常相往来,因此,陈季同成了曾朴的法文老师。曾朴开始认真钻研法国文学。1901年前后,曾朴写了《吹万庼文录》专门论述法兰西诗派、诗史及诗的派别源流;《蟹沫掌录》则是一本研究法国文学的读书札记。1904年前后,曾朴还与丁初我、徐念慈等人创办《小说林》,并以"东亚病夫"的笔名翻译雨果的《马哥王后佚史》《大仲马传》等作品。《孽海花》的造意者为金松岑,1904年,曾朴受金松岑

---

[1] (清)曾朴:《东亚病夫序》,载张若谷《异国情调》,世界书局1929年版,第9页。

[2] 宋莉华:《上海、法租界与晚清小说对异域的想象性建构——以〈孽海花〉为中心》,21世纪都市发展和文化:上海—巴黎都市文化国际学术研讨会,2009年10月25日。

之托续写,并在该年完成二十回;1905年由小说林社出版。1907年,曾朴又续写第二十一回至二十五回。20年后,即1927年,曾朴又重新改写、续写《孽海花》,直至1930年写成三十五回。因此,从时间上来看,曾朴创作《孽海花》时,正在研读、翻译法国文学。此外,从作品来看,曾朴一再把出洋后的傅彩云比作茶花女和蔷薇娘(日本文学中的人物形象)、姑娄巴(埃及女王)、马尼克,将傅彩云塑造成一个具有西方特色的交际花形象。而傅彩云在异国的交游、宴会,也无一不是以西方文学中上层贵族的舞会、宴会为模板叙述的。

  晚清的文学作品,涉及异域风情的不在少数。除了曾朴的《孽海花》,岭南羽衣女士的《东欧女豪杰》、向恺然的《留东外史》,以及描写海外留学生、华工悲惨现状的《苦学生》《苦社会》等都曾描写过异国风情。而这些作品的作者,几乎都没有到过海外,他们对异域的描述,几乎都来自传教士、租界生活经验以及有限的翻译进来的外国文学作品。晚清作家对异域的想象驳杂多样,但总体而言都表现出对异域先进科技、风土人情的向往,同时作者也把本国的现实转喻到异国空间,如《苦学生》和《苦社会》中对海外中国人悲惨境遇的描写,一定程度上折射的就是中国贫弱的国力和在世界格局中的不利地位。这些异域描写,即形成晚清文学叙述中的异国形象。而异国形象是想象物的一部分,是社会集体想象物的特殊形态;"异国形象可将本民族的一些现实转换到隐喻的层面上去","它表达了存在于两种不同的文化现实之间能够说明符指关系的差距"。[1]《孽海花》中的异国描写,即受到晚清作家关于异国集体想象的影响,是晚清关于异国社会集体想象物的一部分。如小说的第九回"遣长途医生试电术,怜香伴爱妾学洋文"中,金雯青、傅彩云一行人登上萨克森公司的轮船后,在船上碰到了不少新奇事,其中作者浓墨重彩描写的毕叶士克的催眠术尤为引人注意。小说中,金雯青因一时冲动,想让毕叶士克在异域美女身上表演催眠术,由此还引来一场风波。而催眠术在十七八世纪的欧洲很是流行,晚清小说以催眠术为题材创作的也不少,如吴趼人的《电术奇谈》,这部小说就大量涉及催眠术,小说的副标题就是"催眠术"。又如小说中关于革命党、虚无党的叙述,在晚清其他小说中也并不少见,岭南羽衣女士的《东欧女豪杰》写的就是俄国女革命党的故事,而在《苦学生》中,也涉及中国革命党、维新党等政治事件。在《孽海花》中,作者更是用几个章节的内容大加叙述俄国虚无党领袖夏雅丽的故事。由此可见,曾朴与晚清的其他作家一起,共同参与了对异域的想象与建构,并且在想象异域的过程中,受到社会集体想象物的影响。

(二)身体与性别解放:异国空间与彩云构型的两种方式

作为符号化表征空间的异国他乡为傅彩云形象的构型提供了

---

[1] [法]达尼埃尔-亨利·巴柔:《从文化想象到集体想象物》,孟华译,载孟华主编《比较文学形象学》,北京大学出版社2001年版,第118页。

合法性。异国空间对傅彩云形象的构型通过两个方面表现出来，一是身体的解放，二是性别的解放。

"对空间的压迫总是以身体为原点展开的，同样，对身体的压迫也总是从对空间的技术统治开始的。"[1]当傅彩云身处中国时，她所能活动的空间非常有限。如傅彩云出嫁时，由于穿了不合礼制的凤冠霞帔，满堂亲友当即"交头接耳"，议论"妆饰越礼"；而她公使夫人的身份，也是金雯青的正室张夫人让给她的。在传统的中国空间，傅彩云只能自我压抑，被传统的道德观念所规训。而一离开中国，传统的道德规训即失去了效力，异国他乡对傅彩云来说，无异于天堂。一上萨克森公司的轮船，傅彩云就四处活动，打量新奇的事物，学习洋文，结交夏雅丽、欧洲上流贵妇，在欧洲上流圈中如鱼得水。而这一切，在国内根本无法实现。异国空间与国内形成鲜明对比，让傅彩云的身体获得彻底解放。回国之后，风光无限的傅彩云依然只能受困于金家的高宅大院，一旦任性胡来，即被主流价值体系打压，最终只能以类似自我毁灭的方式来解放自己——出走金家，重做妓女。但作为妓女的傅彩云，也并没有实现真正的解放，她彻底滑到了伦理价值体系的对立面，永无翻身之日。

异国空间不仅扩展了傅彩云狭小局促的活动空间，而且从

---

[1] 谢纳:《空间生产与文化表征——空间转向视阈中的文学研究》，中国人民大学出版社2010年版，第233页。

性别身份上实现了傅彩云的解放。传统的中国社会是一个男权社会,"三纲五常""三从四德"成为传统社会规训女性的有力武器,而女性的活动空间也被限制,并因此失去社会活动的权利。晚清时期,随着西风东渐,西方男女平等、天赋人权等观念渐渐传入中国,在国内掀起第一次妇女解放的高潮。[1]但晚清代表新学的妇女解放运动思潮并不占主流地位,代表封建势力的顽固派、洋务派虽然做出了一定的妥协,但一旦进步的思想文化危及自身统治地位时,即进行疯狂的反扑——"它严重影响这一大层封建官僚的切身利益,于是以那拉氏为代表的专制势力进行了凶狠的反扑"[2]。因此,与维新派关系密切的曾朴(据曾虚白《曾孟朴年谱》记叙,曾朴与维新派的谭嗣同等人过从甚密,经常相约花寓畅谈维新思想[3])想要塑造一个有着独立女性意识,又不有违现实的女性形象,就只有把空间移到一向倡导男女平等的异国。在异国空间的傅彩云,没有了传统道德和价值观的绑架,行事自由,大胆泼辣,与现代女性几乎别无二致。可以说,异国空间,为傅彩云女性意识的觉醒提供了土壤,并且最终促成了傅彩云形象的转变。

---

[1] 参见于善彬《晚清妇女解放小说研究》,硕士学位论文,河南大学,2010年。
[2] 李泽厚:《中国近代思想史论》,生活·读书·新知三联书店2008年版,第89页。
[3] 参见曾虚白《曾孟朴年谱》,载魏绍昌编《孽海花资料》(增订本),上海古籍出版社1982年版,第155—163页。

三、冲突的彩云形象与现代性的萌芽

曾朴笔下的异国空间,虽然借镜上海租界,借镜外国文学,是晚清社会集体想象物的一部分,但作为一个与国内迥异的异质空间,异国代表的是西方、是现代,在时空上与代表传统、中国的国内空间形成鲜明对比。因此,身处异国的傅彩云与国内的傅彩云形成了古今、中西之争,其冲突的两种形象之间形成了某种张力。

(一)古今、中西冲突中的彩云

有学者认为,"中国传统文化与中国现代文化之间的差别乃是文化讨论中主要的、第一位的问题,而中西文化的地域区别则是次要的、第二位的问题,我们只有把重点放在第一个问题上,才能更好地来进行中、西文化的比较"[1]。而曾朴作为晚清一代知识分子,是"新时代、新思想、新知识的先驱"[2],其理路正是在异国空间中寻求现代性的萌芽,将古今的冲突放到一个代表先进文化的西方世界,企图用代表现代的异国文化来改良传统、落后的中国文化。因此,身处异国他乡的傅彩云才会与国内的傅彩云形象判若两人,在性格上充满矛盾。

---

[1] 甘阳:《古今中西之争》,生活·读书·新知三联书店2012年版,第45页。
[2] 许纪霖:《中国知识分子十论》,复旦大学出版社2003年版,第82页。

傅彩云形象特征上的冲突首先是中国形象与西方形象的冲突。出国之前的傅彩云代表的是传统的中国女性形象，如第一部分所分析的，作者在叙事模式上大量采用中国刻画古典美人的套话，在性格上采用的也是传统的评价标准。身处异国，彩云形象开始活泼起来，并渐渐表现出欧洲交际花的特点——活泼好动、善于交际。作者试图把中国传统古典美人形象与西方交际花形象统一于傅彩云身上，并把异国空间作为统一二者的契机。然而，且不论作者的异国空间只是晚清社会集体想象物的一部分，作者在描写彩云形象的变化时笔锋陡峭，转变衔接并不自然，国外的傅彩云与国内的傅彩云更像是两个不同的人物形象。而当叙述空间再一次转向国内之后，傅彩云虽然已与出国前的形象大不相同，但又滑至中国传统形象中的另一类形象——荡妇/妖艳女子。所以，当叙述空间在中国时，作者采用的是中国传统的叙事模式与评价标准；当叙述空间转向国外之后，作者采用的又是另一套叙事模式与价值标准，而作者在异国空间所采用的叙事模式，源自对异域的想象与建构。

在晚清维新派知识分子的眼中，西方代表的即是现代，因此，异国空间不仅在空间上区别于国内，在时间上亦构成传统与现代的对立。置身异国的傅彩云，不仅具有西方交际花的特征，还具有现代女性的特点。现代女性所具有的行事自由，现代对女性的评价标准与价值规范都发生在代表现代的西方。国内的傅彩云，代表的是中国传统的女性形象——或为古典美女,或为妖艳女性,而异国的傅彩云,代表的是现代的女性形象。传统与现代的冲突,就集中于傅彩云形象身上。中西、古今的冲突不和谐地统一于傅彩云一身,在横向和纵向上造成冲突,这种冲突,也正是晚清具有新思想的一代知识分子身上现代性萌芽的基本特征。

(二)现代性的萌芽:异国空间中彩云形象的意义

正是异国空间,使得傅彩云形象体现出三种不同的特征,而身处异国的傅彩云,又与国内的傅彩云形象在时间和空间上区别开来。国外的傅彩云,正是曾朴及其作品《孽海花》现代性的萌芽之所在。

国外的傅彩云活泼好动,不受中国传统价值观念的束缚,不论是在着装上还是在行为处事方式上,都体现出与中国传统女性形象的背离。在异国空间中,作者主要是对傅彩云的一系列"越轨"行径细加描写,至于人物评价,作者在叙述态度上不置可否,并没有用中国传统小说一贯采用的道德标准来评判人物,对风流放荡的傅彩云,作者之意并不在做出是非曲直的判断。因此,蔡元培在读完小说后才会评论说"除了美貌与色情狂以外,一点没有别的"[1]。蔡元培的评价用来形容身处异国的

---

[1] 蔡元培:《追悼曾孟朴先生》,载魏绍昌编《孽海花资料》(增订本),上海古籍出版社1982年版,第198页。

傅彩云时可能还比较恰当，但用来评价国内的傅彩云，则不够贴切。如上文所述，作者在刻画国内的傅彩云时，所采用的叙事模式基本是中国传统的刻画女性的叙事模式，因而，作为古典美女的傅彩云与作为放荡女性的傅彩云，也就隐隐包含了作者的评价标准——中国传统的价值体系。而身处异国，作者抛开了国内的一切评价体系，傅彩云本身，就是作为一个西方的交际花形象出现，国内的传统的评价体系，自然不适用。因此，异国空间及处于异国空间的彩云形象，首先在价值上解构了传统的道德价值评价体系。

《孽海花》一书虽然描写了晚清的一系列重大历史事件，但在刻画历史事件时加入了很多风俗描写。特别是金雯青出使外国后，作者的笔墨多聚焦于外国上流社会宴会（如傅彩云几次参加的宴会）、西洋的建筑（如缔尔园、德国皇宫）、服饰（如彩云的穿着）、历史掌故（如对俄国虚无党不厌其烦的叙述）。曾朴这种以风俗史入历史小说的写法，区别于传统的史传写法，受到法国近代小说的影响。如上文所述，作者与法国文学渊源颇深，其研究过的法国浪漫主义文学，以及所阅读的雨果的一系列作品，所采用的叙述历史的模式就是在历史中大量加入风俗的描写。总之，《孽海花》"摆脱了一般历史小说以重大历史事件或重要历史人物为中心的模式，不是演义'正史'，而是展现一种由世俗生活构成的'风俗史'；它塑造的人物，是一种可能更多借助于虚构的，而且在道德品性、行为方式、经历和业绩上都不带崇高色彩的'非英雄'"[1]。《孽海花》把法国文学的因素引入历史叙事中，与从道德上对传统的解构一样，在叙事上，也解构了传统的历史叙事，体现出现代性。而小说中这种现代性的展现，又集中于异国空间。

曾朴的《孽海花》，集中刻画了一个文学史上典型的妓女形象，而这一形象，又由龃龉的三部分构成——出国前的傅彩云、出国后的傅彩云以及回国后的傅彩云。造成傅彩云形象龃龉的一个重要因素，就是小说中浓墨重彩展现的异国空间。异国空间，为傅彩云形象的突变提供了契机。同时，曾朴的异国空间，借镜于晚清上海租界、外国文学作品，是晚清社会集体想象物的一部分，集中代表了晚清一代知识分子对异域的想象与建构。正是在对异域的想象与建构中，现代性也于此萌芽，无论是对身处异域的傅彩云非道德的评价，还是对傅彩云所处的异域空间风俗史式的描绘，作者都意在解构中国传统的叙事模式。通过异域空间，傅彩云形象得以构型——成为一个与国内空间大相径庭的形象。这样的形象，又何尝不使其带有现代性的色彩，构成现代中国文学史上女性身份建构的重要一环呢？

---

[1] 杨联芬：《晚清至五四：中国文学现代性的发生》，北京大学出版社2003年版，第261—262页。

第二节
三代知识分子眼中的赛金花

近代以来，赛金花题材一直是文学创作的热点。赛金花是历史上著名的妓女，一方面，她的经历颇具传奇性（比如嫁与状元做妾，与德军统帅瓦德西的艳事），这就给作家提供了丰富的素材与广阔的创作空间；另一方面，赛金花生于变革动荡的晚清，与义和团运动、八国联军侵华等重大历史事件有着间接或直接的关联，与国家民族的命运密切相关。而作为知识分子的作家，往往具有强烈的批判意识与社会关怀，从赛金花身上能找到参与社会公共话语建构、传达知识分子心声的突破口，故一再将她加以演绎创作，形成了文学史上蔚为壮观的"赛金花书写史"。

按照赛义德等学者的理解，知识分子是一个具有特定的公共角色与批评意识的群体——"知识分子是社会中具有特定公共角色的个人"，"是具有能力'向（to）'公众以及'为（for）'公众来代表、具现、表明讯息、观点、态度、哲学或意见的个人"，因此，知识分子注定是永恒的"放逐者与边缘人"，是"业余者"而非"专业者",是敢于"对权势说真话"的人。[1]将以赛金花为题材的作家群看作赛义德等学者眼中的真正的知识分子是不妥当的。作家是广义上的知识分子,只是以赛金花为题材的作家群与广义的知识分子相比,更具有赛义德等学者所定义的真正的知识分子的一些特征,主要表现为强烈的公共关怀,体现出一种公共良知,有社会参与意识等。

  20世纪以来,中国的知识分子一直处于转型变化之中。许纪霖在观照20世纪中国现代化整体历史的宏观背景上,以1949年为中界,分别以"五四"和"文革"为历史中轴,将20世纪中国的知识分子分为前三代和后三代,分别是:晚清一代、"五四"一代、"后五四"一代、"十七年"一代、"文革"一代和"后文革"一代。[2]参与赛金花题材创作的作家分属三个时期:近代、现代和新时期。近代相关作家表现出晚清一代知识分子的特征,"大多生于1865—1880年,早年受过系统、良好的国学训练,有传统的功名",他们是"最末一代士大夫",又是"新知识、新思想、新时代的先驱",这一时期的代表作家是曾朴;现代的相关作家主要表现出"后五四"一代知识分子的特征,"生于1895—1910年,是'五四'中的学生辈","求学期间直接经历过'五四'的洗礼",大都有留学欧美的经历,最为典型的代表作家是夏衍;

---

[1] 许纪霖:《中国知识分子十论》,复旦大学出版社2003年版,第78—88页。
[2] 参见许纪霖《中国知识分子十论》,复旦大学出版社2003年版,第81—84页。

新时期赛金花题材的文学作品主要创作于20世纪80年代，这些作家具有"开放、多元"的心态，"致力于新一轮的思想启蒙与知识范型的开拓"，代表作家是赵淑侠。[1]三代不同的知识分子都以赛金花为原型，创作了三种不同的赛金花形象，分别是：边缘型新女性、不平常的奴隶与生不逢时的现代女性。

一、近代赛金花题材创作："边缘型新女性"

近代赛金花题材创作发端于樊增祥的诗歌《前彩云曲》，几年之后，诗人又创作了《后彩云曲》。这两首诗歌无论是从文体形式还是诗歌内容上看，都不出传统文人塑造边缘女子形象的藩篱。诗中，赛金花被塑造成一个祸国殃民的边缘女子。作者创作诗歌的目的是劝谏王公大臣——"此一泓祸水……祸水何足溺人，人自溺之，出入青楼者可以鉴矣。"诗中的彩云与杨妃一样，初得恩宠后遭弃掷，"微时菅蒯得恩怜，贵后萱芳成弃掷。……彩云易散琉璃脆，此是香山悟道时"。《前彩云曲》创作于19世纪末期。随着清朝统治危机的加剧，诗人对彩云的批判也越来越尖锐。在《后彩云曲》中，彩云已经被塑造成一个祸国殃民且有损国威的女性。诗人将民间谣传的赛金花与瓦德西的艳事大肆渲染——"朝云暮雨秋复春，坐见珠槃和议成"，说其

---

[1] 这三代知识分子特征的描述参见许纪霖《中国知识分子十论》，复旦大学出版社2003年版，第82—84页。

"秽乱宫闱，招摇市廛，昼入歌楼，夜侍夷寝"。[1]樊增祥用类似《长恨歌》的形式来描写赛金花，国家不幸的根由被转嫁给一个边缘女子，而这种转嫁的背后一方面体现了作者蛮横的男权意识，另一方面也从侧面展现了男性（统治者）的无能。作为传统的知识分子，樊增祥理所当然地站在皇权的一边，然而国家民族的灾难接踵而至，作者迷信于皇权，自然不会把怨怼指向统治者。在延续千年的男权思想与皇权意识的双重作用下，作者自然而然地把矛头指向身份低贱的赛金花。樊增祥笔下的赛金花成了负国负民的妖孽，他主要从反面来塑造赛金花。赛金花去世后，众多文人写了不少挽联、诗词和墓志悼念她，如碧葭塘主的《续彩云曲》，贺履之的《哭灵飞诗》，藏衣老人的《挽赛金花》，潘燕生的《赛金花墓表》。[2]这些作品与樊增祥的诗歌一样，主要采用的也是我国传统的诗词歌赋的形式，不过多表现出对赛金花的欣赏与同情。

近代，赛金花题材的文学作品除了樊增祥的诗歌外还有一批小说。这批小说的开创者是曾朴的《孽海花》。《孽海花》发表之后产生了广泛的影响，出现了不少续书，如张鸿的《续孽海花》，陆士谔的《孽海花续编》。据郑逸梅所言，张鸿的"《续孽海花》是受曾朴的委托，秉承其遗志而成的"[3]。《续孽海花》

---

[1] 张次溪编：《灵飞集》，天津书局1939年版，第157页。
[2] 参见张次溪编《灵飞集》，天津书局1939年版，第158页。
[3] 燕谷老人：《续孽海花》，黑龙江人民出版社1982年版，第458页。

中的赛金花是一个率性而为、敢作敢当、机智过人的女性——"那里有中国娘儿们忸忸怩怩的习气呢"[1]。陆士谔的《孽海花续编》开篇即写傅彩云（赛金花）与下人阿福狎昵气死金雯青，后来彩云又出走金家，重操旧业。小说中的赛金花更多地体现出边缘女子的特征。首先，小说对赛金花的描写充满"情欲"色彩，如写庄稚燕与赛金花的亲昵，赛金花呈现尤物的特征："一亲香泽，觉其肌体温润胜玉、柔滑如脂。"又如第二十四回"梨园并枕呢喃谈国变"写到杨小楼与赛金花情事亦充满情欲色彩。其次，陆士谔塑造的赛金花已不具有机智过人、见多识广的才情，当瓦德西与她谈话告诉她想借沈荩消除种族观念时，她并未能领会瓦德西的深意，"梦兰虽然聪明，究系女流，那里晓得话中深意，自然也随声附和了"[2]。显然，这样的描写更符合赛金花的边缘女子的身份，颇近"自然主义"的风格，不是"一个正面的而且非常理想化的"[3]边缘女性形象。除了这两部续书，张春帆的《九尾龟》在第一百七十二回中亦大概按照《孽海花》的思路，重新讲述了赛金花的故事。吴趼人的《二十年目睹之怪现状》中亦把赛金花列为"四大金刚"之一。

近代赛金花题材书写最有影响的作品是曾朴的《孽海花》。

---

[1] 燕谷老人：《续孽海花》，黑龙江人民出版社1982年版，第188页。

[2] 陆士谔：《孽海花续编》，中国文联出版公司1989年版，第112页。

[3] ［法］安克强：《上海妓女——19—20世纪中国的卖淫与性》，袁燮铭、夏俊霞译，上海古籍出版社2004年版，第52页。

曾朴是许纪霖所谓的"晚清"一代知识分子,"是中国历史上最末一代士大夫","是新时代、新思想、新知识的先驱"。[1]他早年受过系统的国学教育,之后走仕宦之路,后来顺应时势,兴办实业与教育,积极学习西方,尤其受到法国文学的影响。曾朴能够顺应时代思潮,是连接新旧文学的一道桥梁,"是一个梦想改革中国文学的老文人"[2]。

《孽海花》是曾朴的成名作,也是最能代表曾朴文学思想、体现一代知识分子关怀精神的作品,小说中的傅彩云形象丰满立体,是这一时期赛金花题材作品中塑造得较为成功的代表。《孽海花》这部小说几乎贯穿曾朴一生的文学实践,正所谓"半世风流孽海花"。这部小说从某种程度上来说正是曾朴一生文学思想的反映,是"近代文学家"文学创作实践的代表,小说中的傅彩云(赛金花)代表的是近代知识分子眼中的女性形象。

《孽海花》以傅彩云与金雯青的故事为线索,试图展现晚清几十年的历史图景。傅彩云本为花船女子,与金雯青一见钟情,嫁与金雯青做妾后随他出使外洋。后来,金雯青因地图事件被弹劾,又撞见傅彩云与孙三儿情事,终致一命归西。彩云随后逃离金家,重操旧业。从这一故事线索来看,傅彩云的身份似乎经历了"边缘女子—侍妾—公使夫人—侍妾—边缘女子"的转

---

[1] 许纪霖:《中国知识分子十论》,复旦大学出版社2003年版,第82页。
[2] 胡适:《追忆曾孟朴先生》,载魏绍昌编《孽海花资料》(增订本),上海古籍出版社1982年版,第212页。

变。然而，在整部小说中，作者始终把傅彩云作为一个边缘女子来加以塑造（即使她嫁与金雯青做妾后）。小说中的傅彩云是作为金雯青发迹前的相好——梁新燕的替身出场的，彩云是梁新燕的转世，因而受到对梁新燕心怀愧疚的金雯青的青睐，并顺利成为他的侍妾。傅彩云因为是边缘女子出身，故她在小说中逾越礼教、放荡泼辣的性格与处事方式获得了合法性的地位。在晚清，边缘女子所处的空间与正常的社会伦理秩序迥异，"在'体面的社会'与它的非正常社团的连接处，妓女是所有那些所谓的边缘群体中最接近这个连接点的人。她们始终处在这样一条不断移动着的分界线上：一边是被社会抛弃的人群，另一边是拒绝她们或被她们所拒绝的社会"[1]。傅彩云与小说中出身名门的大家闺秀形成了鲜明的对比：金雯青的正室出身名门，因而一言一行无不符合礼教规范，甚至不愿与金雯青出使外洋。另外，小说中筱亭的夫人更有"巾帼须眉"之称，迷信科举，轻视丈夫；威毅伯之妻同样迷信科举，不肯把女儿嫁给没有功名的庄仑樵。与这些正统的女子相比，傅彩云在性格上大胆泼辣，不受礼教束缚，对外界充满好奇，灵活多变。在出使德国的轮船上，傅彩云不到十日就已略晓洋文，面对夏雅丽的手枪，金雯青吓得倒退发抖，傅彩云却临危不惧，伶牙俐齿为金雯青辩护，并用商业交易的法则——出钱捐助夏雅丽所属的虚无党，帮金雯青平息了风波。

---

[1] ［法］安克强：《上海妓女——19—20世纪中国的卖淫与性》，袁燮铭、夏俊霞译，上海古籍出版社2004年版，第1页。

边缘女性的身份使得傅彩云一系列大胆出格的言行举止获得了合法性。最为明显的是小说对傅彩云情欲化的描写。傅彩云在出使德国时，结交上流，艳名大噪，被誉为"中国第一美人"，甚至赢得德国皇后"放诞美人"的称号。彩云的放诞表现在与下人阿福调情，在德国遇到瓦德西时又意乱情迷，回国后又与戏子孙三儿"沆瀣一气"，最后索性出走金家，重操旧业。蔡元培就曾评价傅彩云"除了美貌与色情狂以外，一点没有别的"[1]。因为是边缘女子，小说中的彩云耐不住孤寂，其视自由为天经地义，说自己"天生爱热闹、寻欢乐"，"手头散漫惯了"。[2]

边缘女性的身份似乎赋予了傅彩云性格与行为处事的合法性，而她的性格与处事方式又似乎透露出现代女性的某些特征。譬如追求自由与独立，对男性权威的挑战。"曾朴与《孽海花》的创意者金天翮都是上海女性启蒙的积极提倡者"[3]，曾朴塑造傅彩云形象，不排除启蒙女性的用意。然而，傅彩云身上表现出的现代女性特征却是建立在边缘女性身份的基础上的。清末民初，知识界兴起女权运动，主张解放边缘女性，"妓女虽微虽贱，亦国家之赤子也"，"辛亥革命时期知识界对妓女的审视同样是在西方自由、平等、博爱的旗帜下进行的。他们主张解放妓女，使她们

---

[1] 蔡元培：《追悼曾孟朴先生》，载魏绍昌编《孽海花资料》（增订本），上海古籍出版社1982年版，第198页。
[2] （清）曾朴：《孽海花》，上海古籍出版社2011年版，第195页。
[3] 李永东：《租界文化语境下的中国近现代文学》，人民出版社2013年版，第66页。

在政治上、经济上、教育上与男子平等"[1]。边缘女子与新女性是对立的，前者是需要被解放的对象。这样，傅彩云的边缘女性身份就与其表现出的某些新女性的特征形成了悖论。"究竟赛金花是否代表了20世纪中国女权主义的先锋，还是仅仅体现了男性最不可救药的性幻想？"[2]因小说的创作语境与租界化上海的关系，这一悖论又得到了某种消解。"傅彩云无疑是承载小说情欲观念和女权观念最重要的人物形象"，"傅彩云形象应是城市文化与作者观念在最前卫的姿态下互动合谋的产物"。[3]"上海租界是晚清社会最西化的城市区域，是西方观念的聚集、发散之地"，"是消化、传播最激进的女权主义观念的城市区域"。[4]因此，小说中的傅彩云形象具备的其实是"上海式"的特征。租界这个特殊的空间使得傅彩云身上边缘女性与新女性、传统与现代的矛盾得到了和解，因而成为一个近代文学形象中的"边缘型新女性"。

综上可见，近代赛金花题材的作品都是把赛金花作为一个边缘女子来加以塑造的。只是樊增祥笔下的赛金花放荡可耻，其叙事方式不出传统的"红颜祸水"模式；陆士谔与张春帆笔下的赛金花则是真正的"色情狂"，"情色"成为人物形象的核心内涵；燕谷

---

[1] 邵雍：《中国近代妓女史》，上海人民出版社2006年版，第129—130页。
[2] 王德威：《想象中国的方法：历史·小说·叙事》，生活·读书·新知三联书店1998年版，第39页。
[3] 李永东：《租界文化语境下的中国近现代文学》，人民出版社2013年版，第65页。
[4] 李永东：《租界文化语境下的中国近现代文学》，人民出版社2013年版，第65页。

老人(张鸿)的《续孽海花》是《孽海花》续书中较为成功的一部,其笔下的赛金花机智过人、率性而为,只是与曾朴笔下的赛金花相比,少了几分泼辣与狡诈。况且,《续孽海花》一书没有像《孽海花》一般用大量的笔墨勾勒晚清的历史图景,把人物放在宏大的背景之中,与国家民族的命运相关联。因此,小说中的赛金花与曾朴笔下的赛金花相比,少了一份历史的厚重感,显得平面单一。曾朴作为近代一位具有代表性的知识分子,既具有知识分子强烈的社会关怀精神,又能够敏锐地捕捉到时代的气息,其笔下的赛金花,代表了晚清一代知识分子丰富而复杂的体验。

二、现代赛金花题材创作:"不平常的奴隶"

现代赛金花题材的创作是随着民族危机的渐渐加深而兴起的。20世纪30年代前后,知识分子尤其是文艺工作者有感于日益衰微的国势,急于找到一个鼓舞民气、抗击西方侵略者、反抗国民政府"不抵抗"政策的突破口,于是民间谣传的庚子事变中有功于国家的奇女子赛金花便不约而同地成为作家探访、描写的对象。现代赛金花题材作品主要有两类:一类是赛金花的传记和有关资料的汇编;另一类是真正的文学作品。传记资料类占了大部分,主要有《赛金花本事》(刘半农)、《赛金花外传》(曾繁)、《赛金花遗事》(沈云衣)、《赛金花故事》(洪渊)、《赛金花》(蒋醒若)等。刘半农的《赛金花本事》和曾繁的《赛金花外传》都是采访赛金花之后写成的。刘半农去世后,《赛金花本事》由商鸿逵续写而成,全书采用第一人称叙述的方式,具有较高的史料价值;曾繁的《赛金花外传》流露出对身处乱世的赛金花的同情,"少女时代,流落青楼,青春时代,贵为使节夫人,少妇时代,周旋八国联军主帅,拯北京民众于锋镝之屠杀。中年时代,复先后适人,晚年时代,颠沛困苦"[1]。沈云衣的《赛金花遗事》是有关赛金花资料的小汇总;洪渊的《赛金花故事》亦是有关赛金花的纪实史料;蒋醒若的《赛金花》收录了有关赛金花的部分资料:如曾虚白(曾朴长子)的《为赛金花公演献告父亲》,夏衍戏剧《赛金花》的剧情梗概,主体部分用章回体的形式简略概括了赛金花的一生,总体上流露出对赛金花的欣赏与同情。文学作品主要有虞麓醉髯的《赛金花传》,熊佛西的戏剧《赛金花》和夏衍的戏剧《赛金花》。虞麓醉髯的《赛金花传》中,金文卿被塑造成一个保守而虚伪的老官僚,赛金花则被塑造成一个机灵圆滑的女性,年轻时是一个"花容月貌,颠倒众生的尤物",后半世光阴则"惨淡凄凉","的确还是个极苦恼极可怜的人"。[2]熊佛西谈到他之所以写《赛金花》,是因为赛金花"有可歌可泣的身世,且由她的身世可以看出四十年来国家的兴衰,人心的变幻,帝国主义者加紧的压迫"[3]。

[1] 曾繁:《赛金花外传》,大光书局1936年版,第1页。
[2] 虞麓醉髯:《赛金花传》,上海大通图书社1935年版,第2、5页。
[3] 熊佛西:《赛金花》,华中图书公司1944年版,第5页。

在20世纪30—40年代的创作中，赛金花与民族、国家产生了关联，赛金花题材的创作进入了"国防文学"的范畴。夏衍的《赛金花》是所有作品中影响最大，被认为是"在中国提出建立'国防戏剧'口号后，第一次收获到的伟大的剧作"[1]。然而，夏衍的《赛金花》在当时乃至新中国成立之后一直存在争议，不乏负面评价。陈瘦竹在《左联时期的戏剧》中认为《赛金花》对义和团的积极作用认识不足，另外选用赛金花这样一个"在历史上并无进步作用"的人物"对于中国广大人民是没有好处的"。[2]夏衍的《赛金花》是作为国防文学出现的，戏剧演出之后虽然受到追捧，观众达几万人，但据茅盾观看后的印象，戏剧本身还是存在一些问题，而这些问题与作者把"中间人物"赛金花作为主人公加以刻画有一定关系。据茅盾记载，戏剧第七场魏邦贤与赛金花对骂时，观众掌声热烈，"他们是来看'赛金花'的"[3]。作者的本意是想借赛金花讽刺清朝昏庸腐朽的官员，并借以讽喻国民党当局，然而观众的"觉悟"并不像夏衍设想的那么高，观众并没有领会夏衍的苦心，所表现的至多是"对于赛金花个人命运的关心"，这样，作品"要在'国防文学'的旗帜下以赛金花为题材；终于会捉襟露

---

[1] 会林、陈坚、绍武编：《夏衍研究资料》，中国戏剧出版社1983年版，第478页。
[2] 会林、陈坚、绍武编：《夏衍研究资料》，中国戏剧出版社1983年版，第460页。
[3] 夏衍：《夏衍〈赛金花〉资料选编》，安徽大学中文系教学参考书，1980年印制，第8页。

肘"。[1]所以，夏衍之后又写了一部以正面女英雄作为主人公的戏剧《秋瑾传》。

《赛金花》是夏衍创作的第一个剧本，在创作上难免存在生疏之处，加之观众的接受度并不如作者的预想，作品及其主人公也存在争议。然而，从作者的创作本意及普遍反映与评价来看，夏衍的《赛金花》确实代表了一代知识分子的心声。

夏衍出身于没落的地主家庭，幼年进过私塾，做过染坊学徒，青年时进浙江甲种工业学校，其间受到新思潮的影响，1919年投身"五四"爱国热潮，之后留学东瀛，回国后一度以记者、报人、翻译家、作家等身份跻身文坛，参加社会活动，是典型的"后五四"一代知识分子。作者笔下的赛金花是一个遭损害的奴隶，又不是一个平常的奴隶，其身上既承载着作家强烈的干预社会、批判社会与面对民族危机时强烈的忧患意识，又被寄予了作家的人文关怀。夏衍是站在"人"的立场上来刻画赛金花的。

作品中的赛金花，到底是"在历史上并无进步作用"的人物，还是"九天护国娘娘"，抑或是其他？按照夏衍的本意，赛金花是众多像李鸿章、孙家鼐一般的"奴隶里面的一个"，只是与众多奴隶相比"她多少的还保留着一点人性"。[2]后来作者又说"赛金花不是一个平常的女子，所以我就借了她的生平，来讽刺一下

---

[1] 夏衍：《夏衍〈赛金花〉资料选编》，安徽大学中文系教学参考书，1980年印制，第9—10页。

[2] 会林、陈坚、绍武编：《夏衍研究资料》，中国戏剧出版社1983年版，第162页。

当时的庙堂人物,说同情,就在这么一点"[1]。可见,作者是把赛金花作为一个不平常的奴隶来加以刻画的,对作品中的赛金花,作者抱着同情的态度。

  应该说,剧本中赛金花的形象塑造基本达到了作者预想的效果。首先,赛金花是动荡时代中一个不幸的奴隶。作者没有描写赛金花悲惨的身世,只是截取了她在庚子时代的遭遇作为表现的重点。赛金花出走洪家后重操旧业,在北京做了妓女,她本来只想由着自己的性子,自力更生,却遭到洪钧旧友孙家鼐及洪家人的反对,认为她败坏洪家名声。赛金花虽然暂时得到立豫甫、卢玉芳等人的保护,在北京站稳了脚跟,然而由于政治形势的变化,她最终还是没有斗过孙家鼐。在剧本的最后,赛金花非但没有因为议和有功得到赏赐,还遭到孙家鼐、魏邦贤等人的陷害,锒铛入狱,身无分文。赛金花俨然一个"想做妓女而不得"的可悲角色。更可悲的是她身上近似愚昧的奴隶本性。赛金花并没有意识到以瓦德西为首的西方列强的侵略本性,而是凭借自己与瓦德西的旧识关系以及肉体,赢得一时的苟安与荣耀,而她救人也并非出于真正的民族大义,不过是因为一点"还保留着一点人性"。赛金花并没有个人的独立与自主意识,她想做妓女又屡屡"不禁有身世之感"[2],先是在瓦德西邀请自己到仪鸾殿时怀疑自己这样身份的人不配进入,接着是在促成议和之后认为"皇家的

---

[1] 会林、陈坚、绍武编:《夏衍研究资料》,中国戏剧出版社1983年版,第168页。
[2] 夏衍:《夏衍选集·第一卷》,四川文艺出版社1988年版,第61页。

恩典，是轮不到像我这样的人的"[1]。这样的描写比较符合历史人物的奴隶身份。其次，赛金花又是奴隶中的"一个不平常的女子"。与昏庸懦弱的清朝大臣相比，赛金花表现得机智从容。面对残暴的德国军队，赛金花知道利用自己的优势，先是搬出飞特丽皇后，听说统帅为旧相识瓦德西后又立即利用这层关系，不仅保全了自己，还帮了几个官员、百姓；在与德军谈判时，赛金花善于抓住对方的弱点，尤其是克林德夫人的心理症结，并巧妙利用，最终促成和解；与虚伪胆小的孙家鼐等官员相比，赛金花颇有几分豪爽与侠气。面对军队的轰炸，众官员吓得面如纸色，赛金花却还能从容清唱、喝酒，而最后的"树倒猢狲散"的结局，也颇有几分"英雄末路"的悲凉。

综上所述，在民族危机日益加深的时刻，知识分子选择赛金花作为创作对象，或为她作传，或将她写进文学作品中，试图以此鼓舞民气，振奋民族精神，抵御外侮。在现代赛金花题材作品中，作家有意识地弱化了赛金花的妓女身份，有关妓女的"情色"描写明显减少，妓女放荡、泼辣的性格特征也不明显。作家更多地强调主人公作为"人"的权利以及与主人公相关的民族国家意识。他们对赛金花坎坷的人生经历给予同情，为其丧失人的尊严的奴隶身份扼腕叹息。更重要的是，随着民族危机的加深，作家不约而同地挖掘赛金花与民族国家关联的部分并尽情渲染，

---

[1] 夏衍：《夏衍选集·第一卷》，四川文艺出版社1988年版，第61页。

民族国家的观念被放到了首要地位。夏衍的作为"国防文学"代表作的《赛金花》就鲜明地体现了这一点。

三、新时期赛金花题材创作：生不逢时的现代女性

与现代赛金花题材的创作相似，新时期赛金花题材作品也主要分为历史传记资料和文学作品两类。历史传记资料主要有《名妓赛金花遗事》（王健元）、《赛金花其人》（孙震）等。文学作品类主要有金东方的《赛金花》、潘冠杰的《晚清名妓赛金花》、志勤的《晚清名妓：赛金花》、王晓玉的《赛金花·凡尘》以及赵淑侠的《赛金花》。新时期赛金花题材的文学作品几乎都把赛金花作为新时代的女性加以刻画。金东方笔下的赛金花，少女时天真无邪，成年后坚强独立、救国救民，俨然一个民族英雄，妓女的特征则进一步被弱化，情色描写也降到了最低限度，赛金花被"塑造成一位娴静、优雅的高贵少妇"[1]。潘冠杰等人的作品也从正面塑造赛金花，表现出对赛金花的欣赏和同情。王晓玉则试图把赛金花作为一个平凡的人来刻画，试图"去妖魔化"，认为赛金花是平凡的，不足以影响、左右一个国家的命运，也没有能力在危急关头拯救一个国家，不是所谓的"九天

---

[1] 金东方：《赛金花》，鹭江出版社1985年版，第93页。

护国娘娘"。[1]

赵淑侠的《赛金花》则标榜"女性文学","将其作为'女性文学'一类"[2]。作品展现了一个追求独立自主、希望男女平等的妓女在严酷的封建礼教环境中的悲剧命运。在这部作品中,主人公金桂(赛金花)从小就不是一个恪守传统、屈服于命运的女子。少女时代的金桂不安于现状、向往自由,羡慕官太太和小姐的生活。遇到状元洪文卿,她无疑抓到了一根救命稻草,心甘情愿地嫁与他做妾,希望由此能够"到外面去见识见识"[3]。嫁与洪文卿之后,金桂也没有安分守己地做姨奶奶,她"跟那些姨奶奶们并不很谈得拢,她们的生活内容对她来说太狭窄了,如果她的一生也像她们一样,终日终月终年地打牌、听戏,争风吃醋的话,这是多么地悲哀呢[4]"!显然,传统女性囿于家庭、足不出户的生活并不是主人公所向往追求的。从作品一开始,作者就赋予主人公现代女性独立自主的个性特征。随着洪文卿出洋,金桂的新女性特征日渐明显。出洋的途中,金桂先是遇到苏菲娅,接受了现代思想启蒙,接触到男女平等的观念,认识到"洋女人"与中国女性相比所具有的优势,"中国

---

[1] 张肇祺:《探究的勇气和实力 ——〈凡尘〉代序》,载王晓玉《赛金花·凡尘》,上海古籍出版社1998年版,第5页。
[2] 赵淑侠:《赛金花》,江苏文艺出版社2010年版,第1页。
[3] 赵淑侠:《赛金花》,江苏文艺出版社2010年版,第22页。
[4] 赵淑侠:《赛金花》,江苏文艺出版社2010年版,第46页。

女人凡事都要听男人的,洋女人自己说了算。她们好神气"[1]。通过苏菲娅,金桂还了解了革命、民主等一系列新名词。随洪文卿出洋的几年,是主人公最为辉煌、顺心的几年,西方"自由民主"、男女平等的环境适合生性不安分的金桂。

然而,金桂的风光与辉煌随着洪文卿出洋的结束而结束。回国后,金桂面对的是一个严酷的环境,她逐渐成熟起来的新女性特征很快便遭到残酷的打压。在国内,金桂从身边的女性身上见识到女人的悲剧性:妓女桃桃姐好不容易从良又被无情抛弃;扬州娘姨遭到洪文卿冷落,在家中身份卑微,最后悒悒而终,甚至死后都不能入祖坟。洪文卿死后,同样的悲剧终于发生在她身上,她被洪夫人以三千两银子打发,自己的亲生女儿德官也被夺走,无奈之下只好以曹梦兰之名重入风尘。被逼入绝境之后,金桂开始激烈反抗,"陆润庠代表洪家的人来干涉她的生活,不仅激起她的愤恨,也再一次提醒她,她永远不是一个独立的人"[2]。然而,金桂的反抗是无力的,她的女儿德官死了,她先后嫁与曹瑞忠、魏斯炅,渴望过寻常日子,无奈曹、魏死后,她还是被当作一个靠皮肉营生的妓女,她对嫖客的痛骂反映了她的无奈与悲凉——"你们花钱买我的身子还不够,还要栽我的赃,夺我的清白。可怜我半辈子过的尽是人不人鬼不鬼、遭人作践的日子"[3]。

---

[1] 赵淑侠:《赛金花》,江苏文艺出版社2010年版,第80页。
[2] 赵淑侠:《赛金花》,江苏文艺出版社2010年版,第233页。
[3] 赵淑侠:《赛金花》,江苏文艺出版社2010年版,第371页。

赵淑侠的《赛金花》写出了一代名妓"眼望天国，身居地狱"[1]的悲剧一生。小说中的金桂（赛金花）被塑造成一个身处封建环境、具有现代女性特征而惨遭蹂躏的女性。"她的一生既是中国女性屈辱的历史写照，又是近代中国社会屈辱历史的缩影。她大起大落的一生，折射出中国社会转型的曲折而又艰难的历程，写出了中国女性在寻求自我解放、追求个性自由的过程中与传统观念的抗争碰撞及其被传统观念所吞噬的悲剧。"[2]通过描写这样一个女子，作家试图展现我国近代女性的悲剧命运，对惨遭蹂躏的女性寄予了深切的同情，对严酷的礼教环境给予深刻的批判，表现出作家强烈的忧患意识。

赵淑侠生于1931年，童年在战火硝烟的重庆度过。"我的童年是抗日战争时在重庆度过的。我看过日本飞机怎样残酷地轰炸无辜的同胞，前线退下来的伤兵何等痛苦无助。虽然只是个孩子，已感到国破家亡和国家太弱受列强欺凌的悲哀，所以一心只期望中国人觉醒，争气，让自己的国家民族富强起来。"[3]童年经历给予了作者"浓得化不开的忧患意识"。赛金花这样一个处在时代交替之际，惨遭侮辱损害的女性给了作者强

---

[1] 赵淑侠：《赛金花》，江苏文艺出版社2010年版，第10页。

[2] 吕周聚：《现代女性视野中的赛金花——赵淑侠的〈赛金花〉解读》，《世界华文文学论坛》2002年第3期。

[3] 赵淑侠、陈贤茂：《海外华文文坛的独行侠——赵淑侠访谈录》，《华文文学》2010年第1期。

烈的震撼，又一次激起作者内心深处强烈的忧患意识。因此，作者一开始就把作品作为"女性文学"加以创作，通过赛金花这个处在严酷环境中的悲剧女性，反思、批判了我国历史上无视女性权利与尊严的陈规陋习，表达自己强烈的民族意识和忧患意识。

新时期赛金花题材的作品，无一例外地描写了赛金花跌宕起伏的人生。每一位作家的创作视角虽然有所差异（比如王晓玉"平凡女性"的视角，赵淑侠"悲剧女性"的视角），但与近代、现代的相比，赛金花身上妓女的特征被进一步弱化，人的权利与人性的尊严被放到了突出的位置。在新时期赛金花题材的文学作品中，不管是把赛金花塑造成一个平凡的女性还是具有现代女性特征而被践踏的妓女，作家都把赛金花作为真正的人看待，都对赛金花寄予同情，表现出新时期知识分子对女性命运与生存境遇的思考与关注，对人的尊严与独立的反思，对"非人化、反人道"环境的批判。

三个时期的赛金花题材作品，塑造了各有特色的赛金花形象。在近代以曾朴为代表的作家群体笔下，赛金花是一个"边缘型新女性"；在以夏衍为代表的现代作家群体笔下，赛金花又是一个"不平常的奴隶"；在以赵淑侠为代表的新时期作家群体笔下，赛金花则被塑造成一个具有现代女性特征而又无力反抗严酷环境，最终被环境吞噬的女性。近代作家处于时代变革之际，他们的思想既受到传统影响，又受到西方文化的冲击，介于传统与现代之间,因此有的作家把赛金花完全塑造成一个放荡的边缘女子,对她嗤之以鼻,有的则对她持完全欣赏的态度。曾朴则把赛金花塑造成一个介于传统与现代之间的女性,她身上既有边缘女子放荡、"情欲化"的一面,又具有新女性独立自主的一面。上海租界语境则使赛金花身上这种看似矛盾的两个方面得到了和谐统一。现代作家的赛金花题材创作随着民族危机的加深而兴起,因此大多数作家都对赛金花的遭遇寄予同情,并不约而同地把赛金花与庚子事变作为描写的重点,目的在于鼓舞民气,一致对外。夏衍的《赛金花》是所有作品中影响最大、也是争议颇多的一部作品,作者把赛金花作为被损害的不平常的奴隶加以刻画,试图讽喻政府当局的不抵抗政策,表现出一代知识分子强烈的家国意识与社会参与意识。进入新时期,作家更多的是站在"人"的立场上来描写赛金花,他们试图"去妖魔化",把赛金花作为一个平凡的女性来刻画,试图从女性的角度去展现一个身处严酷环境中的女性的不幸。

不管是"边缘型新女性""不平常的奴隶",抑或是生不逢时的现代女性,这些赛金花形象都表现出了知识分子的公共关怀精神。作家不约而同地选择赛金花作为主人公,是因为赛金花这个形象本身利于作家"发公共知识分子之声"。

历史上的赛金花是一代名妓,她在早年的卖笑生涯中,已成为红姑娘,而她嫁与状元做妾并作为公使夫人出洋的经历,更是给她增添了几分神秘。作家选择这样一个历史人物来加以刻画,就与当时的社会公共空间更近了一步，借一个在公共空间颇具影响力的女人"发公共知识分子之声"，把赛金花与民族国家的命运联系起来，借赛金花表达知识分子对民族与国家命运的关切。由于时代背景的差异，三代知识分子所发的"知识分子之声"又有一些具体的差异。以曾朴为代表的知识分子主要是借赛金花串联起整部小说，在小说中容纳晚清几十年的社会现状与历史，继而批判讽刺晚清社会；以夏衍为代表的知识分子则是借赛金花这样一个"不平常的奴隶"，讽刺无能的清朝官员，进而讽喻政府当局；以赵淑侠为代表的知识分子则是通过塑造赛金花，表现当代知识分子对人（尤其是女性）的命运与人格尊严的深切关怀。"晚清"一代与"后五四"一代知识分子由于身处国家动荡、民族危机加深的时代，赛金花与民族、国家的命运紧密相连，特别是在"后五四"一代知识分子的笔下，赛金花与民族生死存亡成为作家表现的重头戏。到了新时期，相对和平，作家更多地把笔墨放在了具体的个人命运上，强调个人的权利，赛金花与民族、国家的关系被淡化。

第三节
边缘女性构型的政治规约与身体美学的衍化

进入公众视野的"身体"不只是物质性的,也是政治性的,"性别政治和社会政治构成了身体的两种驱力"[1]。传统中国的"身国合一"观念、"和亲"政策、小脚趣味、发辫样式,以及割股疗亲故事等,都体现了政治文化对身体的规约或征用。作为底层女性的边缘女性亦不例外,由于她们是一个特殊群体,其身体更具有展示和消费的色彩,因而被更频繁地卷入性别政治与社会政治的不断建构中。

对于以声色侍人的边缘女性来说,身体是她们最大的资本,也是文学描述的重点。由于各个时代的社会语境不同,其身体所承载的性别、政治、美学的观念也有所差异。在古代文学中,边缘女子的塑形是文人的身世沉浮、名士习性与志士情怀的回应,二者互为镜像;在近代文学中,边缘女子与官员、花界与官场构

---

[1] 葛红兵、宋耕:《身体政治》,上海三联书店2005年版,第143页。

成了隐喻关系，其命运与时代政治纠缠在一起；现代文学中的边缘女性构型重在彰显"人"的价值，其形象受到启蒙、革命、民族国家等政治话语的干预；而当代文学中的边缘女性，先是被作为社会主义的改造对象，近年则作为民族灾难的拯救者或底层苦难的代言人而出现。由底层边缘女性构型的演变，可以管窥时代政治在身体美学的构设中所扮演的角色，以及身体美学如何配合政治话语的生成和调整。

一、古代文学的边缘女性：作为名士的副产品与志士的替身的边缘女子

边缘女子的身体并不具有自足、独立的意义，其身体修辞为男权社会所把控，是男权文化的衍生品、欲望情趣的映射物和命运穷达的借喻。在唐代以前，边缘女子大多为宫妓、家妓。两晋南北朝的权贵富豪何恢、石崇等人蓄养的家妓颇有声名，梁简文帝写有诗作《听夜妓》《春夜看妓》。早期边缘女子不仅拥有绝世容貌，而且技艺超群，是权贵身份和财富的象征，也是文人放浪形骸、自命风流的对象。边缘女子形象大规模进入文学，始于唐代。"青楼文学自唐代而大盛，围绕着同样的内容，涌现出大量的歌诗、曲词、小说、笔记。"[1] 与边缘女子过从甚密的白居易，

---

[1] 陶慕宁：《青楼文学与中国文化》"引言"，东方出版社2006年版，第4页。

在其名篇《琵琶行》中借人老珠黄的琵琶女倾吐自己的政治失意，发出"同是天涯沦落人，相逢何必曾相识"的感慨；唐传奇中的霍小玉和李娃，则反映出边缘女子身份与门阀制度之间的矛盾。在宋代，明显受政治话语规约的边缘女子形象出现在宋室南迁之际，辛弃疾、陆游、张孝祥等人的一系列词作借边缘女子寄寓民族兴亡之感。元代的读书人地位一落千丈，失去了传统读书人的优越感，在这样的背景下，剧作家关汉卿以怫郁不平之气塑造了具有反抗精神的边缘女子赵盼儿。明中叶以后，资本主义开始萌芽，边缘女子形象的世俗意味增强，当然，作为文人理想化对象的边缘女子形象仍然存在，其中最具代表性的是《桃花扇》中的李香君。

孔尚任创作《桃花扇》，是想"借离合之情，写兴亡之感"，即通过李香君与侯方域悲欢离合的爱情故事抒发对南明覆亡的感慨。剧本对李香君的刻画实现了由"佳人"向"志士"的转变。在"却奁"一出之前，李香君被刻画为"佳人"型的妓女，兼具才色，是风流文人的红粉知音，从其"温柔纤巧""婉转娇羞""色艺皆精"等一系列身体修辞来看，李香君俨然大家闺秀。而从"却奁"一出开始，李香君一转之前的闺阁女子情态，表现出凛然气节，对趋附权奸的阮大铖嗤之以鼻。无论是作为"佳人"型边缘女子，还是作为品质高洁的"志士"，李香君形象都带有理想化的色彩。作为"佳人"型的边缘女子，李香君"出淤泥而不染"，虽身处烟花之地，却有大家闺秀的风范，承载了传统文人对女性的完美幻想——既美艳多情,又从一而终、饱读诗书,在满足男性声色之娱的同时,还被当作道德楷模纳入正统的伦理秩序之中,其塑形迎合了风流名士的心态与才子佳人的幻想。作为"志士"的李香君,拥有鲜明的政治立场,其精神气质不仅超乎普通边缘女子,甚至超过饱读诗书的侯方域,拥有"书剑飘零"的侯方域所不具备的才识和气魄,让侯方域自愧弗如,将她当作"畏友"。可以说,李香君形象正是文人的名士情怀和志士观念的结合体,其"佳人"与"志士"兼具的身体美学,代表了封建礼教规约下女性身体话语拓展的限度。

二、近代文学中的边缘女性:情色展示、道德劝诫与女性解放

近代出现了以边缘女子这一边缘女性题材为主的小说类型,即狭邪小说。专门叙述妓院艳情的狭邪小说有之,把边缘女性风情与世道人心、中外时政、思想启蒙熔为一炉的狭邪小说亦有之,甚至谴责小说也喜欢把边缘女子加入对官场、时局怪现状的叙事中。边缘女子无疑是近代文学人物形象序列中的重要一员。近代将边缘女子形象与时代风云、政治事件相勾连的作品不在少数,如《中国民族主义女军人梁红玉》《女举人》《女娲石》等,都将其带入了民族国家叙事的预定观念中。相关小说对边缘女子形象的塑形存在两种相反的情形,一种情形是把边

缘女子演绎成民族英雄，或者让她们的身份在妓女与女留学生中自由转换，从而生发出文化变革与民族自强的观念；另一种情形则是把边缘女子当作"国力衰微的替罪羊，变成被挞伐的对象"[1]，或者作为"危险的愉悦"对象加以呈现，以之揭批都市社会的险恶、传统道德的沦丧与官场政界的污浊，如张春帆的《九尾龟》就直接把官场比作嫖界，把尔虞我诈的官员比作唯利是图的边缘女子，政界与嫖界的沉沦相互映射。

把边缘女子拖入近代政治时局的旋涡中加以塑形，或借边缘女子形象来承载社会变革意愿的小说，最值得一提的当数《孽海花》和《海上尘天影》。《孽海花》中的名妓傅彩云的命运随时代风云而跌宕起伏，其性格特征、身体美学也随之变化。新科状元金雯青首次见到傅彩云时，曾朴对其面容、身形的描写活脱脱一个古典美人形象。伴随金雯青出洋后，傅彩云进入了西洋的现代文化空间，不再受金家长幼尊卑家庭秩序的束缚，在轮船上主动学习洋文，结识女革命党人夏雅丽。到了国外之后，傅彩云艳名大噪，会见德国皇后，结交上流，被誉为率性风流的"放诞美人"。傅彩云形象无疑带有女性解放的意味与现代女性的色彩。边缘女子的身体原本受传统观念的束缚最少，故在服饰、社交、恋爱的西化浪潮中，都活跃着她们的身影。近代文人也乐于赋予其热衷新学的面孔。然而，边缘女子"维新"到底属于旁门左道，

---

[1] 黄湘金：《史事与传奇：清末民初小说内外的女学生》，北京大学出版社2016年版，第342页。

近代文人对身体的解放也有所顾虑，因此傅彩云虽然敢于打破官宦之家"三从四德、七贞九烈"的女性戒律，但最终仍局限于追求身体的愉悦，重操旧业。傅彩云在小说中兼有边缘女子、小妾、交际花、代理公使夫人等诸多身份，介入社会各个阶层，承载着各种观念。自从她接触西方世界后，已逸出上流社会与传统名士所把控的范围，但对肉体情欲的过分追求并不能为她提供自我解放的正途。由西方空间转向中国空间后，傅彩云身体解放的思想意义逐渐被消解，最终回到"不贞""荡妇"的世俗层面，被纳入传统文化的评价体系中。

近代小说往往凸显边缘女子身体的情色意味，忏悔身体放纵的罪恶。在这一点上，《海上尘天影》显然不同。该小说中的边缘女子虽身在烟花之地，却大多想做贞女烈妇。小说中的冯碧霄，是一个"早寡的贞女"，即使做了边缘女子，接客时也要"穿一件紧身密扣的衣服，藏一柄剑"[1]；对于失身的女性，作者也要为其找一套说辞，如佩络缳——"他虽曾失身于前，也是万难之势，但却能怀贞于后"[2]。最典型的要算小说的主人公汪畹香，她是理想女性的符号，带有西化名士的色彩，其形象概括起来就是："青楼历劫，肯留干净之身；红粉培才，不蹈虚浮之习。洵葆贞之德望，开化之功臣，笃志堪嘉，前因不昧。"[3]

---

[1]　邹弢：《海上尘天影（上）》，黑龙江美术出版社2014年版，第117页。
[2]　邹弢：《海上尘天影（下）》，黑龙江美术出版社2014年版，第566页。
[3]　邹弢：《海上尘天影（下）》，黑龙江美术出版社2014年版，第612页。

小说把导颛蒙、论时务、输西学等多种时代主题混杂在一起，而汪畹香在其中扮演了重要的角色，她守贞节赢得德望，办女学开化风气，俨然成了新女性的范本。因此，小说以神灵的启示给众多人物排座次时，汪畹香位居首座，官宦小姐屈居其后。小说构设的汪畹香形象与绮香园的道义秩序，体现了作者的女性解放观念与社会改良愿景。

总体而言，近代文学中的边缘女子形象，隐喻了文人的才子佳人梦的破灭与重建。尽管近代文人仍然相信"访艳寻芳本是风流雅事"，然而通商口岸的边缘女子已把身体当作商品来交换，文人绅商在烟花之地就难以体味到千古才子佳人梦。于是，近代文人既沉迷于边缘女子的妖媚风情，又愤恨于其寡情势利，并虚构理想的边缘女子形象，以寄托女性解放与社会变革的意愿。正因为此，近代边缘女性的身体在文人的视野中既有情色展示的意味，又被道德观念所规训；既被维新政治所征用，又被贞洁观念所禁锢。边缘女子的身体处于现代与传统的夹缝中，文人在为其塑形时难免"前瞻""后顾"，其身体也因此承载了互相矛盾的性别和政治话语。

三、现代文学中的边缘女性："立人"立场与民族革命的身体演绎

与古代"才色兼具"、近代"情色为主"的身体美学不同，

"现代文学试图构建一种'现代人',也就需要为这种现代人构建一个健全的身体。正是在构建一个健全的身体方面,现代文学对传统的身体意识进行了全面的解构与颠覆"[1]。现代文学中的边缘女性,也是被置于启蒙的话语框架中,作为"一个人"而出现。

"立人"是现代文学的重要思想。边缘女性作为受压迫和奴役最深的群体,自然受到作家的普遍关注。正是在"立人"的主张下,相关作品表达了对遭受非人待遇的边缘女性的同情。老舍的《微神》《月牙儿》、王统照的《湖畔儿语》等作品均写到为生活所迫出卖肉体的女性,把矛头指向制造个人悲剧的社会。鲁迅的《颓败线的颤动》则在这样的逻辑上又进了一步,其"传达的主要是作者作为一个先驱者所经历的心灵深处的一种极端痛苦的情绪和愤怒抗议的精神,即对于自己用鲜血养育的青年一代忘恩负义的道德恶行的复仇"[2]。在鲁迅笔下,为了养育儿女而出卖肉体的妇女象征了痛苦的先驱者,老妇人可怖的身体描写象征了先驱者痛苦的情绪与愤怒的抗议。丁玲的《庆云里中的一间小房里》和沈从文的《柏子》则从"人"的立场对边缘女性的生理欲望加以肯定。丁玲站在阿英的角度,写出了她的复杂心理——想跳出火坑又不

---

[1] 黄晓华:《现代人建构的身体维度:中国现代文学身体意识论》,中国社会科学出版社2008年版,第312页。

[2] 孙玉石:《现实的与哲学的——鲁迅〈野草〉重释》(连载九),《鲁迅研究月刊》1996年第9期。

愿忍受乡下的寂寞长夜。沈从文则将妓女与水手的欲望升华,将其"神性化",并作为健康、自然的人性加以肯定。

现代文学中以"立人"为宗旨,作为"人"出场的女性多为底层边缘女性,其身体美学与古代和近代的边缘女子大相径庭——不以才色为中心,而以"人"为中心。即使在政治的规约下,现代作家也着意突出边缘女性作为"人"的一面,其中两类最为典型:一是国族话语裹挟下的边缘女性,如郁达夫的早期作品和夏衍的话剧《赛金花》;二是革命话语规约下的边缘女性,如丁玲的《我在霞村的时候》和蒋光慈的《丽莎的哀怨》《冲破云围的月亮》。

郁达夫早期作品中的边缘女性形象,有的来自日本,有的则来自中国底层女性。如何面对日本边缘女性,是郁达夫留学体验的一部分,她们勾起了深受弱国子民身份苦恼和性欲折磨的留日学生的无限痛苦,中国的留学生与日本边缘女性之间难以产生"危险的愉悦",反而使留学生陷入身体欲望与身份政治的双重折磨中。在《沉沦》等作品中,日本边缘女性是欲望的能指,也是国族身份的标记物。脱离异国经验之后,郁达夫把目光转向中国底层的边缘女性。这些边缘女性大多境遇悲惨,在身体修辞上走向了"佳人"的反面——长相平庸、资质驽钝。《茫茫夜》《秋柳》中的海棠是一个"如动物学上的原始猫类一样"丑陋的女子,为满足性欲而来的质夫见到鲁钝的海棠后,却对她产生了人道主义同情。对其他边缘女性,如翠云(《秋柳》)、柳卿(《寒宵》《街灯》),男主人公亦出资出力,想要救其于水火之中。其实男主人公的这份人道主义同情，很大程度上缘于同病相怜，留学回来的他，虽然不再饱受种族歧视，但依然是一个社会的"零余者"，颓废堕落、孤僻忧郁，且时时为性欲所折磨，"零余者"与为生活所迫出卖肉体的底层女性有着情感共鸣，在自怜与他怜中咀嚼生命的灰颓和人生的悲苦，进而诅咒不平等的社会。

夏衍的话剧《赛金花》被称为"国防文学"的力作，民族国家立场与"人"的立场在赛金花形象的塑造中得以汇合。剧本选取庚子事变作为故事背景，剧中的赛金花是一个"不平常的奴隶"，她既被赋予了与男性平等的地位——与清廷官员卢玉芳称兄道弟，又被赋予了救国救民的重任——身体救国。在赛金花"救国"的过程中，她的身体扮演了重要的角色，如她的"三寸金莲"就是瓦德西、哈德曼等德国官兵猎奇的重要对象。说到底，赛金花还是中国千千万万奴隶中的一员，在民族动荡的时刻，身体是她唯一可利用的资本，议和结束，她的身体就失去了利用价值，最终落得"树倒猢狲散"的悲凉结局。

郁达夫和夏衍都是在国族话语的规约下来刻画边缘女性，在异国经验的背景下，郁达夫笔下的边缘女性更多作为主人公精神痛苦的能指符号，当空间转为国内之后，郁达夫则在边缘女性与主人公之间找到了情感共鸣的交点——底层女性与"零余者"之间的某种共通性，并对其抱以人道主义的同情态度；夏衍笔下的赛金花，在国破家亡的时代背景中扮演了身体救国的角色，但在身体救国的背后，潜藏着赛金花作为奴隶的本性，令人哀叹与同情。而在革命话语的规约下，丁玲和蒋光慈笔下的边缘女性则有了鲜明的主体意志。

《我在霞村的时候》中的贞贞被日军掳去当了"慰安妇"，并利用"慰安妇"的身份为边区政府传送情报。"慰安妇"与女间谍的双重身份，把革命语境下女性身体的书写引向了发人深思的层面。贞贞之所以成为"慰安妇"，正是由于她不愿服从封建婚姻对女性身体的控制，试图逃到教堂当姑姑。充满悖论的是，想获得身体自主支配权的贞贞却在教堂被日军掳走，并成为性奴。另一方面，贞贞也乐于奉献自己的身体为边区政府获取情报，她曾忍着病痛走三十多里也要把情报送回来。回到霞村的贞贞，尽管她自己很坦然，却招来了村民的歧视与非议。不可否认，在日军、边区政府和村民的三重挤压下，贞贞是孤独的，"孤独于祖国之敌人的日本兵之外，并且孤独于祖国和同胞之外"[1]。小说最后为贞贞安排了一个光明的结局——到延安治病、学习，延安成为贞贞摆脱过去身份、重新开始的特异空间。在革命话语的规约下，贞贞的身体一方面受到双重挤压、操控，另一方面又在被操控中实现了自我，身体随之焕然一新，并最终在革命圣地延安有了洗刷身份、重新开始的可能。

蒋光慈《丽莎的哀怨》中的丽莎和《冲破云围的月亮》中的王

---

[1] 董炳月：《贞贞是个"慰安妇"——丁玲〈我在霞村的时候〉解析》，《中国现代文学研究丛刊》2005年第2期。

曼英是革命话语规约下比较典型的两个边缘女性形象。在《丽莎的哀怨》中，革命成为丽莎由贵族沦落为上海边缘女性的罪魁祸首。小说借丽莎之口，揭示了革命的暴力和血腥。革命不仅毁了丽莎的幸福梦，而且彻底摧毁了她的身心。身体上的疾病——梅毒，加上心理上的疾病——神圣肉体被蹂躏的屈辱感，使得丽莎最终走向毁灭，以投黄浦江自尽的方式彻底结束革命所带来的双重伤害。《冲破云围的月亮》中的王曼英，则经历了被革命改造、异化最后又被真正改造成革命者的过程。作为女学生的王曼英因为受到恋人柳遇秋的鼓动，积极投身革命，并因此抹去女性化的特征，做了真正的战士。然而，革命的失败以及女性在革命中的生理局限使得王曼英堕落为边缘女性，并采用极端的方式报复革命的敌人——"出卖自己的身体"，先后用"雪嫩的双乳、鲜红的口唇"驯服了买办的儿子、自命风流的"诗人"、政客以及资本家的小少爷。真正的革命者李尚志的出现，使王曼英对自己的"革命方式"产生怀疑，并最终否定，并在李尚志的帮助下走上了正确的革命道路，身体也为之一新——把自己改造成"穿蓝布花衣服的女工"，洗净身体和内心的角角落落，投身革命事业。可以看到，在革命话语的规约下，王曼英主动改造自己的身体，先是从外表上改变，变成一个抹去女性特征的战士，革命失败后又利用身体报复敌人，最后则在革命战友的帮助下从肉体到内心，完成了对自己身体的真正改造。

在启蒙的大框架之下，现代作家聚焦于底层边缘女性非人的遭遇与正常人的生理与心理欲求。在现代作家笔下，这些女性的身体呈现出丑陋与妖艳并存的美学特征，并且都被置于"人"的立场与启蒙者姿态的观照之下。在国族话语的规约下，作家对底层边缘女性抱以同情的态度；在革命话语的规约下，边缘女性对自己身体的利用、改造则表现出主动的姿态。在利用自己的身体时，她们是妖艳与妩媚的化身，而经革命改造之后的身体，则体现出革命者身体的本色——朴素的劳动美学。

四、当代文学中的边缘女性：消费文化引导下的身体美学潮流

当代文学作品中的不少边缘女性是作为被改造的对象出场的。陆文夫《小巷深处》中的徐文霞，就是一个接受社会主义改造，最终洗心革面，获得幸福的底层边缘女性形象。在小说中，作者最终让徐文霞从身体到心理都获得解放，她的爱人把矛头指向了万恶的旧社会，徐文霞得到谅解与宽恕。霍达《红尘》中的德子媳妇则没有那么幸运，在"四清"运动中她坦白过去的风尘女身份后，不仅街坊邻居投以异样眼光，丈夫也离她而去，她只好在绝望中结束生命。而苏童《红粉》中的小萼，虽然在身体层面上完成了改造，但在心理层面对以身体换取丰裕物质的皮肉生涯有所眷怀。陆文夫、霍达和苏童从边缘女性改造的层面进入其身体描写，因历史语境的差异，三个女性形象呈现出"屈辱—幸

福的身体""苦难—从良的身体"和"'女性'—消费的身体"三种不同的特征[1],这三种身体特征,代表了社会主义政治对妓女身体进行改造所采取的话语策略及其效应。

底层边缘女性的身体叙事除了受到"改造"话语的制约,也被置于"现代性"视域下。在"现代性"的视域下,20世纪前期的边缘女性形象可分为"逼良为娼型""赏心乐事型""知亡国恨型"三种类型,三种类型都构成了对现代性的反思与质疑。[2]就身体与政治的关系而言,"知亡国恨型"最为典型,它延续了边缘女性身体救国的文学主题。严歌苓的《金陵十三钗》、葛亮的《朱雀》、李贵的《金陵歌女》、石钟山的《冢》、韦俊海的《浮生》等较有代表性。

严歌苓的《金陵十三钗》在对边缘女性身体的叙述上,以"卑污"与"崇高"两种对立的逻辑展开描写。小说的前半部分集中描写了女性形象的"卑污",十三个金陵妓女被当作英格曼神父眼中"妖艳的洪水猛兽",唱诗班的女学生也对其避之唯恐不及,而她们也自知"不干净","破罐子破摔"。在女学生书娟的眼里,秦淮河的边缘女子赵玉墨是破坏自己家庭的"贱坯子",自己与父母分离的痛苦也被归因、转嫁给赵玉墨,在与书娟的对

---

[1] 参见董丽敏《身体、历史与想象的政治——作为文学事件的"50年代妓女改造"》,《文学评论》2010年第1期。
[2] 参见雷鸣《新世纪小说中妓女形象谱系与中国现代性问题》,《南京师大学报(社会科学版)》2015年第2期。

抗中，赵玉墨总是"心虚""理亏"，自知"贵贱是不可混淆的"。在边缘女性"卑污"身份的设定下，其身体也就成了"卑污"的标记，"红红绿绿""妖形毕露""肮脏的牛奶"等一系列词语集中展示了这群边缘女子浮浪、放荡的身体。在对其身体"卑污"的一面极尽夸张之后，她们的身体价值在民族劫难中得以翻转：先是豆蔻为了伤兵献出身体，被日本兵无情糟蹋；在日本兵搜查教堂时，十三个边缘女子一改惯有的浮浪，表现出狠辣的一面，想与日本人一搏生死；而故事最核心的部分，则是十三个边缘女子扮作女学生，李代桃僵，以身饲虎，挽救了女学生的生命。在民族国家话语的统辖下，边缘女性以身救国并因此合情合理地赋予其身体以崇高内涵。然而，为祖国献祭的崇高行为并不能缓解她们的身心创伤，多年以后，在对日本法西斯的审判席上，作为证人的赵玉墨早已改头换面，不愿承认自己的身份。小说"以'卑污'的身体替代'纯洁'的身体"，"以减缓父亲、男人、民族国家的屈辱感"[1]，然而，依靠女性身体来承担民族战争的主题，把宏大的国族叙事化为身体置换的故事，以满足虚幻的国族尊严感，毕竟属于剑走偏锋的写法。

值得注意的是，在女性身体救国的背后，不乏对边缘女性身体的展示，大量富于情色意味的身体修辞充斥于小说中，甚至游离于小说的核心故事之外。在21世纪消费文化的背景之

---

[1] 李永东：《小说中的南京大屠杀与民族国家观念表达》，《中国社会科学》2015年第6期。

下,《金陵十三钗》的叙事方式多少有迎合大众口味的嫌疑。小说的前半部分在渲染边缘女子"卑污"的身份时就有些夸张,充满大量带有色情意味的身体修辞,而在这些女性与中国官兵"末日狂欢"的描写中,作者对她们身体的展示最集中。赵玉墨"妖气十足""浪荡无比"的舞姿,充满诱惑的身体成功勾起戴教官的欲望。由于小说对女性大量的浮浪的身体修辞,以致这些女性最后的救国来得陡峭。而通观小说,边缘女性的"卑污"也远远盖过"崇高",其情色化的身体,甚至成为小说中分量最重的部分。并且,在展示的过程中,边缘女性的身体话语并没有获得表述权,并没有求得从身体话语中"突破、发散、多元杂糅和狂欢的力量"[1]。在身体狂欢的背后,身体依然被工具化,与古代和近代的边缘女子一样,处于被"凝视"的位置。

　　如果说人类的身体史是一部被规训、被惩罚的历史,是一部"身""心"分裂、"身"为"心"役的历史[2],那么,边缘女性的身体就是被奴役、被压迫最深的身体。作为"工具"进入作家视野的边缘女性,社会政治规约了其构型,并在不同的时代语境下体现出不同的身体美学特征。古代文学作品中政治规约下的边缘女子,其才色兼具的身体美学体现出传统文人的审美理想:既满足他们的肉体需要,又与其进行精神上的交流,在国破家亡之际,还是忠君爱国的民族志士。随着传统价值体系的

---

[1] 葛红兵、宋耕:《身体政治》,上海三联书店2005年版,第94页。
[2] 参见葛红兵、宋耕《身体政治》,上海三联书店2005年版,第19页。

瓦解，传统文人身份角色的转变，近代文人笔下边缘女子的身体话语充满矛盾：既有情色展示的意味，又被道德观念所规训；既被维新政治所征用，又被贞洁观念所禁锢。而在近年来边缘女性身体救国的文学潮流中，其充满情色展示的身体成为博取读者眼球的噱头，她们的身体连同文本，都是大众消费的对象。比较而言，现代文学中的身体叙事最具生命的重量和人文的色彩。现代文学中的底层边缘女性是在"立人"的主张下出场的，她们首先被作为"人"加以刻画，即使受到社会政治的规约，作家也大多站在"人"的立场上，或对其寄予同情，或表现其主体意志，突出其作为"人"的一面。从中国文学关于边缘女性身体的叙事历程，可以看出女性的身体政治的衍化，它是如何从文人趣味的附庸转向身体与道德的分离，又如何从确立身体自身的价值转向身体罪恶论，直到后来沦为消费主义、享乐主义的身体。女性的身体，一直被各种观念、事件、权力和组织所绑架，在政治规约下的边缘女性，依然需要继续寻求自我实现与主体的认同方式，并改变由男性主导的价值系统，"要求一种对解放政治的重大重构以及对生活政治事业的不懈追求"[1]。这注定是一条漫长的道路，我们把身体还给它的主体的时刻，也就是"人"真正确立的时刻。

---

[1] ［英］安东尼·吉登斯：《现代性与自我认同：现代晚期的自我与社会》，赵旭东、方文译，生活·读书·新知三联书店1998年版，第270页。

# 第三章

革命身份的炼成

"革命"是20世纪中国的关键词之一，因此，革命身份的讨论理应成为现代文学中身份认同研究的一部分。本章依然采用个案研究的方式来呈现对这一话题的理解。在个案的选取上，除了个人趣味，笔者也注重以代际的方式来立体地呈现20世纪中国的革命史。而本章选取的三个个案——陈独秀、丁玲、贺敬之恰好构成三代革命知识分子，经由他们，我们或许能够看到中国知识分子革命身份炼成的独特经验。在进入具体个案时，笔者则采取了不同的研究方式：以传记的方式呈现陈独秀的革命人生，重点突出第一代革命知识分子的家国大义；结合丁玲的人生经历和创作，论析上海经验与丁玲"左转"之间的隐秘关联；以新近出版的两部研究著作为出发点，通过书评的方式探讨作为革命者的贺敬之如何辩证处理"小我"与"大我"的关系，从而更深入地理解革命的内在逻辑。

第一节
"身处艰难气若虹":陈独秀的革命人生

在中国近现代的历史上,陈独秀是绕不过去的关键性人物之一。他是五四运动的"总司令",是早期中国共产党的领导者。陈独秀的革命人生,折射着中国近现代革命史的复杂性。

一

1879年10月,陈独秀出生在安徽省怀宁县一户陈姓世家,按照族谱取名庆同,官名乾生,字仲甫。据考证,陈独秀一生的笔名多达40余个,不过现在最为世人所熟知的还是他自己取自家乡独秀山的名字——陈独秀。据学者考证,怀宁陈姓到陈独秀出生时已为书香门第——陈独秀的生父陈衍中是秀才,后来成为其嗣父的叔父陈衍庶曾考中举人,并出仕为官且经营着规模相当的书画古玩业。[1]得益于科举制度,清末的怀宁陈家已然实

---

[1] 参见唐宝林《陈独秀全传》,香港中文大学出版社2011年版,第3页。

现阶层跃升。然而，对于科举制度，陈独秀却从小就表现出深恶痛绝的一面。严厉的祖父逼迫他读四书五经的可怕经历，多年以后仍然令陈独秀历历在目；祖父去世后，忠厚的大哥继任"塾师"的角色，陈独秀得以相对自由地阅读自己喜爱的《昭明文选》。

尽管一再叛逆，陈独秀还是凭借自己的聪明，在院试中取得第一名的好成绩。陈独秀对科举的厌恶与日俱增，但为了慈母和兄长的期待，他在参加完院试后的第二年即赴南京参加乡试，是年18岁。拥挤到窒息的科考大军、低矮浊臭的号筒、考场上考生的怪现状，终于把陈独秀推上了民主革命的道路。陈独秀回忆，自己在呆看考场上徐州考生怪现状的一两个钟头内，终于决定了自己往后几十年的行动：

> 由那些怪现状联想到这班动物得了志，国家和人民要如何遭殃；因此又联想到所谓抡才大典，简直是隔几年把这班猴子狗熊搬出来开一次动物展览会；因此又联想到国家一切制度，恐怕都有如此这般的毛病；因此最后感觉到梁启超那班人们在《时务报》上说的话是有些道理呀！这便是我由选学妖孽转变到康梁派之最大动机。[1]

其实早在乡试前，陈独秀便深受汪康年、梁启超等创办的

---

[1] 陈独秀：《实庵自传》，《宇宙风》1937年第53期。

《时务报》的影响,他的这一段文字,由参加科举的考生而联想到国家、制度的隐患,便带着维新派新思想的色彩。或许可以这样说,维新派的新思想为陈独秀提供了审视国家和社会痼疾的理论武器,乡试的落榜则在客观上把陈独秀彻底推向维新派。

正是在乡试落榜的1897年冬天,18岁的陈独秀写下《扬子江形势论略》这篇颇具见识的文章。陈独秀从地理、历史、军事等综合的视野全面考察扬子江在国防战略中的地位,对于当时清政府所面临的国际局势,他寥寥几言即切中要害:"近时敌舁卧榻,谋堕神州,俄营蒙满,法伺黔滇,德人染指青齐,日本觊觎闽越,英据香澳,且急急欲垄断长江,以通川藏印度之道路,管辖东南七省之利权,万一不测,则工商裹足,漕运税饷在在艰难,上而天府之运输,下而小民之生计,何以措之。"[1]列强虎视眈眈,国家摇摇欲坠,百姓随时可能陷于水深火热之中,从这篇文章可以看出少年陈独秀对家国命运的深切忧虑。之后,陈独秀便开始与维新派人士汪希颜、汪孟邹、李光炯等人交往。1900年,处理完母亲后事再次去往东北的途中,陈独秀又目睹俄国侵略东北造成的惨状。这次见闻给陈独秀极大的触动,他真正意识到国家的命运与个人的盛衰荣辱紧密相关。悲愤之中,陈独秀开始追问:"我们中国何以不如外国,要被外国欺负?"[2]

---

[1] 陈独秀:《扬子江形势论略》,原稿收藏于安庆市图书馆,本文转引自《社会科学战线》1982年第2期。

[2] 陈独秀:《说国家》,《陈独秀文集》(第一卷),人民出版社2013年版,第37页。

怀着救亡图存的壮志，陈独秀开始了他的第一次留日生涯。留日期间，他一面补习英文，一面参加由留学生组织的爱国团体励志会。不久，陈独秀回国，与潘赞化、柏文蔚等人在家乡安庆的藏书楼向青年推介书报，组织集会，公开发表对时局的看法，"拉开了安徽省近代民主革命的序幕"[1]。回国不到一年，陈独秀又再次赴日。这一次，他在日本接触到更加激进的革命志士章太炎、邹容等人，并加入由他们组织的青年会。青年会"以民族主义为宗旨，以破坏主义为目的"[2]，这是陈独秀由"康党"转向"乱党"的开始。1903年，因湖北留日学生监督姚文甫压制留日学生，陈独秀便与青年会的张继、邹容等人闯入姚宅，剪去姚文甫的辫子，使姚文甫威严扫地。这次事件的后果是陈独秀等人被驱逐回国。

回国后的陈独秀并没有停下革命的步伐。1903年，俄国未遵守《交收东三省条约》从东北撤军，妄图霸占东北。蔡元培、吴敬恒等人于是在上海发动群众抗议，东京的留学生也纷纷响应。陈独秀回到安庆后，也在家乡与潘赞化等人发起拒俄运动。此次运动声势浩大，激起了江淮地区学生的爱国热情，同时引起了当局的注意，陈独秀遭到通缉，只能逃亡上海。在上海期间，陈独秀参与编辑章士钊创办的《国民日日报》，继续宣传反

---

[1] 唐宝林：《陈独秀全传》，香港中文大学出版社2011年版，第18页。
[2] 唐宝林：《陈独秀全传》，香港中文大学出版社2011年版，第19页。

清爱国的思想。然而,《国民日日报》在1903年年底停刊了,陈独秀于是返回安庆,谋划创办《安徽俗话报》。1904年,依托汪孟邹的科学图书社,陈独秀终于联合友人在芜湖正式创办《安徽俗话报》。《安徽俗话报》面向平民,旨在"用好懂的俗话"向普通百姓普及基本的社会科学知识,宣传时局消息。用陈独秀自己的话说,他创办这份报纸是希望安徽的老百姓"懂得点学问,通达些时事"[1]。

自从拒俄运动后,文化活动与政治活动便成为陈独秀生活的重心。除了编辑、创办报刊,此时的他也投入教育事业,办学任教。在此期间,陈独秀还有三次革命活动值得一提。一是与无政府主义暗杀团有关,陈独秀没有参与暗杀,但在吴樾谋炸清廷五大臣殒命之后,他曾受张啸岑之托将吴樾的遗著《暗杀时代》和《意见书》寄给东京的革命党人。二是在1905年重组反清秘密组织岳王会。岳王会具有帮会性质,重组后迅速扩大,曾与同盟会结合进行过不少重大活动,但从目前的史料来看,陈独秀并没有参加实际的革命行动。三是辛亥革命后,陈独秀出任安徽都督府顾问,其好友柏文蔚主政安徽后又就任安徽都督府秘书长,由于深得柏文蔚信任,陈独秀得以大展才华,然而1913年淮上讨袁军败北,他不得不再次逃亡。

---

[1] 陈独秀:《开办安徽俗话报的缘故》,《陈独秀文集》(第一卷),人民出版社2013年版,第5页。

二

从科举制度的叛逆者到"康党",再到"乱党",陈独秀已经从一个18岁的少年变成一位久经考验的战士,他对革命的认识也在一步步深化。早期民主革命的顿挫并没有让陈独秀消沉下去,而是促使他从失败中总结经验。陈独秀的反思是从革命的方式开始的,早期的革命党崇尚暗杀等激进的革命手段,而陈独秀并不赞同这种手段。他认为鲜血并不能洗净旧污,为国捐躯固然令人肃然起敬,却是"一时的而非持续的","治标的而非治本的",真正的爱国应该"为国家惜名誉,为国家弭乱源,为国家增实力"。[1]那么,何为"旧污"?何为治本之方?这正是陈独秀接下来所要致力解决的问题。

辛亥革命失败后,陈独秀逃亡上海。作为通缉犯,陈独秀在上海的境况可想而知。窘困之际,他致信远在日本东京的章士钊等友人,称自己"静待饿死而已"[2]。早在辛亥革命前,陈独秀便在上海帮助章士钊编辑过《国民日日报》。对于陈独秀的才华,章士钊自然了然于心。于是,他很快便邀请陈独秀东渡日本协助自己编辑《甲寅》杂志。编辑《甲寅》杂志让陈独秀又一次增加了办刊的经验,更重要的是经由《甲寅》的纽结,陈独秀结识了一批志同道合的同人,为他之后创办《青年杂志》打下

---

[1] 陈独秀:《我之爱国主义》,《新青年》1916年第2卷第2号。
[2] 陈独秀:《生机》(《致甲寅杂志记者》),《甲寅》1914年第1卷第2期。

了一定的作者基础。据学者考证,《甲寅》的作者中至少有16人成为《新青年》的作者,而政论作者高一涵、易白沙、李大钊、刘叔雅等人,则是陈独秀创办《青年杂志》的作者班底,陈独秀通过《甲寅》结识的胡适、吴虞甚至成为《新青年》的骨干。[1]

1915年,因高君曼病重,陈独秀不得不从日本返回上海。这一年,日本得寸进尺提出"二十一条",袁世凯复辟的野心日益显露,孔教会、筹安会等宣扬尊孔复辟的团体大行其道,清末以来仁人志士的抗争似乎都付诸东流。于是,有的革命者牺牲了,有的叛变了,有的开始消沉下去。同样经历一次又一次失败的陈独秀也已几近不惑之年,但即使时局如此艰难,他依然充满昂扬斗志。一次次失败的革命经历,反而让陈独秀看到中国问题的症结:"中国之危,固以迫于独夫与强敌,而所以迫于独夫强敌者,乃民族之公德私德之堕落有以召之耳。"[2]他从鲜血的教训中意识到:单纯的政治革命并不能挽救国家,改变国人的精神才是根本。于是,陈独秀在这一年决定创办杂志,立志在十年的时间内改变国人的思想!

依托群益书社,1915年9月,一份划时代的杂志《青年杂志》终于创刊发行。此后,揭"旧污",寻根治之方,成为新文化运动中陈独秀进行思想革命的基本目标。从他这一时期的文字来

---

[1] 参见孟庆澍《〈甲寅〉与〈新青年〉渊源新论》,《中国现代文学研究丛刊》2010年第5期。
[2] 陈独秀:《我之爱国主义》,《新青年》1916年第2卷第2号。

看，其致力清除的盘踞国人思想的污秽涉及孔教、礼法、伦理、宗教、国粹、文学艺术等各个面向。

《青年杂志》创刊的时候，尽管袁世凯复辟的苗头已日益明显，以康有为为代表的保守团体的活动也日益紧密，但陈独秀并没有直接把矛头指向政局，而是致力于介绍西方文明给读者。举凡西方的文化变迁、民主制度、伦理观念、文学艺术、科学常识，都是陈独秀及其同道致力于向国人介绍的要点。从《法兰西人与近世文明》《现代欧洲文艺史谭》等文章可以看出，此时的陈独秀对欧洲文化，尤其是法国的文化十分青睐。他认为近代文明的三个核心理论——人权说、生物进化论、社会主义均源于法国。[1] 至于文艺，陈独秀勾勒出一条古典主义—理想主义—写实主义—自然主义的进化线索，并判断"现代欧洲文艺，无论何派，悉受自然主义之感化"，而自然主义正兴起于法国，左拉就是自然主义的魁首。[2] 此时的《青年杂志》表面看起来无涉政治，但通过其常设栏目《国外大事记》和《国内大事记》，便可以看出陈独秀及其同人的良苦用心——国内外的政治局势时时在其视野之内：对支持袁世凯的筹安会的动态，《国内大事记》多有报道；而世界政治局势的变化，尤其是"一战"的消息，亦多有追踪。

1916年9月，《青年杂志》更名为《新青年》，此时随着袁世

---

[1] 参见陈独秀《法兰西人与近世文明》，《青年杂志》1915年第1卷第1号。
[2] 参见陈独秀《现代欧洲文艺史谭》，《青年杂志》1915年第1卷第3号。

凯的死去，其复辟之梦业已成为泡影，但自1912年就以孔教会为政治支点的康有为却在进一步推动孔教成为国教。康有为的这一行为终于激起陈独秀这个老战士的雄风！陈独秀承认"吾辈今日得稍有世界知识，其源泉乃康、梁二先生之赐"，充分肯定康有为所代表的维新派的贡献，但对康有为诅咒共和、创办《不忍》杂志，立孔教为国教的行为，陈独秀斥其"惟恐中国人之'帝制根本思想'或至变弃也者"。[1]事实上，自袁世凯窃取革命果实之后，陈独秀就认为"共和立宪"的大业并没有实现，国人虽处"共和政体之下"，却"备受专制政治之痛苦"[2]。陈独秀之所以严厉批判康有为立孔教为国教的主张，正是为了捍卫共和。康有为自1912年就试图推动孔教成为国教，袁世凯虽然没有采纳其意见，但"在尊孔方面却基本沿用了康有为有关'大同立教'、孔子之道与共和民主关系的论述"[3]。也就是说，以陈独秀等为代表的《新青年》同人认为康有为为袁世凯的复辟提供了思想资源。这恰恰是新文化的同人，尤其是从辛亥革命的血污中成长起来的陈独秀所不能容忍的。

研究者也指出，新青年派与康有为论争的实质是将谁视为共和的"导师"：康有为重释孔子的太平大同之道，并将其作

---

[1] 陈独秀：《驳康有为致总统总理书》，《新青年》1916年第2卷第2号。
[2] 陈独秀：《吾人最后之觉悟》，《青年杂志》1916年第1卷第6号。
[3] 张翔：《共和与国教——政治巨变之际的"立孔教为国教"问题》，《开放时代》2018年第6期。

为共和民主时代尊孔的依据，新青年派则通过系统批判康有为的尊孔思想，形成自己的共和理念。[1]《驳康有为致总统总理书》《宪法与孔教》《孔子之道与现代生活》《再论孔教问题》《复辟与尊孔》《驳康有为共和平议》就是这一时期陈独秀批判孔教的代表性文章。其实，陈独秀从孔教批判到批判旧伦理、旧文学和"国粹"，都服务于共和的目标。正如他在《文学革命论》中所言："三次革命，皆虎头蛇尾，未能充分以鲜血洗净旧污；其大部分，则为盘踞吾人精神界根深底固之伦理道德文学艺术诸端，莫不黑幕层张，垢污深积，并此虎头蛇尾之革命而未有焉。"[2]而文学革命，则是陈独秀在新文化运动中最亮眼的文化实践。一般认为，文学革命由胡适的《文学改良刍议》发其先声，陈独秀的《文学革命论》则将其推向高潮。其实，在接力的合作之外，陈独秀与胡适对文学革命的路径规划是有所区别的，前者更倾向与形式相连的文学思想之变革，后者却更倾心于文字工具的革新。正是在这样有差异的合作中，新文化运动被陈独秀、胡适等《新青年》同人推向了高潮。

陈独秀在新文化运动中还有一个特别的贡献，值得在历史上留下浓墨重彩的一笔，那就是他对新青年的召唤与培养。1915年，陈独秀撰写的《敬告青年》[3]一文，就把青年作为潜在读者，

---

[1] 参见张翔《共和与国教——政治巨变之际的"立孔教为国教"问题》，《开放时代》2018年第6期。

[2] 陈独秀：《文学革命论》，《新青年》1917年第2卷第6号。

[3] 参见陈独秀《敬告青年》，《青年杂志》1915年第1卷第1号。

热烈地呼唤自主的、进步的、进取的、世界的、实利的、科学的新青年。后来成为新文化运动的健将,并作为五四运动骨干的傅斯年、罗家伦等人就是以陈独秀为首的《新青年》师长召唤出的弄潮儿。更值得注意的是,由新文化运动召唤出的新青年中的相当一部分,后来都成为革命的中坚力量。1945年,在党的七大预备会议上,毛泽东就评价:

> 关于陈独秀这个人,我们今天可以讲一讲,他是有过功劳的。他是五四运动时期的总司令,整个运动实际上是他领导的。他与周围的一群人,如李大钊同志等,是起了大作用的……我们是他们那一代人的学生。五四运动,替中国共产党准备了干部。那个时候有《新青年》杂志,是陈独秀主编的。被这个杂志和五四运动警醒起来的人,后头有一部分进了共产党。这些人受陈独秀和他周围一群人的影响很大,可以说是由他们集合起来,这才成立了党。[1]

傅斯年也认为,陈独秀领导的文学革命、伦理改革、社会主义,"是民国五年至十一二年中最大的动荡力,没有这个动荡力,青年的趋向是不会改变的"[2]。

---

[1] 毛泽东:《"七大"工作方针》(1945年4月21日),《人民日报》1981年7月16日。

[2] 傅斯年:《陈独秀案》,《独立评论》第24号,1932年10月30日。

陈独秀为革命播下了种子，而随着国内外政治形势日益严峻，他与《新青年》同人的分歧也日益加大。1918年年底，陈独秀创办《每周评论》，以短小精悍的文章发表对时局的看法，用泼辣尖锐的文字针砭时弊。1919年5月4日，因巴黎和会上中国外交的失败，愤怒的学生终于走上十字街头，而此时，因新旧势力的围攻，陈独秀已被迫离开北京大学。显然，被逼出走并没有让陈独秀屈服。1919年6月12日，因散发《北京市民宣言》，陈独秀被捕，他在6月3日写下的"出了研究室就入监狱，出了监狱就入研究室"[1]一语成谶，经过各界人士营救，于83天后出狱。次年年初，陈独秀终于离开北京去往上海。

三

1917年，俄国爆发一系列革命运动。敏锐的陈独秀当即意识到俄国革命即将改变世界大势——"俄之革命，将关于世界大势也如何"；在陈独秀看来，俄国革命并非简单的改朝换代、王权兴替："俄罗斯之革命，非徒革俄国皇室之命，乃以革世界君主主义侵略主义之命也。吾祝其成功。"[2]革命的形势恰如陈独秀所期待，1917年年底，俄国十月革命爆发，革命取得重大胜利。俄国革命的胜利在国内激起千重浪，李大钊的名篇

---

[1] 只眼（陈独秀）：《研究室与监狱》，《每周评论》1919年6月8日。
[2] 陈独秀：《俄罗斯革命与我国民之觉悟》，《新青年》1917年第3卷第2号。

《BOLSHEVISM 的胜利》[1]《庶民的胜利》[2]就是对俄国革命的最积极的回应。

中国在巴黎和会上外交的失败，则让陈独秀看清了西方所谓民主国家的实质。在《每周评论》的发刊词上，陈独秀明确提出"主张公理，反对强权"[3]的口号，并对外要求欧美国家"抛弃从来歧视颜色人种的偏见"，对内要求"抛弃军国主义，不许军阀把持政权"。[4]与此同时，国内知识界开始大量译介马克思主义的学说，顾兆熊、黄凌霜、刘秉麟、陈启修、李大钊等人纷纷在《新青年》第6卷第5号上撰文介绍马克思的生平、学说。在此期间，陈独秀并没有译介马克思主义的学说，但他已开始密切关注被压迫的劳动群众。比如在《贫民的哭声》[5]一文中，陈独秀分析欧美贫富悬殊的原因时就提到资本家对无产阶级的压迫；又如《告北京劳动界》[6]一文对劳动阶级痛苦的揭示，对官僚、资本家和知识阶级的告诫。1920年5月，《新青年》特设"劳动节纪念专号"，陈独秀发表《劳动者底觉悟（在上海船务栈房工界联合会演说）》热情赞美劳动者"最有用、最贵重"，甚至翻转了中国自古以来劳心与劳力

---

[1] 参见李大钊《BOLSHEVISM 的胜利》，《新青年》1918年第5卷第5号。

[2] 参见李大钊《庶民的胜利》，《北京大学日刊》1918年12月6日。

[3] 陈独秀：《发刊词》，《每周评论》1918年12月22日。

[4] 只眼（陈独秀）：《欧战后东洋民族之觉悟及要求》，《每周评论》1918年12月29日。

[5] 参见只眼（陈独秀）《贫民的哭声》，《每周评论》1919年4月27日。

[6] 参见陈独秀《告北京劳动界》，《晨报》1919年12月1日。

的关系——"我们要将这句话倒转过来说:'劳力者治人,劳心者治于人。'"[1]也是在这一期,陈独秀显露出革命实干家的特质,他开始为上海厚生纱厂的湖南女工发声,为其争取合法权益。[2]从陈独秀的这些文字可以看出,此时的他与《新青年》同人中主张不谈政治的胡适等人在思想上的分歧进一步扩大。

1920年到上海后,陈独秀进一步转向马克思主义。有学者分析指出,在陈独秀转向马克思主义的过程中,爱国主义是决定性的因素。[3]当时刚成立的苏维埃政府发表宣言放弃在华掠夺的权利,陈独秀因而对列宁创建的苏维埃政府颇有好感,赞其为"进步主义的列宁政府"[4]。而陈独秀接触马克思主义原典的渠道则主要有两条:一是上海的日本小组,这个小组的成员有施存统、周佛海等人,他们把日文版的马克思主义著作及日本有关马克思主义的论著翻译为中文,再寄给陈独秀;二是来自共产国际的代表维经斯基,维经斯基"带来了大量的有关共产主义理论及俄国革命的相关文献资料"[5]。不过,与其说外来的马克思主义理论使陈独秀转变为共产主义者,不如说多年革命斗争的经验让陈独秀自觉向马克思主义靠拢。陈独秀并不擅

---

[1] 陈独秀:《劳动者底觉悟(在上海船务栈房工界联合会演说)》,《新青年》1920年第7卷第6号。
[2] 参见陈独秀《上海厚生纱厂湖南女工问题》,《新青年》1920年第7卷第6号。
[3] 参见唐宝林《陈独秀全传》,香港中文大学出版社2011年版,第137—138页。
[4] 陈独秀:《保守主义与侵略主义》,《新青年》1920年第7卷第2号。
[5] 唐宝林:《陈独秀全传》,香港中文大学出版社2011年版,第139页。

长建构系统的理论，但他擅长在实践中运用理论、消化理论。1920年4月，共产国际代表先到北京与李大钊商谈建党事宜；5月，再到上海与陈独秀商议组党。此后，上海先后成立共产主义小组和中国社会主义青年团。同年11月，中国共产党的机关刊物《共产党》在上海创刊。[1]此时的陈独秀，在马克思主义的信仰者中已具有相当的威望。

1921年7月，中国共产党第一次代表大会召开，陈独秀当选为中共中央总书记。而此时的陈独秀正在广东从事教育改革却频频受阻，于是他离开广东，回到上海任职，其作为共产主义者的革命生涯便正式开启了。

在任职中共中央总书记的初期，除了宣传工作和推动全国党组织的发展、完善外，陈独秀最显著的成绩是在劳动运动方面。1921年8月，中央设立中国劳动组合书记部，加强对劳动运动的领导，并发行《劳动周刊》，加强宣传工作。在这些工作中，陈独秀发挥了关键的作用。从他留下的文字中可以看出，陈独秀首先是加强劳动者与党的联系，他告诫领导劳动运动的同志："劳动者所最应该亲近的，是革命的社会党，因为他们是想用急进的革命手段，推翻掠夺劳动者的资本阶级，建设劳动者的国家劳动者的世界的。"[2]同时，陈独秀还明确了共产党在劳动运动中的领导地位，他一方面强调共产党应该与其他党派组成联合战线，"指

---

[1] 参见唐宝林《陈独秀全传》，香港中文大学出版社2011年版，第151—155页。
[2] 陈独秀：《告做劳动运动的人》，《民国日报·觉悟》1922年第5卷第1期。

导劳动界作有力的战斗";另一方面尤其强调,"在这联合战线上,共产党有两个重大的任务:一是比他党更要首先挺身出来为劳动阶级的利益而奋斗而牺牲,一是监督他党不使他们有利用劳动运动而做官而发财的机会"。[1]在不懈的努力之下,1922年中国终于迎来第一次工人运动高潮。

然而,当劳动运动取得初步胜利时,陈独秀却在与国民党合作的问题上进退维谷。从目前学界普遍的观点来看,国共合作中共产党加入国民党的意见是由共产国际方面提出的。以陈独秀为首的党中央一开始并不同意这一方案。作为一个有着丰富的革命斗争经验的老战士,陈独秀当然明白独立、自主的重要性。但形势逼人,且作为一个刚刚成立的政党,共产党实力尚且弱小,难以实现革命的目标。陈独秀曾这样判断中国的政治形势:"我们知道民主主义的争斗仅是第一段争斗,不是人类最后的争斗;我们更知道资产阶级的民主主义之下的政党政治是必然包含许多腐败与罪恶的;但是我们要知道在人类阶级争斗亦即社会进步的过程上看起来,在中国政治的及经济的现状上看起来,我们势不得不希望代替更腐败更罪恶的军阀政治之民主的政党政治能够成功。"[2]于是在往复的磋商之后,1922年8月由张继介绍,孙中山主持,陈独秀、李大钊等人加入了国民党。1923年年初,共产

---

[1] 陈独秀:《共产党在目前劳动运动中应取的态度(一九二二年五月二十三日)》,《陈独秀文集》(第二卷),人民出版社2013年版,第251—252页。

[2] 陈独秀:《对于现在中国政治问题的我见》,《努力周报》1922年第18期。

国际正式作出中共加入国民党的决议。

  但要通过国共合作实现革命的目标注定是曲折的，而陈独秀并没有做好充分的准备。当时社会上的舆论压力来自两个方面，或认为"国民党赤化了"，或指出共产党加入国民党是"共产派利用国民党做共产主义的运动"。陈独秀不得不一次次出面解释国民党与共产主义者的联系与区别。他指出国民党和共产党都为着国民革命的目标——"对外要求民族的政治经济之独立，对内要求人民政治上的自由"；但二者革命的目的与动力截然不同，共产党的目的"是以革命的手段，废除财产私有制度，改用社会主义的生产方法"，"是要靠无产阶级（近代产业工人及农村无产贫农）中革命的分子为动力的，不是随便瞎拉些人可以混充可以乱来的"。[1] 陈独秀一次次的辩解显然无济于事，国民党右派的进攻日益加剧，共产党员的处境越发艰难。而面对国民党右派的攻势，陈独秀在客观上却采取了一次又一次的妥协与退让的策略。1927年，蒋介石发动"四一二"反革命政变，大革命失败了。

  如果一定要为陈独秀个人的革命道路寻找一个贯穿始终的主题，那就是强烈的爱国主义。陈独秀一直强调，土地、人民、主权是国家得以成立的基本要素。[2] 因此，终其一生，陈独秀一直

---

[1] 陈独秀：《国民党与共产主义者》，《民国日报特刊·中国国民党改组纪念》1924年2月。

[2] 参见陈独秀《说国家》（《安徽俗话报》1904年第5期）、《爱国心与自觉心》（《甲寅（东京）》1914年第1卷第4期）等文。

都在与一切掠夺中国土地、攫取国家主权、剥夺人民权利的势力做着艰苦卓绝的斗争，即使身处绝境也百折不挠，保持着一位老革命者的高风亮节。比如当1932年第五次被捕时，陈独秀竟然把法庭变作战场，自己为自己辩诉，大声申述自己"以革命怒潮，对外排除帝国主义之宰制，对内扫荡军阀官僚之压迫"，谋求"民族解放、国家独立与统一、发展经济、提高一般人民的生活"[1]的理想。

1937年，全面抗战爆发，陈独秀终于得以出狱，此时的他已近耳顺之年。然而面对残暴的日本侵略者，陈独秀依然不减老战士的雄风。他先是四处奔走，到处演讲，鼓舞士气，宣扬抗日；随后又在战火中拖家携口，从武汉流亡到重庆，最后蛰居江津，并在病痛中终老于此。自此，陈独秀跌宕起伏的革命人生终于画上了句号，而革命的洪流仍旧继续向前奔涌。在无数评价陈独秀的文字中，也许他自己写的这两句诗是最恰当的："行无愧怍心常坦，身处艰难气若虹。"

---

[1] 陈独秀:《辩诉状》,《陈独秀文集》(第四卷)，人民出版社2013年版，第475页。

第二节
上海体验与丁玲的"左转"

上海是丁玲人生道路上的一个重要驿站,也是她文学创作的一份宝贵资源。从1922年到1933年被捕,丁玲在这差不多十年的时间里与上海有诸多交集。先是在1922年春与原桃源女子第二师范的同学王剑虹到上海平民女子学校求学,由于对学校教学不满,她与王剑虹到南京过起一段"东流西荡的生活"[1]。接着又听从瞿秋白的劝告,于1923年8月重返上海,到上海大学中国文学系学习。可这次求学同样不顺利,一年后,由于好友王剑虹与瞿秋白相恋,加上北京的同学来信鼓动,丁玲又一次离开上海。其间,好友王剑虹在上海因病去世。直至1926年春,上海明星电影公司的编导洪深携新片到北京宣传,丁玲在看了影片,听了洪深演讲后萌生了当电影演员的想法,4、5月间,便南下上海考察明星电影公司,但是电影公司的商业气氛与业内人士的轻浮作风

---

[1] 丁玲:《我所认识的瞿秋白同志》,《丁玲文集》(第五卷),湖南人民出版社1984年版,第85页。

又一次击碎了她的梦想。1928年春，丁玲与胡也频一起，再次到上海谋求发展，之后不久，两人与沈从文一起创办《红黑》杂志，没坚持多长时间，由于书商拖欠书款，创办杂志以失败告终，并欠下累累债务。上海带给丁玲最深的记忆大概是1931年胡也频被捕牺牲的事件。在《从夜晚到天亮》这篇小说中，她以自己的亲身经历为参照，生动地描述了自己当时的凄惨处境。1933年，一个灾难降临到丁玲身上，刚从胡也频死难中走出来的丁玲在上海租界家中被捕，开始了长达三年暗无天日的南京囚居生活。从1922年到1933年丁玲与上海的交集来看，她在上海过得并不算顺利，她先后经历了求学失败、失去好友、生活窘迫、梦想破灭、事业失败、失去爱人、身陷囹圄等一系列苦难。

正是在这一系列苦难中，丁玲开始了自己的文学创作生涯。她的处女作《梦珂》就是以自己1926年4、5月间到上海的明星电影公司面试当演员，最后因与电影公司的环境格格不入，当演员的梦想破灭的经历为素材创作的。1927年，小说写成之后，作者以丁玲为笔名寄至上海的《小说月报》发表。[1]《梦珂》令丁玲在文坛声名鹊起，而1927年发表的《莎菲女士的日记》更是引起文坛轰动，让丁玲在文学创作的土壤中扎稳了根。综观丁玲20世纪30年代的小说，我们会发现这些小说创作都与上海息息相关。首先，丁玲的作品几乎都在上海发表，如《梦珂》《阿毛

---

[1] 参见王增如、李向东编《丁玲年谱长编（1904—1986）》（上卷），天津人民出版社2006年版，第34—36页。

姑娘》《韦护》等发表于《小说月报》,《诗人》初载《东方杂志》,《奔》初刊《现代》,这些杂志当时都创办于上海;其次,丁玲30年代的很多小说都以上海为背景或涉及上海,比如处女作《梦珂》以自己的上海经历为素材,《阿毛姑娘》《韦护》《一九三〇年春上海》等作品也大量涉及上海。另外最重要的一点,则是丁玲把自己的上海体验作为创作的背景,并把这种背景融入30年代的小说创作中,形成了她30年代小说的重要底色。

丹纳认为,"作品的产生取决于时代精神和周围的风俗"[1]。丁玲在上海这座当时号称"东方巴黎"的大都市体会到的辛酸苦辣,深刻影响到她的文学创作。她把在上海"捕捉"到的"精神气候"进行艺术加工,形成了独属于她的上海体验,这种上海体验,又反过来作用于她的创作,影响到作品的风貌格调。体验以经验为基础,"能够在经验的基础上显示出意义的特征,艺术家通过对体验进行艺术加工,使得体验呈现出诗意部分和思想深度"[2]。丁玲的上海体验以上海这个都市空间为基础,是一种空间体验,所谓"空间体验",就是"人在生存空间中感受、经验、体悟到的具有意义与价值的内在生命体验"[3]。因此,探讨上海体验与丁玲20世纪30年代创作之间的关系,就显得尤为必要。

---

[1] [法]丹纳:《艺术哲学》,傅雷译,江苏文艺出版社2012年版,第7页。

[2] 樊朝刚:《创伤体验与沈从文的小说创作》,硕士学位论文,山东师范大学,2012年。

[3] 宋伟:《后理论时代的来临:当代社会转型中的批评理论重构》,文化艺术出版社2011年版,第311页。

一、城市风貌、个人经历与上海体验

20世纪二三十年代的上海是中国乃至整个亚洲现代化的标志,有研究者认为,"从商业的角度看,上海是东方的纽约;而谈起娱乐,上海又是亚洲的巴黎"[1]。但从根本上看,上海又与当时西方的大都市有所差异,这与上海特殊的城市风貌有关——"上海是一个因租界而繁荣的城市"[2]。在租界的文化语境中,"东方和西方,过去和现在,都自由杂乱地填塞在城市空间里"[3]。因此,在空间、价值杂糅化的上海,一方面,中国近代以来一直在瓦解的传统道德进一步瓦解,西方普适性的宗教价值尺度也失去了效力,物质的、情欲的放纵找到了空间,颓废的风气找到了滋生的土壤,而身处其中的个体,几乎难以避免地受到上海颓废风气的影响。另一方面,作为东方最先进的城市,上海又具有一股天然的傲气,从中国内陆城市进入上海的逐梦者,几乎都会受到上海的"睥睨",特别是到上海谋求发展的文化人,大多只能住在狭小、嘈杂、冬冷夏热的亭子间,被远远排斥在这座文明城市的中心之外,成为这座大都市的"边缘人"。另外,"上海宽容开放、求新容异、多元杂陈的文化气氛和上海独特的政治生态、

---

[1] [法]贝尔纳·布里赛(Bernard Brizay):《上海:东方的巴黎》,刘志远译,上海远东出版社2014年版,第2页。
[2] 李永东:《租界文化语境下的中国近现代文学》,人民出版社2013年版,第1页。
[3] 李永东:《租界文化语境下的中国近现代文学》,人民出版社2013年版,第35页。

发达的移民社会，为左翼文化的生根发芽、滋长发展，提供了根本前提和保障"[1]。在这样的文化语境之下，左翼文学成为上海文坛的先锋文学，成为一股势头强大的文学潮流，也成为不少作家自觉的文学追求。

　　20世纪30年代的丁玲浸淫于上海这座大都市，自然受到上海"精神气候"的影响。有意思的是，丁玲的人生经历与上海的城市风貌形成了某种内在的契合。初到上海，由于遭遇梦想破灭、失去挚友等一系列打击，丁玲陷入苦闷、幻灭之中，而上海颓废的城市气息让丁玲的这种消极情绪进一步滋长，于是，在"莎菲系列"作品中，丁玲将这种颓废的体验发挥得淋漓尽致；而在上海大部分的时间里，由于生活窘迫，丁玲都只能寄居亭子间，更遑论体验中心上海的文明与现代化，因此，边缘之感也成了丁玲最切身的体会。至于丁玲左翼化的追求，一方面与胡也频的被捕牺牲密切相关，胡也频牺牲后，丁玲生活更加困窘，物质与精神上的双重压力使得丁玲不得不寻求集体的庇护；另一方面，丁玲从小受到具有新思想的母亲蒋胜眉及其母亲的一些具有革命思想的朋友的影响（这一点可参见丁玲的长篇自传体小说《母亲》），追求革命与进步的中国左翼作家联盟（以下简称"左联"）自然成为她的不二选择。

　　从总体上看，上海之于丁玲就像一个纠缠不清的恋人，上海

---

[1] 杨剑龙：《都市上海的发展与上海文化的嬗变》，上海文化出版社2012年版，第141页。

杂糅的城市风气让丁玲的上海体验也变得含混不清。对于上海，丁玲既爱又恨：上海击碎了她最初想要当电影明星的梦想，却让她找到了人生的另一条出路——文学创作；在上海，丁玲失去了挚友与爱人，却在左联的集体中找到了精神的皈依；物质上现代化的上海使得丁玲只能屈居亭子间，但她却敏锐地抓住了开放的城市文化语境培育出的先锋文学潮流——左翼文学。这种矛盾复杂、欲去还留、既爱且恨的总体体验始终是丁玲20世纪30年代文学创作一以贯之的线索。

二、幻灭、苦闷、颓废与"莎菲系列"作品

丁玲是"怀揣自由之梦"[1]与好友王剑虹一起奔赴上海的，然而，上海这个丁玲眼中的天堂并没有让她展开自由飞翔的双翅。上海平民女子学校并没有满足她学习"最切实用的学问"[2]的愿望，"她觉得理想与现实有矛盾，自己才能不得施展，抱负不得实现，对人生充满着苦恼和孤独、寂寞感"[3]。不久，好友王剑虹又在上海生病去世。王剑虹是丁玲成长过程中地位几乎仅低于她母亲的一位女性，她的去世自然对丁玲造成了很大的

---

[1] 秦林芳：《丁玲评传》，南京大学出版社2012年版，第29页。
[2] 丁玲：《我的创作生活》，载袁良骏编《丁玲研究资料》，天津人民出版社1982年版，第109页。
[3] 许华斌：《丁玲小说研究》，复旦大学出版社1990年版，第19页。

打击。幻灭、苦闷之感成了丁玲最深切的体会——"经过了许多，碰了一些壁，一个年青人，有着一些糊涂的梦想，象瞎子摸鱼似的，找出路，却没有得到结果"[1]。如果说丁玲幻灭、苦闷的上海体验主要来自个人在上海的挫折，那么她颓废的上海体验则主要与上海的城市风气息息相关。从城市风貌上看，"颓废是租界化上海的一种色调，也是现代作家、作品的色调"[2]。浸淫其中的她也自然受到租界化上海颓废色调的影响，更何况初到上海，她就接连遭受打击，陷入幻灭、苦闷之后，只好与外在的环境达成某种妥协。在妥协之余，丁玲的上海体验也就变得含混不清，对上海充满了欲去还留、既爱且恨的复杂体验。

　　作者这一时期幻灭、苦闷、颓废的上海体验主要体现在"莎菲系列形象"上。"莎菲系列形象，是指丁玲给我们塑造的许多充满着青春活力、敢于向传统挑战、有着强烈的自我意识又带着某种程度的感伤色彩的女性形象……从梦珂到陆萍的众多女性形象，许多都是具有这样的性格特质。"[3]鉴于本书讨论的范围是丁玲20世纪30年代的小说创作，因此不把30年代之后的作品纳入考察范围。在丁玲这一时期的创作中，最具有莎菲系列形象特征的当数梦珂（《梦珂》）、莎菲（《莎菲女士的日记》）、承淑等青

---

[1] 丁玲：《我的创作生活》，载袁良骏编《丁玲研究资料》，天津人民出版社1982年版，第109页。

[2] 李永东：《租界文化语境下的中国近现代文学》，人民出版社2013年版，第15页。

[3] 何莉：《论丁玲小说创作的现代性演变——莎菲系列形象的诞生、发展到消亡》，《南宁师范高等专科学校学报》2007年第2期。

年女教师(《暑假中》)、伊萨(《自杀日记》)、薇底(《一个男人和一个女人》)、阿英(《庆云里中的一间小房里》)、佩芳(《岁暮》)、丽娴(《他走后》)、野草(《野草》)等女性形象。这些女性形象都流露出"非常浓重的'世纪末'的病态的气氛的所谓'近代女子'的姿态"[1]。这种"近代女子"的姿态，在某种程度上正是丁玲本人及其身边人物的写照，因为"丁玲常常把她生活中的真人真事，个人的亲身经历照搬到小说中去，有时甚至原封原样不经过任何加工"[2]。当然，文学作品中的人物不能一一比附现实，但她们确实体现出丁玲经过诗意升华凝练出的幻灭、苦闷、颓废的上海体验。

《梦珂》是丁玲的处女作，题材来源于自己到上海明星电影公司当演员梦想破灭的经历。但是，在小说中，梦珂最终还是当了演员，她并没有像现实中的丁玲一样因为忍受不了电影公司的作风而放弃演员梦想。刚参加圆月剧社时，梦珂面对剧社的轻浮作风还会感到尴尬、羞愤，然而时间久了，也就麻木习惯了，"以后，依样是隐忍的，继续到这纯肉感的社会里去，那奇怪的情景，见惯了，慢慢的可以不怕，可以从容……能使她忍受非常无礼的侮辱了"[3]。梦珂加入剧社客观上固然与她生活

---

[1] 钱谦吾:《丁玲》，载袁良骏编《丁玲研究资料》，天津人民出版社1982年版，第226页。

[2] [美]梅仪慈:《不断变化的文艺与生活的关系（节录）——丁玲作家生涯的诸方面》，戴刚译，载袁良骏编《丁玲研究资料》，天津人民出版社1982年版，第560页。

[3] 丁玲:《梦珂》，载张炯主编《丁玲全集》（第3卷），河北人民出版社2001年版，第40页。

窘迫、走投无路的现实处境有关，但从主观上看，也是她求学之梦破灭后的主动选择。小说开篇即写到梦珂在学校里为一个遭到男教师猥亵的女模特打抱不平，经历了这一事件，从乡下进城求学的梦珂离开了学校，暂住姑妈家，打算重新再进一所学校。住到姑妈家后，梦珂刚开始还会感到不安，还会怀念故乡，但是慢慢地她就融入了追求物欲享受、有着丰富夜生活的上海，"不安也随着时光淡去"，直到最后完全融入上海。在小说的最后，最初单纯、善良、执着求学的梦珂不见了，幻灭与落寞成了"融入"上海之后梦珂的真实写照。

《莎菲女士的日记》发表之后一度引起文坛轰动，莎菲因其苦闷、压抑等负面性格特征成为文学史上的一个经典形象，小说中的莎菲，甚至成为丁玲遭受政治讨伐的证据。"在莎菲女士身上，固然看不到五四青年身上所不免带着的那些旧礼教束缚的痕迹，同时也看不到她有一点点五四时期的那种斗争性，那种因斗争而有的严肃性，以及……革命精神。"[1] 在当时的环境之中，即便"摩登"如上海，丁玲在《莎菲女士的日记》中的笔调都可谓离经叛道。一方面，莎菲经受着异常的孤独与苦闷："父亲、姊妹盲目地爱惜'我'却不了解'我'"，在独居的小屋子里，莎菲靠阅读新闻打发寂寞的时光，甚至连报纸上的美容药水广告都要——阅读；另一方面，莎菲对待异性又具有歇斯底里、近乎疯

---

[1] 张天翼：《关于莎菲女士》，载袁良骏编《丁玲研究资料》，天津人民出版社1982年版，第403页。

狂变态的态度,她通过折磨懦弱的苇弟来获得快乐,看到苇弟流泪,"却象野人一样在得意的笑了",而面对性感、强壮的南洋青年凌吉士,莎菲潜在的性压抑一触即发,"我把他什么细小处都审视遍了,我觉得都有我嘴唇放上去的需要"。[1] 莎菲的种种越轨表现,正是丁玲发泄苦闷与孤独体验的表现,"……但我精神上苦痛极了……于是我写小说了,我的小说就不得不充满了对社会的鄙视和个人孤独的灵魂的倔强的挣扎"[2]。

将莎菲的孤独、苦闷与压抑进一步发挥的是《自杀日记》中的伊萨。在伊萨那里,"生活确是凄凉可怕","没有想到什么可留恋的人和事","我常常希望我是一个生长在乡下,生活在乡下,除了喂养牲口,便不能感受其他的人"[3]。在伊萨的处境里,生活已经与她形成彻底的对抗关系,似乎只有死亡才能得以解脱。同样,在《岁暮》中,女大学生佩芳在除夕日写下许多新年计划,其中一条是与魂姊和睦,但魂姊在当日抛下她与爱人喝得酩酊大醉。再加上势利的房东收到她的礼物不久后就与她形同陌路,佩芳脆弱敏感的神经一下子就崩溃了,甚至决心要抑制自己脆弱的感情,把自己封闭起来。

---

[1] 丁玲:《莎菲女士的日记》,载张炯主编《丁玲全集》(第3卷),河北人民出版社2001年版,第41—78页。

[2] 丁玲:《一个真实人的一生——记胡也频》,《丁玲文集》(第五卷),湖南人民出版社1984年版,第150页。

[3] 丁玲:《自杀日记》,载张炯主编《丁玲全集》(第3卷),河北人民出版社2001年版,第182—184页。

在丁玲的"莎菲系列"作品中,一直弥漫着一股充满肉欲的颓废气息。在《梦珂》中,梦珂的表哥对梦珂充满了非分之想,甚至觉得自己"只要我愿意便行",可以对梦珂任意玩弄;在《莎菲女士的日记》中,凌吉士这一角色初次出现就"使人产生一种性感、性欲和对男性美的爱","如果说莎菲等待苇弟改变行为方式,那么这不仅是指智力与心理范围,而且还指肉体与性爱行为"[1];在《庆云里中的一间小房里》中,妓女阿英不仅不嫌弃自己的职业,还主动到街上揽客,不愿让自己闲下来;在丁玲的第三个小说集《一个女人》中,"'肉'的气息更严重,所收集的六个短篇里,差不多有五篇是专门描写肉欲的追求,人类的丑恶"[2]。无论是《他走后》中的丽婀,还是《野草》中的野草、《一个男人和一个女人》中的薇底都体现出了这一点。"她遵循、体察、领会、理解、满足着这些身体生长出来的欲望,并体悟发展和享受着这些欲望。"[3]幻灭、苦闷之中,丁玲将消极的情绪进一步发挥,在放纵的肉欲中渲染自己的颓废体验。

有意思的是,在丁玲笔下,"莎菲系列"形象尽管陷入孤独与颓废之中,却并未反抗环境,摆脱环境的束缚。即使作者设置了城乡对立的叙事逻辑,其笔下的人物依旧不能或是不愿摆

---

[1] 沃尔夫根·顾彬:《关于〈莎菲女士的日记〉》,载孙瑞珍、王中忱编《丁玲研究在国外》,湖南人民出版社1985年版,第203页。

[2] 许华斌:《丁玲小说研究》,复旦大学出版社1990年版,第47页。

[3] 陈智慧:《主体的女人 鲜活的情欲——丁玲〈一个男人和一个女人〉的女性主义解读》,《名作欣赏》2009年第12期。

脱环境的羁绊。

三、边缘体验与城乡对立的叙事逻辑

1922—1933年，丁玲虽然多次往返上海，把上海作为自己实现理想抱负的场所，也曾"穿着最朴素的阴丹士林布罩衣，却偏到大世界舞台买包厢票，坐在最好的座位上，看梅兰芳、欧阳予倩的戏"[1]。丁玲试图感受这座"东方巴黎"的真正面目，但是，她始终没有进入这座大都市的中心，没有进入这座都市灯红酒绿的世界，始终处于边缘状态。在这差不多十年的时间里，丁玲几乎都是靠湖南常德老家母亲的接济过活，生活景况可想而知。到了上海之后，丁玲先后住过永贵里，借住法租界善钟路沈从文处，法租界贝勒路永裕里13号三楼的亭子间，萨坡赛路204号，环龙路，善钟路沈起予家，公共租界虹口昆山花园路7号。[2] 除了办《红黑》杂志经济状况有所改善，当时所住的萨坡赛路204号条件稍好一点，其他时间丁玲要么借住别人家中，要么就是住在条件最差的亭子间，是个典型的"亭子间文人"。"'亭子间'是上海弄堂房子中的一间……居住条件是极差的……困于生计的文人，初涉上海滩，往往都寄居于上海特有的亭子间……苦

---

[1] 秦林芳：《丁玲评传》，南京大学出版社2012年版，第36页。
[2] 参见王增如、李向东编《丁玲年谱长编（1904—1986）》（上卷），天津人民出版社2006年版，第34—86页。

闷、悲凉、彷徨……这群文人感染上了从未有过的精神苦恼，一时四散，成了秋后的落叶。"[1]

作为"亭子间文人"的丁玲，成了上海这座都市的边缘人，对上海的感情自然好不到哪里去，甚至可以说，丁玲与这座都市是龃龉对抗的——"上海的摩天大楼、十里洋场，并不能唤起丁玲的艺术感觉"[2]。在一次聚会上，有几个书商找到丁玲，希望她能为自己写一些关于妇女的稿件，并承诺"稿酬从优"，丁玲却以"我卖稿子，不卖女字"为由拒绝了。"后来她回忆这件事，说自己当时的气概是应该的，否则在当时的上海，年轻的女子不迎合潮流，不堕落地生活下去是很困难的。"[3] 上海边缘人的体验使得作者与上海形成了初步的对抗关系，并把这种对抗关系反映到作品中，在多部小说中形成了城乡对立的叙事逻辑。

在《梦珂》中，作者设置了两个相互对立的角色：梦珂和匀珍。匀珍是梦珂儿时的玩伴，随父母一起迁居上海，梦珂则孤身一人前往上海求学。在上海，除了匀珍，梦珂其实还有姑妈一家亲人。但是在小说的开头，梦珂却并不愿意去找姑妈，而是经常到匀珍家去。小说里的匀珍一家虽然已经迁到上海，却始终怀念

---

[1] 章清：《大上海 亭子间：一群文化人和他们的事业》，上海人民出版社1991年版，第2—6页。

[2] 宗诚：《风雨人生——丁玲传》，中国文联出版社1988年版，第84页。

[3] [日]中岛碧：《丁玲论》，袁蕴华、裴峥译，载袁良骏编《丁玲研究资料》，天津人民出版社1982年版，第527页。

故乡酉阳，匀珍的母亲就把上海与酉阳做比较，并认为与上海相比，酉阳就是乐园。梦珂在学校受挫后，首先想到的也是儿时家乡的种种美好景象，也正是对酉阳共同的美好回忆把梦珂与匀珍一家联系在一起。然而，自从梦珂到了姑妈家，她就开始"象喝醉酒那样来领略这些从未梦想过的物质享受"，并渐渐开始堕落。随着梦珂的堕落，匀珍与她也就越来越疏远，梦珂到民厚里去见匀珍，"一进门便听了许多似责备的讥讽话。她只好努力解释，小心的去体会。但匀珍总不转过她的脸色。单为那一件大衣，她忍受了四五次的犀锐的眼锋和尖利的笑声"[1]。在作者设置的叙事框架里，融入上海这座大都市就意味着对故乡与根的"叛变"，且这种"叛变"不能得到谅解。但小说中的梦珂还是选择了"叛变"——最终，梦珂在姑妈家依旧不能长久，为了生计，她终于还是彻底抛离了过去，抛离了乡土的根，融入"纯肉感"的上海都市。

在《阿毛姑娘》里，丁玲城乡对立的叙事逻辑进一步被强化。在小说中，上海都市象征着文明，文明对一个蒙昧的乡下丫头来说就像精神鸦片，对上海都市的幻想无异于饮鸩止渴。小说的主人公阿毛从小在山里长大，嫁入城郊的丈夫家是阿毛第一次走出大山，此时的她，就像"刚从另一世界来的胆小的旅客"，好奇地打量着山外陌生的世界。也正是在夫家，阿毛第一次从三姐口

---

[1] 丁玲:《梦珂》，载张炯主编《丁玲全集》(第3卷)，河北人民出版社2001年版，第23—24页。

里听说了"简直像神话中的奇境"一般的上海。从此,她对上海便向往不已,可是好不容易去了一次上海,她迷醉幸福却又痛苦不已,"环境竭力拖着她望虚荣走,自然,一天,一天,她的欲望增加,而苦恼也就日甚一日了"[1]。对都市物欲的追求令阿毛变得日益焦躁,为了平息"为虚荣为图佚乐生出的无止境的欲望",阿毛幻想着一个有钱的男人帮助她脱离苦海,试图去给山上别墅里的青年画家当模特,可是现实击碎了她的幻想,为了平息欲念,她只好手足不停息地工作。不过,在小说的最后,对上海这样的大都市的欲念还是吞噬了阿毛,她吞火柴自杀了。在小说中,以上海为代表的都市被作者设置成一个与乡村对立的陷阱。叙述者的声音甚至在小说中"跳出来"发话:"只有一个观念,一种为虚荣为图佚乐生出的无止境的欲望,这是乡下无知的阿毛错了!阿毛真不知道……在许多高压下还想读一点书的女人——把自己在孤独中见到的,无朋友可与言的一些话,写给世界,却得来如死的冷淡,依旧忍耐着去走这一条在纯物质的,趋图小利的时代所不屑理的文学的路的女人。"[2]这段话可谓丁玲的"夫子自道"。在小说中,不能进入上海大都市的阿毛只有毁灭;在小说之外,尽管与上海的"纯物质"世界不相容,但作者

---

[1] 丁玲:《阿毛姑娘》,载张炯主编《丁玲全集》(第3卷),河北人民出版社2001年版,第128页。

[2] 丁玲:《阿毛姑娘》,载张炯主编《丁玲全集》(第3卷),河北人民出版社2001年版,第138页。

还是宁愿忍受着"孤独"和"高压",走着"文学的路"。

在丁玲早期的其他小说中,类似阿毛这样被上海大都市吞噬、异化的人物比比皆是。《庆云里中的一间小房里》中的阿英,白天想着回家的梦想,但"到了晚上就忘",最后竟安于妓女的营生,不再想回乡下的事。《自杀日记》中的伊萨,觉得都市的生活"凄凉得可怕",于是"常常希望我是一个生长在乡下,生活在乡下,除了喂养牲口,便不能感受其他的人"[1]。在丁玲这一时期的作品中,描写的重心是上海这座大都市,但这座都市,是一座与乡村对立的都市,是一个吞噬人的陷阱,但又是主人公们不能离开的地方——"固然展开在丁玲创作里的地域,是从乡村一直到都市,但作为她的描写的重心,还是都市的生活……这些人都是'都市使她厌倦,但她不能不在这里'的人"[2]。

即使转向革命话语的叙事之后,上海依然是作者叙事的一大背景,在上海文化语境影响之下形成的颓废、边缘体验依然不时闪现于作品之中,对上海矛盾复杂的态度与体验依然是作者叙事的一条内在逻辑。

---

[1] 丁玲:《自杀日记》,载张炯主编《丁玲全集》(第3卷),河北人民出版社2001年版,第182、184页。

[2] 方英:《丁玲论》,载袁良骏编《丁玲研究资料》,天津人民出版社1982年版,第243页。

四、梦魇与反抗:"革命话语"的转向

　　研究者一般把《韦护》作为丁玲小说创作的转折标志——"以小说《韦护》的创作为标志,丁玲的创作进入一个重要的转折时期"[1]。从外部环境上看,胡也频对丁玲的创作转向产生了不小的影响。在办《红黑》杂志期间,"胡也频,以诗人特有的热情,追寻社会、文艺新潮。他阅读苏俄文艺理论书籍……在这些书里,他领略到了改造这社会的途径"[2]。1929年,胡也频写成《到M城去》,丁玲专门在《红黑》杂志上发表《介绍〈到M城去〉》,首次表明作者"对社会主义的强烈的向往"[3]。此外,在这一时期,丁玲自身也面临创作危机,绝望与空虚构成的感伤主义使她面临"一个不能再前进的顶点"[4]。但是这些外在的因素并没有构成丁玲彻底转向的动力。丁玲在1930年加入左联,但加入之后并没有标志性的作品产生,被作为"向左联献礼"的《一九三〇年春上海》(一、二)中的子彬、玛丽等形象依旧是一种近于莎菲女士的形象,"丁玲还显得是一个'莎菲女士'的姿态,没有表现出她的政治倾向","这一时期,在思想深处,丁玲

---

[1] 彭漱芬:《丁玲小说的嬗变》,湖南文艺出版社1991年版,第38页。
[2] 宗诚:《风雨人生——丁玲传》,中国文联出版社1988年版,第84页。
[3] 许华斌:《丁玲小说研究》,复旦大学出版社1990年版,第51页。
[4] 冯雪峰:《从〈梦珂〉到〈夜〉——〈丁玲文集〉后记》,载袁良骏编《丁玲研究资料》,天津人民出版社1982年版,第292页。

对'组织'仍然缺乏热情","1930年虽然加入左联,但并没有参加左联的任何组织活动"。[1]

在《韦护》、《一九三〇年春上海》(一)、《一九三〇年春上海》(二)三篇小说中,丁玲采用的其实都是同一种叙事模式——恋人双方因为在是否革命的选择上意见不合而最终分道扬镳。值得注意的是,作者笔下这种分道扬镳的过程却有着"痉挛"般的"阵痛",关于主人公、关于上海,叙述者的立场也是含混不清的。这三部作品,既是对"莎菲系列"作品的某种回应,也是对"城乡对立"叙事逻辑作品的某种背离,体现出丁玲复杂的上海体验。

在南京时,韦护因为追求丽嘉受挫,便决定早点回到上海去,因为"那里有的是工作,工作可以使他兴奋,可以使他在劳苦中得到一丝安慰"。而相比之下,南京则"像酒一样,慢慢将你酥醉了去……这里没有什么紧张、心动的情绪"。韦护渴望到上海去冒险,但又显得有些茫然无措,"他凝视着城的那方,微微有点怅惘"。尽管茫然,上海终究还是改造了韦护,到了上海,韦护变得"簇然一新",换上了新洋装、黑皮鞋,以至于再次见到他的丽嘉"端详了他半天,她那惯于嘲讽的嘴,已失去了效用,只能将眼睛睁大,然而却不是惊愕的神情"。上海的改造使得原本不可能的爱情成为可能,上海塑造出符合新女性想象的男

---

[1] 秦林芳:《丁玲评传》,南京大学出版社2012年版,第73—74页。

性，上海混杂的空间也让爱情成为男女青年的救命稻草。然而，稻草毕竟是不牢固的，与丽嘉在一起之后的韦护，"一面站在我不可动摇的工作上，一面站在我生命的自然需要上"。[1]事业的雄心与生命的原始本能展开了博弈，并以后者的失败而告终，韦护怀着迫不得已的苦痛离开了丽嘉，上海是爱情萌芽的土壤，也是葬送爱情的坟墓。

《一九三〇年春上海》（一）中的子彬，则被丁玲设置成一个所谓的"另一时代"的"《流星》派的绅士"型的作家，而美琳则是渴望"到人群中去，了解社会，为社会劳动"的"进步"女性。两人因此不得不分道扬镳。在《一九三〇年春上海》（二）中，丁玲依旧采用同样的叙事逻辑，只是男女主人公的身份被置换而已。然而，在两部小说中，叙述者都没有采取"非此即彼"的对立逻辑。在第一部小说中，子彬虽然选择了与美琳不一样的道路，却"像一个熬受着惨刑的凶野的兽物"，有着说不出的"彷徨和不安"；在《一九三〇年春上海》（二）中，玛丽虽然被设置成一个爱慕虚荣的小资产阶级女性，但叙述者并没有将其彻底置于反面，"耀眼""聘婷""欢乐""不轻浮的容仪"等一系列美好的字眼成为女主人公的化身，玛丽离开望微也是因为爱情得不到满足。

---

[1] 丁玲：《韦护》，载张炯主编《丁玲全集》（第1卷），河北人民出版社2001年版，第3—111页。

租界化的上海本来就是一个杂糅的城市。生活于杂糅的租界化上海，丁玲首先感受到的自然是上海价值多元、文化驳杂的城市风气。因此，在上述三部小说中，革命者与所谓的"落伍者"被置于同一场域，而该场域杂糅的品性，让一切不可能变成了可能，又让一切可能变成了不可能，不管是革命者，还是"落伍者"，都有其存在的合法性。

真正从态度上让丁玲彻底转向的是1931年胡也频被捕牺牲的事件。1931年1月，临行前跟丁玲说要外出办事的胡也频出去后就一直没有回来，焦急如焚的丁玲经多方打听才知道胡也频被捕，关在了龙华监狱。得此消息后，丁玲在沈从文的帮助下大力营救，甚至还找过国民党高层邵力子。然而一切都无济于事，1931年2月7日，胡也频、殷夫等人同时被杀害，是为"左联五烈士"[1]。这一事件就像一个可怕的梦魇，几乎完全击垮了丁玲：

> 在环龙路附近的一家三层楼上的正房里，只剩我一个人，孤独地冥想着流逝了的过去，茫然地望着无边的未来。天是灰沉沉的，四周是棺木一般的墙壁，世界怎末这么寂静，只有自己叹息的回声振颤着我的脆弱的灵魂。我不知道饥饿，常常几天不吃不喝。[2]

---

[1] 秦林芳:《丁玲评传》，南京大学出版社2012年版，第74页。
[2] 丁玲:《回忆潘汉年同志》，《丁玲文集》(第五卷)，湖南人民出版社1984年版，第224页。

在《从夜晚到天亮》这篇自传体的小说中，丁玲把她在失去胡也频后孤独、悲愤乃至歇斯底里的状态作了真实的描摹。小说中，失魂落魄的女主人公漆黑的夜里还在外面孤身游荡，在马路上看到的幸福的家庭成为刺激她神经的触发机制，"头像被什么东西锥得痛"[1]。在这种"幽灵鬼魅"般的状态中，女主人公甚至想起童年，想起早夭的弟弟。而丁玲的弟弟正是在十多岁时因病去世的。可以说，胡也频的死，不仅让她陷入悲愤，还让她记起童年的创伤。所有的负面情绪排山倒海般地压向孤身一人独居上海的丁玲。此时，上海再也不是她渴望展翅飞翔的天堂，带给她的，只是炼狱般的体验，"如今独立生活在大上海，一个人在万花筒般的上海度日月，这是第一次，我真感到举步维艰，整日心神不宁，忧心忡忡"[2]。在《某夜》中，丁玲继续对丈夫胡也频被杀害的情状进行了想象性的刻画，小说已经不像《从夜晚到天亮》一般低沉压抑，多了一份悲壮与凄厉，"象荒野里的狼嗥一样凄惨可怕"[3]。在小说中，年轻的诗人、短发的女同志，最后唱着《国际歌》从容就义。在小说中，革命的理性渐渐取代个体的情感，丁玲开始将自己融进大

---

[1] 丁玲：《从夜晚到天亮》，载张炯主编《丁玲全集》（第3卷），河北人民出版社2001年版，第340页。

[2] 丁玲：《魍魉世界》，湖南人民出版社1987年版，第7页。

[3] [日]尾坂德司：《〈丁玲作品集〉日文版后记》，魏励译，载孙瑞珍、王中忱编《丁玲研究在国外》，湖南人民出版社1985年版，第44页。

环境中，试图通过革命话语转移个人化的情绪。

　　1931年4月，丁玲开始频繁地参加左联活动，五六月间，她开始主编当时共产党的机关刊物《北斗》。相应地，丁玲的小说创作进一步向"左"转。《田家冲》最初发表于1931年7月10日的《小说月报》第22卷第7号，小说中地主家的千金三小姐剪成短发，穿着男人的衣裳，"不骄矜、不华贵、不美好"，"容易亲近"，主动到乡下发动群众，参与革命。小说《水》一经发表，就在文坛引起轰动，被认为是作者突破"革命+恋爱"题材的一个显著标志，并作为左翼文学创作的经典文本。"虽然这只是一个短篇小说，而且在事后又多用了一些观念的描写，可是这篇小说的意义是很重大的。不论在丁玲个人，或文坛全体，这都表示了过去的'革命与恋爱'的公式已经被清算！"[1] 小说以水灾为线索，描写了一群农民在抢险救灾、躲避水灾的过程中的无望与暴动，天灾成为百姓反抗的触点。

　　在《消息》《夜会》《奔》《无题》《多事之秋》《法网》等小说中，丁玲将对抗性的情绪进一步渲染，并且有意无意地让上海成为整个腐朽落后社会的代表。《消息》的主角是一个偷听儿子及其工友商量革命事业的老太婆，在丁玲笔下，无知的老妇也成了支持革命事业的一分子，默默用自己为数不多的钱买了军需品送给革命战士。更有意思的是，老妇的目的竟然与革命

---

[1] 茅盾：《女作家丁玲》，载袁良骏编《丁玲研究资料》，天津人民出版社1982年版，第255页。

战士一模一样,企望上海这座压迫人民的机器改变现状,"就像真的上海的世界变了一样:一天只做七个钟头工,加了工资,礼拜天还有戏看呢,坐包厢,不花钱"[1]。在《奔》里,上海的丑恶面进一步被丁玲揭示出来,张大憨子、乔老三等一群乡下农民本来想到上海谋求生计,做着上海的"发财梦",但刚下火车,其"土里土气"的装扮就遭到上海人的鄙薄。更令他们失望的是,本来以为老乡李永发在上海发了大财,但到了上海才发现李永发一家住在贫民窟,其妻卧病不起,李永发本人也被上海工厂"榨干"了。上海,就像杀人不见血的魔鬼,饿死的人成百上千,"怕上海饿死的人不够吗?要你们赶来送死?几十万人在这里没有工做啦……"[2]。《夜会》《无题》《多事之秋》则涉及反帝题材,作者不再局限于描摹上海的腐朽面目,而是将上海彻底作为反帝反封建的"发声之地":《夜会》《无题》和《多事之秋》分别表现了下层官兵和上海人民反抗日本侵略行径的爱国热情;《法网》则描写工人顾美全和王阿小互相残杀,最后落入洋老板和官府织就的"法网"。

　　这些小说显示出丁玲概念化的倾向,但这种倾向几乎是无法避免的。正是因为近乎概念化的追求,丁玲乃至"左联"才在文

---

[1] 丁玲:《消息》,载张炯编《丁玲全集》(第3卷),河北人民出版社2001年版,第504页。

[2] 丁玲:《奔》,载张炯编《丁玲全集》(第4卷),河北人民出版社2001年版,第59页。

学、社会的领域开拓出属于自己的领地——"左联"正是因为极强的政治文化意识，才在文化大潮中占得一席之地；"左联"强调文学的艺术性，也是出于政治策略的考虑，试图在中间地带开拓阵地。[1] 丁玲的转向与开拓无疑是成功的，这一系列作品奠定了她在左联的地位。但除了与"左联"的"共名"之外，这些作品又体现着作家的质朴与真诚，这是因为丁玲"把政治立场和个人的生命感受或者社会经验结合起来，写出了政治，也写出了真情"[2]。比如《田家冲》里的三小姐背叛家庭、投身革命的背后就有着"莎菲系列"形象孤独的影子；《从夜晚到天亮》中以作者自身为原型的主人公，失魂落魄的背后就隐含了幻灭、颓废的上海体验；《奔》这篇小说中上海当地人对逃难乡下人的鄙薄，就闪现出作者的"边缘"体验。而在其他几篇小说中，如《消息》《夜会》《无题》《多事之秋》等，丁玲一方面"将上海视为'堕落深渊'，然而在另一方面也突出了上海作为'子夜战场'的城市形象与历史精神……"[3]，丁玲所塑造的看似矛盾的两个上海城市形象——"堕落深渊"与"子夜战场"一方面源自上海本身杂糅化的文化语境与城市风貌，另一方面也与她矛盾复杂的上海体验有

---

[1] 参见朱晓进《政治文化与中国二十世纪三十年代文学》，人民出版社2006年版，第66—68页。

[2] 陈国恩：《革命现代性与中国左翼文学》，载陶东风主编《中国革命与中国文学》，黑龙江人民出版社2009年版，第66—68页。

[3] 高兴：《渊薮与战场——革命文学作家对于民国上海的空间体验》，《河北师范大学学报（哲学社会科学版）》2013年第5期。

关，一正一反的两个城市形象，正是作者既爱且恨的上海体验的反映。

上海是丁玲文学创作的起点，上海特有的城市精神与她在上海跌宕起伏的人生经历，奠定了丁玲20世纪30年代文学创作的风貌格调，甚至影响到其后的文学创作生涯。20世纪二三十年代租界化的上海，作为娱乐业上的"东方巴黎"、商业上的"东方纽约"，繁荣与颓废共生，"红色"与"小资"并存。上海之于初来乍到的湖南青年女子丁玲，无疑是陌生而又隔膜的，更何况丁玲初到上海就接连遭遇求学失败、失去挚友的沉痛打击。在这种情况下，丁玲不可避免地陷入苦闷、迷茫之中，并沾染上了上海特有的颓废气息，"莎菲系列"形象就折射出丁玲的这种上海体验；而梦想与事业的接连受挫，则更进一步加深了丁玲与上海这座繁华大都市的龃龉。作为这座大都市的边缘人，丁玲将其边缘体验反映到创作中，形成城乡对立的叙事逻辑。在上海失去爱人的人生经历虽然给丁玲沉痛一击，却让她找到了另一条创作之路乃至人生之路，丁玲开始转向革命话语的叙事。而无论是"莎菲系列"形象的幻灭、苦闷、颓废，抑或是一系列作品中城乡对立的叙事逻辑，或是革命话语的书写，对上海充满矛盾的体验始终是丁玲20世纪30年代创作的线索。

可以说，没有租界化上海独特的城市精神，没有丁玲独特的上海体验，就不会有今天文学史上丰富的丁玲及其创作。上海体验，是丁玲20世纪30年代文学创作的底色。

第三节
延安青年贺敬之的成长之路

贺敬之，以诗人、剧作家和文艺工作领导者这三重身份为学界所熟知，其执笔的歌剧《白毛女》、创作的革命歌曲《南泥湾》《翻身道情》与政治抒情诗《回延安》《放声歌唱》《雷锋之歌》等，更是成为传唱不已的文艺经典，进入一代代读者心中。贺敬之是"人民革命时代的杰出歌者"[1]，其走过的文学道路与中国革命、与社会主义文艺的丰富关系，是研究热点之一，时至今日依然引起不少研究者的兴趣。

贺敬之的作品中，最早在研究界引发热烈反响的是其执笔的歌剧《白毛女》。作为"中国第一部歌剧"[2]，《白毛女》甫一演出，许多评论者即以各自观感为基础，展开多方面的讨论。值得注意

---

[1] 张炯：《人民革命时代的杰出歌者——论贺敬之的创作》，载陆华编《贺敬之研究文选》(上册)，文化艺术出版社2008年版，第247页。

[2] 茅盾：《赞颂〈白毛女〉》，原载香港《华商报》"副刊"1948年5月29日，转引自陆华编《贺敬之研究文选》(下册)，文化艺术出版社2008年版，第739页。

的是，这方面的研究不仅没有停滞，而且时有关键研究成果出现，成为中国当代文学研究中不可忽视的"明星"作品。可以说，在中外研究者的持续推进下，其研究成果已相当可观。贺敬之的政治抒情诗则奠定了他"杰出歌者"的文学史地位，除了对其政治抒情诗诗学品格的高度肯定外，围绕抒情主人公、抒情的真实性等问题，20世纪五六十年代与21世纪前后还一度引起学界争鸣。而新古体诗作为贺敬之晚年丰富精神世界的表征，亦频频引起学界关注。[1] 对于贺敬之的整体思想与人生道路，贾漫、丁七玲等研究者的传记曾做了相当程度的开掘。[2] 近年来，祝东力、卢燕娟、周锋等学者则从贺敬之的革命逻辑入手，并著文予以探讨，深化了研究。[3] 不过，就贺敬之研究的整体状况而言，其与革命的辩证关系还有继续开掘的空间。深入历史肌理，对贺敬之进行平实、深入、细致而全面的研究，在具体历史情境中把握研究对象，是呈现贺敬之及其作品丰富内涵的重要路径。

在此意义上，2020年新出的两本著作——何火任的《贺敬之评传》（社会科学文献出版社）与张器友的《读贺敬之》（红旗

---

[1] 陆华编的《贺敬之研究文选》（上、下）收录了1945—2008年的研究成果，较为全面地展示了关于贺敬之研究的现状。

[2] 参见贾漫《诗人贺敬之》，大众文艺出版社2000年版；丁七玲《贺敬之》，中国文史出版社2015年版。

[3] 参见《文艺理论与批评》2014年第6期的系列论文，包括祝东力《站在尖顶教堂门前——理解贺敬之》、卢燕娟《再谈政治与诗歌——以贺敬之的政治抒情诗为对象》、周锋《论贺敬之政治抒情诗的"类"的自我表现》等。

出版社）为研究者提供了诸多启示。前者以扎实的史料为基础，立体地展示出贺敬之的人生道路；后者则汇集研究者多年的成果，从贺敬之的生平、创作等方面"读"出贺敬之的文学人生。两部专著体例不一，在研究进路上却有相同之处，都是"从时代的进程和他自己的人生轨迹的交叉点上，客观地实事求是地进行认真考察与透视"，力图展现一个"真实的、既是时代的儿子又独具个性风采的作家贺敬之"。[1] 从两部著作来看，其时代进程与人生轨迹"交叉点"的一个重要面向是：贺敬之如何处理"小我"与"大我"的关系。

围绕这一焦点，贺敬之本人有较多论述，研究界亦有不少争鸣。不过此前的研究，或局限于单篇作品，失之单薄；或受限于特定的时代语境，有失公允。21世纪之初，贾漫跳出了"意识形态写作"的简单思路，将贺敬之的政治抒情诗名作《放声歌唱》体现出的思想概括为"'我'的哲学辩证法"[2]，周锋更进一步，从马克思的"类"概念出发，将贺敬之的政治抒情诗概括为"'类'的自我表现"[3]。总的来看，研究者从贺敬之的诗歌创作出发，抓住了贺敬之文艺思想的要害。可见，"小我"与"大我"的关系是贺敬之思想的一个核心范畴，也是整体理解贺敬之的一把

---

[1] 何火任：《贺敬之评传》，社会科学文献出版社2020年版，第5页。
[2] 贾漫：《诗人贺敬之》（上），大众文艺出版社2009年版，第172页。
[3] 周锋：《论贺敬之政治抒情诗的"类"的自我表现》，《文艺理论与批评》2014年第6期。

关键性的"钥匙"。新著《贺敬之评传》《读贺敬之》正是抓住了这一关键性的"交叉点",并把这一交叉点放到三段具体的历史情境中,完整地呈现了贺敬之的思想与艺术逻辑。

一、作家贺敬之诞生的主客观因素

1940年,贺敬之在四川省梓潼县创作组诗《我们的行列》,其中的一首《我的小同志艾末》写"小同志艾末"唱起歌,要欢快地"向他爱去的地方去"。[1]小同志艾末其实可视作诗人的自画像。1940年上半年的贺敬之,正处在一个人生的分水岭上。因为战事,他从故乡山东省先是流亡到湖北省均县寻找学校,后又随学校到达四川省梓潼县。此时的他不过是一个喜好阅读、偶尔创作的文学青年,摆在面前的道路亦非唯一,最终却欢快地奔向了"他爱去的地方"——延安。他为何选择这样的道路,并成为延安青年作家中"引人注目的新星"[2],最后成为"延安文艺时代"的"产儿"[3]?即延安文艺的代表作家贺敬之是如何诞生的?正是通过追溯"小同志艾末"从哪里来、到哪里去,何火任与张器友都对这一问题做出了回答。

---

[1] 贺敬之:《我们的行列·"我的小同志艾末"》,《贺敬之文集一·新诗卷》,作家出版社2005年版,第21—22页。
[2] 何火任:《贺敬之评传》,社会科学文献出版社2020年版,第1页。
[3] 张器友:《读贺敬之》,红旗出版社2020年版,第3页。

何火任从贺敬之家乡的风土人情、父母家人、教育背景三个方面剖析了贺敬之思想感情、人格气质与基本修养的形成。从何火任翔实的论述与考证来看,贺敬之1924年生于山东省峄县(今枣庄市)贺窑村,该地历来灾害频仍、民生多艰。贺敬之的童年正值军阀混战时期,何火任形容"贺窑村和贺敬之的家"是"长期在时代的风雨和历史的浪涛中飘荡"的"破旧的小舟"。[1]但作者同时也指出,家乡在童年贺敬之的眼中一方面是凄怆的,另一方面是秀美的,醇厚的民俗风情与独特的自然景观给贺敬之留下了美好的印象。这种对家乡的双重体认,由贺敬之早年的诗作《北方的子孙》也可得到印证:在以荒地、莽原、乌泥、黄沙为底色的昏暗时代,家乡的亲人不得不忍受饥饿、寒冷,"在命运的鞭子下,流浪,死亡……",但看到夏天的"庄稼苗子",看到秋天的"大豆""高粱""棒子""小米",他们又望见"生命的喜悦",拾起"跳跃的生命的歌子",对于北方的"荒土","我"既感到"忧郁",也有着深深的"依恋"。[2]贺敬之的家人也是他深深依恋故乡的重要原因,祖父的古典文化修养、堂叔贺明谟作为中国共产党早期地下党员的革命经历,以及父母的言传身教,都滋养着童年的贺敬之。对于贺敬之的父亲贺典谟,何火任通过访谈贺敬之,获得了最鲜活的印象:他身上既有中国农民传统的耿

---

[1] 何火任:《贺敬之评传》,社会科学文献出版社2020年版,第9页。
[2] 贺敬之:《北方的子孙》,《贺敬之文集一·新诗卷》,作家出版社2005年版,第5—11页。

介、质朴的品性，又有疾恶如仇的精神。而贺敬之的母亲，何火任则认为她给予贺敬之最真挚的温情和关于美感的最早、最深刻的启蒙，其后来的诗歌作品广泛运用"母亲"意象歌颂祖国、歌颂延安、歌颂共产党，均与母亲早年对贺敬之的影响有关。[1]

何火任的翔实论述追踪了"小同志艾末"的过去，并从早年的经历为他未来的选择提供了某些论据。张器友也大体勾勒了贺敬之的生活与创作道路，而他在勾勒贺敬之早年的生活环境时，特别注意到西方天主教对儒教之乡的渗入。从后设的视角来看，贺敬之显然受到这种独特文化氛围的影响，在回顾早年经历的《在教堂里》《圣诞节》等诗作中，作者就一次次回忆起童年的教堂。面对教堂，作者的感情比较复杂，他既不夸大教堂的作用，也不简单将其作为童年困苦经历的表征，而把它看作历史进程上的一个特殊阶段。如张器友所言："在东方这个穷乡僻壤，封建的传统文化和西方的宗教文化奇妙地结合在一起，安顿着半殖民地半封建社会里穷苦人民的苦难生存。"[2]贺敬之早年的经历为他理解中国社会历史的复杂性奠定了基础，也为他后来理解革命提供了个人化的视角——"没有把历史凝固化，而是持着一种动态的、进步的时间意识"，"把从历史深处生长起来的内在战斗要求同人民革命历史使命"[3]结合起来。

---

[1] 参见何火任《贺敬之评传》，社会科学文献出版社2020年版，第210—211页。
[2] 张器友：《读贺敬之》，红旗出版社2020年版，第4页。
[3] 张器友：《读贺敬之》，红旗出版社2020年版，第229页。

在教育求学方面，贺敬之先是在村小就读，随后进入北洛小学，毕业后顺利考到设在滋阳县的山东省立第四乡村师范。从何火任的研究来看，北洛小学和山东省立第四乡村师范的求学经历对贺敬之影响非常之大。北洛小学的教师不乏学识渊博、思想先进者，贺敬之在这里读到鲁迅、巴金、蒋光慈、叶紫等进步作家的作品。后来他又参加拉丁化新文字运动，与北平的拉丁化新文字学会总会建立起联系，并通过拉丁化新文字报刊的阅读，朦朦胧胧地了解到国内的政治局势以及红军的一些情况。而投考滋阳县的山东省立第四乡村师范，则似乎成为贺敬之未来人生选择的起点。

由于战事爆发，贺敬之入学不久即踏上流亡寻找学校的道路，他先是历经艰辛，追随学校到湖北省均县，后又随学校迁徙至西南腹地四川省梓潼县，流亡途中的所见所闻（给他）带来了巨大的身心震撼。到梓潼县之后，他的文学兴趣更加浓烈，同时，由于受到进步刊物与老师的影响，贺敬之已经开始慢慢向其为之奋斗一生的目标靠拢。在"小同志艾末"向延安靠拢的过程中，进步读物的阅读起了关键作用，何火任敏锐地抓到了这一点。贺敬之尚在湖北省均县时，便被柳杞描述自己奔赴延安经历的散文震撼。在从均县到梓潼县的途中，他又阅读到描写延安生活的作品《活跃的肤施》，到了梓潼县，《新华日报》《解放周刊》以及斯诺的《西行漫记》进一步唤起一个文学青年对延安的向往之情。而田间节奏短促、旋律急迫的战斗诗更是给贺敬之敲响了

"时代的鼓声",鲁黎的《延河散歌》、周而复的《开荒篇》同样激起"小同志艾末"的满腔热血。于是,1940年4月,贺敬之与另外三位同样满腔热血的青年踏上了去延安的道路。

从这两本新著来看,在去延安之前,客观环境对贺敬之起了决定性的作用——旧时代的不公给了贺敬之追求光明的足够动力,早年对社会的丰富感知造就了他动态的历史意识,求学过程中进步思想的熏陶则成为他奔赴延安的助推剂。换言之,客观环境培养起贺敬之内在的"战斗要求"。而在去延安的途中与到延安之后,贺敬之个人与客观环境的关系就开始愈加复杂起来。奔赴延安时,贺敬之只是一个未满16岁的少年,他对延安的大部分认知,都来自文学的阅读与熏陶,这种想象性的经验使他拥有更多浪漫的革命幻想。到了西安,这种浪漫的幻想第一次经受考验:贺敬之不能顺利进入延安,他和同伴接受了八路军驻西安办事处的严格审查。在去延安的车上,贺敬之因与同行青年打闹,更是受到车队队长的严厉批评。正是这两次经历,使得贺敬之开始思考个人与革命集体的关系,追问自己参加革命的目的。

何火任注意到,贺敬之不仅是延安文艺时代的产儿,也是延安文艺的幸运儿。到延安后,经历一番挫折的贺敬之如愿进入鲁迅艺术文学院学习。而此时的鲁艺有何其芳、周立波、周扬、齐燕铭等一大批专业教师任教;在学制上也更加正规,先是由六个月调整为两年,1941年6月则把学制改为三年,使鲁艺正式进入正规化、专门化时期"。[1]除了良好的学习条件,此时延安的整体环境亦充满温暖、热烈的氛围,贺敬之形容此时的生活是"甜蜜而饱满的穗子"[2]。可以想见,此时的他昂扬向上,充满个性的"小我"在温暖的"大我"中初试身手,并崭露头角,被何其芳称为"十七岁的马雅可夫斯基"[3]。

但贺敬之此时的"自我"观尚未成熟,根据何火任的访谈得知,延安整风运动期间,周立波批评贺敬之身上有一种"小流浪汉"的思想,应当检查提高。[4]确实,到延安之后,尽管贺敬之已经"从一个少年长成一个青年"[5],但他"涉世不深""情绪容易波动""不甘于平静,追求轰轰烈烈的战斗生活"[6],审干运动期间,他又因为参加"鹰社"而受到审查。在延安这场范围极广的整风运动与审干运动中,贺敬之的身心又一次得到更深刻的磨砺,而他选择主动配合改造,这从其创作歌词的动因上可见一斑。整风运动后,贺敬之由新诗创作转向直接为现实斗争服务的通俗文艺形式——歌词。20世纪50年代初,在谈及创作这些歌词的缘由时,贺敬之说这些歌词是"几年来为群众的歌唱而努力

---

[1] 参见王培元《抗战时期的延安鲁艺》,广西师范大学出版社1999年版,第382—383页。
[2] 贺敬之:《生活》,《贺敬之文集一·新诗卷》,作家出版社2005年版,第37页。
[3] 何火任:《贺敬之评传》,社会科学文献出版社2020年版,第64页
[4] 参见何火任《贺敬之评传》,社会科学文献出版社2020年版,第76页。
[5] 贺敬之:《重回延安——母亲的怀抱》,《中国青年报》1956年6月27日。
[6] 何火任:《贺敬之评传》,社会科学文献出版社2020年版,第76页。

过的一点纪念"[1]。20世纪80年代,谈及创作歌词的原因,贺敬之则强调自己从中学就受到救亡歌曲的鼓舞和影响。[2]中学时代的积累与影响,加上20世纪40年代中后期语境中"为群众歌唱"的动力,贺敬之创作歌词的主、客观条件便成熟了。他抓到了"时代进程与人生轨迹的交叉点",使个人的选择踏上时代的鼓点,留下了《南泥湾》等传唱一时的名曲。

到延安后,充分的历练、改造为贺敬之更长远的创作之路打下了坚实的基础。1945年年初,因周扬等人对《白毛女》的剧本不满意,邵子南退出创作组。有研究者曾深入分析邵子南退出与贺敬之成为《白毛女》主要执笔者的深层原因:邵子南作为西战团的文人,长期游离于延安的文化环境,尤其是对秧歌剧一无所知,无论剧本剪裁还是情节安排都不能适应意识形态话语和民众期待;贺敬之则在秧歌运动中脱颖而出,熟悉延安本土的文化环境,因而成为创作《白毛女》的最合适人选。[3]但贺敬之等创作组成员创作、演出《白毛女》的过程并非一帆风顺。何火任将《白毛女》的创作方式描述为"流水作业"的集体创作方式,创作、审定、演出、观众反馈、再修改,一环接一环。[4]而成功的"集体创作",却又恰恰需要作家个体的创造性精神劳动,如何

---

[1] 贺敬之:《笑》,五十年代出版社1951年版,第162页。
[2] 参见吕美顺《贺敬之谈歌词创作》,《词刊》1985年第7期。
[3] 参见孟远《歌剧〈白毛女〉研究》,博士学位论文,中国人民大学,2005年。
[4] 参见何火任《贺敬之评传》,社会科学文献出版社2020年版,第96页。

火任所言,"集体智慧只能作为作家创作的基础和营养……却无法代替作家个体的创作"[1]。因此,如何处理个人与集体的关系,就成为《白毛女》创作能否成功的关键性因素。从后来的史实可知,《白毛女》取得空前的成功,贺敬之也因此奠定了自己在文学史上的地位。作为延安文艺代表作家的贺敬之诞生了——《白毛女》就是他正确处理"小我"与"大我"的一次成功实践。张器友在谈及贺敬之的"自我"观时精当地指出,贺敬之的"自我观"受到何其芳等前辈作家历史经验的启示,他的"'自我'不是凝固的、封闭的,而是开放的、更新的,它自尊但不自恋,看重'自我'的自觉改造"[2]。这种辩证的"自我"观,正是贺敬之处理"小我"与"大我"关系的前提,并成为其终身的信条。

二、时代洪流中的普通文艺工作者

《白毛女》的创作取得成功后,贺敬之离开延安,参加了华北文艺工作团,投身沧州战役,走到前线,在真正的"大鲁艺"中接受锻炼。"十七年"时期,贺敬之迎来文学创作的又一辉煌阶段,他这一时期创作的政治抒情诗因新颖的体式被学界称为"敬之体"[3]。不过,与文学史叙述中"政治抒情诗人的杰出代

---

[1] 何火任:《贺敬之评传》,社会科学文献出版社2020年版,第101页。
[2] 张器友:《读贺敬之》,红旗出版社2020年版,第219—222页。
[3] 於可训:《"楼梯式"与敬之体》,载陆华编《贺敬之研究文选》(上册),文化艺术出版社2008年版,第420—428页。

表"[1]的定位相比，何火任与张器友却给我们勾勒出了一位以普通文艺工作者自居的贺敬之形象。

从何火任的论述来看，贺敬之在"十七年"时期和"文革"期间可谓历经风雨，在大大小小的政治运动中并未幸免于难。1950年冬，在北京文艺界的文艺整风学习中，贺敬之因文章《谈提高作品的思想性——给ＸＸ同志的信》以及剧本《节振国》受到批判。批判的焦点是他在文论和创作中强调表现"我"，认为作者"在政治上和思想上当然而且必须比一个普通的群众高一些"，而这些看法，被认为是小资产阶级的"右倾"的文艺观点。他剧本中的节振国，则体现出"非典型"[2]的创作倾向。客观地看，剧本《节振国》的确存在不足之处，但"剧中的这些不足之处是可以修改、提高和完善的"[3]，不应遭到完全否定。而《谈提高作品的思想性——给ＸＸ同志的信》则不乏真知灼见，贺敬之通过分析创作主体与创作对象的辩证关系，批评了其时文学创作中公式化、概念化的现象。张器友通过综合考察贺敬之20世纪五六十年代的文论与创作，指出贺敬之的这些文章具有"不畏权威和时俗的锐气，具有批评庸俗社会学的价值"[4]。

20世纪50年代初，对贺敬之的批判只是开始。不久，贺敬之在"三反"运动中受到被打为"反革命"的堂叔贺明谟牵连，接

---

[1] 孔范今主编：《二十世纪中国文学史》，山东文艺出版社1997年版，第1083页。
[2] 何火任：《贺敬之评传》，社会科学文献出版社2020年版，第167—169页。
[3] 何火任：《贺敬之评传》，社会科学文献出版社2020年版，第168页。
[4] 张器友：《读贺敬之》，红旗出版社2020年版，第24—26页。

受调查,并做了深刻检讨。更大的风波则始于1955年夏天,此时贺敬之刚从捷克斯洛伐克回到北京,随即因胡风问题被隔离审查。从何火任的史料钩沉来看,贺敬之与胡风的关系较为密切。20世纪40年代初,贺敬之读到胡风主编的《七月》杂志,深受感染;到延安后,他创作的《自己的催眠》《跃进》等诗作寄到梓潼县,后转交至胡风手中,胡风随即将之收录进"七月诗丛";20世纪50年代初期,贺敬之与胡风亦多有交往,他的诗集《笑》《并没有冬天》《朝阳花开》均由胡风帮助出版。由此可见,在某种程度上,贺敬之的创作、思想均不同程度受到胡风的影响。但在当时的历史语境中,这些都成为贺敬之的"罪证"。贺敬之虽然没有被划为"胡风集团分子",最终也没有受到处分,但因为在1957年的一次座谈会上指出其时文艺创作存在教条主义的弊病,受到"严重警告处分"。

尽管他一再被卷入各种政治运动,但在被批斗的日子里却具有难得的平和心态。何火任通过采访深知内情的赵寻证实了这一点:"进城后运动很多,贺敬之的生活道路一直是不平静、不顺利的,遇到的阻力不少。反胡风斗争他就受到牵连……在处于受压抑的时期,他仍然对党有真挚的感情。"[1] 何火任认为,贺敬之能在逆境中处之泰然,源于其坚定的人生信念、诚挚的赤子之心。

逆境中的贺敬之又是如何处理"小我"与"大我"关系的呢?贺敬之其实对"我"的位置有清晰的定位,他不停地追问:"我"

---

[1] 何火任:《贺敬之评传》,社会科学文献出版社2020年版,第175页。

是谁?"我"在哪里?随后自己回答道,"一望无际的海洋,海洋里的一个小小的水滴,一望无际的田野,田野里的一颗小小的谷粒……"[1]贺敬之把自己当作汪洋中的"水滴"与田野中的"谷粒",作为普通而平凡的一分子加入"我们时代的合唱"[2]。他后来也曾自述革命队伍中"小我"与"大我"的关系:"我们的诗歌也表现自我,但革命队伍中不是张扬而是克服个体与集体的对立,不去发掘和同情所谓'失落'的'自我'。只有与大我在一起,自我才能迸发出耀眼的光彩。"[3]何火任指出,"在当代诗人中,贺敬之是最早强调和执着坚持诗人'自我'精神并将'大我'与'小我'辩证统一得最出色的杰出诗人"[4]。

不过,关于贺敬之作品中"我"的问题,在20世纪60年代和新时期却一再引起争鸣。早在20世纪60年代初,就有学者认为贺敬之的政治抒情诗中"我"的过多运用降低了诗歌的思想格调[5];也有学者持相反的观点,认为应该辩证看待诗歌中"大我"与"小我"的关系,抒情诗"只能以个人的'我'的形式来表

---

[1] 贺敬之:《放声歌唱》,《贺敬之文集一·新诗卷》,作家出版社2005年版,第327页。
[2] 贺敬之:《放声歌唱》,《贺敬之文集一·新诗卷》,作家出版社2005年版,第356页。
[3] 贺敬之:《答〈诗刊〉阎延文问(2001年3月29日)》,《贺敬之文集四·文论卷(下)》,作家出版社2005年版,第526页。
[4] 何火任:《贺敬之评传》,社会科学文献出版社2020年版,第217页。
[5] 谢冕:《论贺敬之的政治抒情诗》,《诗刊》1960年11、12月号合刊。

现"[1]。自20世纪80年代以来,又有研究者认为贺敬之诗歌中的"自我"是非人的、不真实的"自我"。[2]针对这些观点,张器友指出,以上观点的理论根据是"人是目的不是工具",据此构建的文学主体,放过了"它与特定文化背景的有机'关系'",遗漏了"文学主体与文化背景的精神血缘",把所谓的"'内宇宙'提到获得'实践主体'前提的地位"。[3]张器友的分析抓住了评价贺敬之"自我"观的要害,只有把"我"放在时代语境中,辩证把握"我"与时代的关系,人的丰富性才能真正呈现出来,文学主体也才会兼具人的温情与时代的厚重。

两部新著为我们勾勒出作为一名普通文艺工作者的贺敬之。贺敬之本人亦谈道:"在那支大部队中间我只不过是无足称道的普通一兵。"[4]作为普通文艺工作者的贺敬之,在"文革"中遇到风暴,不过这都没有压垮他,尹在勤和仇学宝回忆起当时到贺敬之家看望他的情形,印象最深的就是家庭氛围——"安静平和,使人感觉到,这是大风浪中一个宁静的可以让灵魂和身体都能歇

---

[1] 石榕:《对抒情诗中"我"的几点理解》,原刊《文艺红旗》1961年第10期,转引自陆华编《贺敬之研究文选》(上册),文化艺术出版社2008年版,第27—33页。

[2] 张器友:《读贺敬之》,红旗出版社2020年版,第222—223页。

[3] 张器友:《读贺敬之》,红旗出版社2020年版,第224—225页。

[4] 贺敬之:《贺敬之文学生涯65周年研讨会答谢词》,载陆华、祝东力编《回首征程:贺敬之文学生涯65周年纪念文集》,文化艺术出版社2005年版,第465页。

息的小岛"[1]。通过何火任的传记,我们也可以看出家庭为贺敬之提供了宁静的港湾。

如贺敬之所述,革命道路的崎岖与个人的委屈并没有遏制他"为人民歌唱的热诚",他的《放声歌唱》正是诗人"因与胡风的关系受批判背着处分写出"[2]的。在这首规模宏大的抒情诗中,诗人不仅以海洋、天空、火焰等雄浑的意象赋予社会主义事业高迈的激情,以长安街、大兴安岭、淮河两岸和正在建设的沙漠、荒山、乡村、城镇为新生的共和国绘制蓬勃向上的地形图,而且把"我"放到了这种伟大事业的中间,以"中国共产党党员""中华人民共和国公民""社会主义事业的建设者""毛泽东同志的同时代人"[3]投身社会主义事业,唱出了时代的最强音。除了《放声歌唱》这样的鸿篇巨制,诗人亦在《回延安》里深情回顾自己走过的革命道路,在新的时代背景下重新描画延安的新风貌;《雷锋之歌》《向秀丽》等作品则把笔触集中到共和国的英雄人物身上,通过雷锋、向秀丽等社会主义事业的建设者形塑时代的精神内核。贺敬之以普通文艺工作者身份在逆境中吟唱的这些诗

---

[1] 纪宇:《柯岩的诗品和人品》,转引自何火任《贺敬之评传》,社会科学文献出版社2020年版,第265页。

[2] 贺敬之:《答〈诗刊〉阎延文问(2001年3月29日)》,《贺敬之文集四·文论卷(下)》,作家出版社2005年版,第519页。

[3] 贺敬之:《放声歌唱》,《贺敬之文集一·新诗卷》,作家出版社2005年版,第291—364页。

歌,后来都成为"当代诗歌史上的奇峰"[1],也成为贺敬之处理"小我"与"大我"关系的形象化注脚。

特别值得指出的是,何火任同时也看到贺敬之在这一特殊时期创作与思想的局限。他引用贺敬之自己的反省来指出:"在伟大斗争面前,在斗争的行列中,我的确是一个水平不高的战士。……我对社会主义事业的理解是太肤浅,太幼稚了,对我们生活中的矛盾的认识是过于简单,过于天真了。……例如《十年颂歌》这首长诗,今天看来不仅显得无力,而且其中关于庐山的那段批判性的文字还是错误的。"[2]何火任指出,这种自省基于时代的局限,诚挚而深刻,不同于新时期脱离历史语境的片面批评,他直面自己的旧作,反省却不后悔。[3]应该说,贺敬之在20世纪五六十年代的创作虽具有局限性,但他的感情是真诚的,他诗中的"我"卷入了一种特定的时代情绪,唱出的歌尽管"难以细察,自不免粗疏空陋之弊"[4],却是踏着时代的鼓点真诚地歌唱。张器友指出,贺敬之的颂歌来源于"他从历史深处获得的关于社会和人生的信仰""是他从历史深处生长起来的内在战斗要求同人民革命历史使命天然契合的审美呈现"[5],这些并非过誉之词。

---

[1] 何火任:《贺敬之评传》,社会科学文献出版社2020年版,第202页。
[2] 何火任:《贺敬之评传》,社会科学文献出版社2020年版,第240页。
[3] 参见何火任《贺敬之评传》,社会科学文献出版社2020年版,第240—241页。
[4] 於可训:《"楼梯式"与敬之体》,载陆华编《贺敬之研究文选》(上册),文化艺术出版社2008年版,第428页。
[5] 张器友:《读贺敬之》,红旗出版社2020年版,第227、229页。

三、革命"老骥"在新时期的丰富精神世界

新时期以后,贺敬之走上文艺工作领导者的岗位,而他要面对的,却是更为复杂艰难的处境。何火任引用徐非光的述评,指出贺敬之面临的种种挑战:"我亲眼看到、深深感到,在他担负思想战线领导工作的那一段极端复杂、变化万端的情况下,处在他当时的位置上,确实是十分不容易的。那段时间,他往往会听到来自上、下、内、外、左、右各个方面的不同、有时是十分尖锐对立的意见,甚至常常遭遇到'左右夹击'、'上下指责'、'进退两难'的困境。"[1] 不过,即使身处"极端复杂、变化万端"的环境,贺敬之依然吟道"居庸岂庸居,老骥洗征尘"[2],"风雨寻常事,石老解逍遥"[3],不乏"烈士暮年,壮心不已"的气概。何火任与张器友正是通过"诗史互证"的方式,展现出这一位革命"老骥"在新时期的精神世界,而其精神世界的丰富性,则依然体现在"小我"与"大我"的辩证关系上。

"我"是贯穿贺敬之思想的核心主线。在不同时期,贺敬之都坚持"小我"与"大我"的辩证统一,而其不同时期的"我"又

---

[1] 徐非光:《我心目中的贺敬之》,载陆华、祝东力编《回首征程:贺敬之文学生涯65周年纪念文集》,文化艺术出版社2005年版,第232—233页。

[2] 贺敬之:《应题居庸关路居处》,《贺敬之文集二·新古体诗书卷》,作家出版社2005年版,第75页。此诗为《青岛吟》中的一首,作于1985年。

[3] 贺敬之:《望石老人礁岩》,《贺敬之文集二·新古体诗书卷》,作家出版社2005年版,第75页。此诗亦为《青岛吟》中的一首。

有发展变化。何火任指出，贺敬之在梓潼县和延安时期的诗作中，"以'我'来抒情写意"；20世纪五六十年代的作品因"'我'的真情实感动人肺腑而成名篇"；新时期的"我"，则"又有不少突破"，贺敬之久经考验，其"心路历程、情感波澜、思想火花及他对革命人生日益深沉而丰富的体验和感悟"都融入其思想中。[1] 张器友也注意到贺敬之三个阶段的"我"的不同特点，并注意到三者的联系：

> 大体来说，以忠诚于人民、革命和社会主义事业为前提，延安时期的"我"神思隽逸，偏于清新、豪迈；"十七年"的"我"大气磅礴，偏重于豪放、乐观；世纪之末的"我"壮怀激烈，偏重于坚毅、无畏——三个时期，这样独具个性而发展变化的"我"，完成了贺敬之这个中国共产党员诗人一腔浪漫主义豪情的抒发。[2]

从两位研究者的论述可以看出，几十年丰沛的生命体验使得贺敬之的"我"更加立体、丰富，"'我'的哲学辩证法"日益趋于成熟。

而且，他们都通过分析贺敬之对文艺工作的贡献、新古体诗的创作来探讨"我"的哲学辩证法。贺敬之1976年被调回文化

---

[1] 参见何火任《贺敬之评传》，社会科学文献出版社2020年版，第277、281页。
[2] 张器友：《读贺敬之》，红旗出版社2020年版，第248页。

部参加核心组工作,前后在文艺工作领导者的岗位上兢兢业业奉献10余年。其间先是参与文艺总口号的调整,随之在拨乱反正中先后为胡风、冯雪峰、丁玲等人的平反耗费巨大心力。总体来看,新时期文艺面临错综复杂的情况,"左"与"右"的倾向交织出复杂面貌,而贺敬之的主要工作就是遵循中央政策,进行反倾向斗争——"一切从实际情况出发,不带任何主观偏见,有'左'反'左',有右反右,有什么错误倾向就反对什么错误倾向……"[1]贺敬之在主持文艺工作期间,奉行稳健的工作态度,"疏""导"结合——"决不能'堵'而只能'疏'。同时,也决不能只有'疏'而没有'导'"[2]。张器友将贺敬之在文艺工作领导者岗位上的这种稳健态度归纳为"奉党之命与奉心之命相一致"[3],所谓"奉党之命"与"奉心之命"的统一,正是他在主持文艺工作中"大我"与"小我"相统一的一种具体表现形式。

1992年10月,贺敬之正式离开工作岗位,旋即公开发表新古体诗。[4]他曾谈及创作这类新古体诗的原因:"旧体诗固然

---

[1] 贺敬之:《正确地进行反对错误倾向的斗争(1983年10月)》,《贺敬之文集三·文论卷(上)》,作家出版社2005年版,第480页。

[2] 贺敬之:《在中宣部召开的文艺工作座谈会开幕时的讲话(1984年8月30日)》,《贺敬之文集四·文论卷(下)》,作家出版社2005年版,第108页。

[3] 张器友:《读贺敬之》,红旗出版社2020年版,第33页。

[4] 据何火任研究,贺敬之最早公开发表的新古体诗是作于1992年的《富春江散歌》,发表于《诗刊》1993年第6期。"新古体"是1994年评论界对贺敬之采用旧体诗格律而又不完全拘泥于其中的作品的称谓,贺敬之本人也赞同这一命名。参见何火任《贺敬之评传》,社会科学文献出版社2020年版,第339、341页。

有文字过雅、格律过严，致使形式束缚内容的一面；但如果不过分拘泥于旧律而略有放宽的话，它对表现新的生活内容还是有一定适应性的。不仅如此，对某些特定题材或某些特定的写作条件来说，还有其优越性的一面。"[1]在凝练的文字背后，旧体诗承载了贺敬之婉曲复杂的心史。何火任与张器友正是通过"诗史互证"的方式，展现出贺敬之革命"大我"中更为复杂的"小我"，"小我"中折射出的更辩证的"大我"。从他们的分析可以看出，贺敬之的这些新古体诗把个体的隐秘感情放到了更深广的现实关怀中。贺敬之的新古体诗延续了其一贯的昂扬向上的基调。"崎岖忆蜀道，风涛说夜郎。时殊酒味似，慷慨赋新章。"(《饮兰陵酒》)是借相距千年的李白表达"相似的人生况味"，而"慷慨赋新章"则因处于新时期，更多一分"直抒胸臆"的慷慨激昂。[2]"千书无悔字，万里心可剖""未折夸父志，老梦仍壮游"[3](《游七星岩、月牙楼述怀》)亦通过革命情怀、人生感悟等来寄托自己的爱国情怀。个人的隐秘感情放到现实的关怀中抒发，体现出一种更直接、更带有个体生命温度的介入精神。张器友指出，贺敬之的新古体诗是他在"世纪末复杂环境中'诗言志'的见证"，与此前的创作相比，"各有抒情进路，又始终扣

---

[1] 贺敬之:《自序》,《贺敬之文集二·新古体诗书卷》,作家出版社2005年版,第2页。
[2] 何火任:《贺敬之评传》,社会科学文献出版社2020年版,第342—343页。
[3] 何火任:《贺敬之评传》,社会科学文献出版社2020年版,第350页。

紧时代生活的主动脉"。[1]何火任则从贺敬之"入林识战友,叩石听友心""结群基一我,众我成大群"(《游石林》)等诗句中看出贺敬之"天运与人运正轨同轮的'小我'与'大我'的辩证统一关系"[2]。

在特定的时代,破坏与解构具有某种推动历史前进的潜能,也反映出某些特定的时代情绪。但对研究者而言,往往解构容易建构难,"拆解甚至可以带来一种'恶意'的快感,建构却给我们带来非常困难的沉重"[3]。何火任与张器友的两部专著体例不同,《贺敬之评传》作为传记,意在呈现贺敬之完整的人生与文学道路;《读贺敬之》则偏重作品的解读,对贺敬之的作品作出了全方位解析。但两位研究者始终在动态的历史语境中论析贺敬之的"'我'的辩证法",带出革命文艺与社会主义文艺中客观与主观、集体主义与个人主义、时代与个人、党性与文学性等一系列核心命题,为革命文艺和社会主义文艺提供了积极的历史经验,而这正是一种积极建构的研究路径。

不过,贺敬之研究依然面临不少困难。首先,正如张器友所言,"贺敬之研究深植于一个广大深远的历史结构当中"[4],只有将贺敬之及其文学实践放到深广的历史里,才能体现出其丰富

---

[1] 张器友:《读贺敬之》,红旗出版社2020年版,第28页。
[2] 何火任:《贺敬之评传》,社会科学文献出版社2020年版,第353页。
[3] 蔡翔、罗岗、毛尖等:《重返"人民文艺":研究路径与问题意识——新中国文艺七十周年暨张炼红、朱羽新书研讨会》,《南方文坛》2020年第4期。
[4] 张器友:《读贺敬之》,红旗出版社2020年版,第310页。

性。就目前研究界的现状而言，贺敬之的作品似乎文本意义明晰，甚至给人阐释空间太小的错觉。但由于这些文本本身产生于革命历史的复杂脉络中，只有把文本真正放入历史的肌理之中，文本的意义与潜藏的能量才能释放出来。这就带来研究的第二层困难，因其革命史极为复杂，要真正进入这段历史并非易事，粗线条的勾勒只是一种平面化的知识叙述，无助于理解历史，更无助于理解作家及其文学实践。两位研究者尽管已经把贺敬之的文学实践放到了历史的情境中，但这些历史情境的细节有待进一步展开与丰富，比如新时期复杂的时代语境以及贺敬之个人丰富的心灵史，都可以通过其新古体诗与相关史料进行更细致的解读。只有关注历史的褶皱，才能把作家、作品立体化，作家、作品也才能真正"立"起来，延安文艺、社会主义文艺的丰富细节才能充分体现出来，其成败得失才能看得更清楚，进而才能获取更积极、更有建设性的历史经验。困难的第三个层次是研究的当下性问题。任何研究都需要面向现在与未来，历史不是尘封的文献，对研究者而言它是需要不断去激活的对象。而要激活对象，除了通过展开历史的褶皱还原历史外，还需要当下性的眼光与现实关怀。找到历史与当下、未来的接榫点，才能发掘有益的历史经验，这正是建构性研究的目的所在。贺敬之作为一位和着革命的"节拍"真诚歌唱的作家，其意义究竟在哪里，这不仅是有待两位研究者继续深化的问题，更是需要后继研究者着力的方向。

第四章 教堂空间视角下的中西身份冲突及重建

相对于前三章,本章的话题较为集中,主要探讨现代中国文学中的教堂书写问题。在西方的基督教传统中,教堂是一个神圣的空间,而在中国,情况却复杂得多。教堂传入中国已有1000多年的历史,但其在中国的大量修建却始于近代。在西方列强的战火硝烟中,传教士带着胜利者的狂傲大量涌入中国,宣称"龙要被废止,在这个辽阔的帝国里,基督将成为唯一的王和崇拜的对象"[1]。从表面上看,因着政治上的庇护,基督教在中国的传播似乎形成燎原之势,大大小小的教堂、修道院遍及中国,但伴随着教堂的修建,教案却频频发生。在历次教案中,教堂就成为民族冲突、文化冲突的核心场所。而纵观现代中国文学史,教堂的书写无疑占有相当的比重。从纪实性文学如游记、散文、日记到小说、诗歌、戏剧,教堂或作为西方风物被知识分子加以打量,或对作家的成长发生影响,或作为西方符号和推动叙事的重要空间进入作品,或蕴含着阶级与性别的权力结构。因此,本章从现代中国文学中的教堂书写入手,并试图通过这一蕴含着中西文化冲突的空间,论析中国作家在面对这一西化空间时的文化体验、认同困境和为了改造异质文化所做的努力。

---

[1] 顾长声:《传教士与近代中国》,上海人民出版社2004年版,第29页。

第一节
中国现代文化语境中的异质文化体验

"空间不是一个预先存在的真空,从而独自具备各种形式化的属性"[1],空间的属性有待于"填充"。作为空间的教堂,不同的文化与时代背景赋予其迥异的空间属性,空间的体验者则因其身份的不同进一步强化了教堂空间的复杂性。在西方,基督教是思想文化的源头之一,教堂则承载了基督教的宗教文化属性,是一个区别于世俗空间的神圣文化空间。而在中国,教堂的空间属性一再演变,由迎合中国社会、"在地化"为具有中国传统文化属性的空间变为一个异质空间。教堂的空间属性在纵横交错的时空中显得复杂多样,给它的体验者带来多重观照维度,教堂与人形成双向互动,带给知识分子不同的教堂体验,身份各异的知识分子,其打量、体验教堂的角度也千差万别。

---

[1] [法]亨利·列斐伏尔:《空间的建筑学》,刘怀玉、罗慧林译,载陶东风、周宪主编《文化研究(第10辑)》,社会科学文献出版社2010年版,第4页。

一、中国教堂空间属性的演变

（一）中西历史文化背景中的教堂

按照《圣经》的记载，耶和华帮助以色列人逃出埃及，并与以色列人立下为其造圣所的约定，于是，在以色列人逃出埃及后480年，所罗门王按照与耶和华的约定开始为他建造圣殿。这座圣殿无比恢宏，"长六十肘，宽二十肘，高三十肘。殿前的廊子长二十肘，与殿的宽窄一样，阔十肘。又为殿做了严密的窗棂……"[1]，不仅如此，殿内的装饰也极尽奢华讲究，精金、香柏木、橄榄木等被用来装饰圣殿。高大、奢华的教堂空间，给人以威严、庄重之感，与世俗的空间隔绝开来，它一方面安抚信徒的心灵，另一方面凝聚信仰，成为基督徒寄托宗教感情的主要所在。

所罗门圣殿是基督教教堂的原型。但事实上，根据相关研究著作，早期的基督教会及其社团组织聚会的场所主要是犹太会所、聚会所等一些相对简陋的场所。当基督教会处于受迫害的境地时，还一度把信徒的住宅，甚至山洞、地下墓穴作为聚会、传教的场所。随着宗教宽容政策的实行，基督教及其组织不断壮大，基督教渐渐成为西方普遍的宗教信仰，教堂也如雨后春笋般遍及西方社会。根据规模大小，西方的教堂有多种样式，英

---

[1] 《圣经》，中国基督教协会2009年版，第324—325页。

文church指的是普通的教堂，cathedral则指大教堂，basilica则指早期的巴西利卡式的小礼拜堂，而chapel指的则是小型的礼拜场所；根据建筑风格，西方的教堂又可以分为巴西利卡式、罗马式、哥特式、文艺复兴风格、巴洛克式等多种。西方历史上有许多著名的教堂，如英国的威斯敏斯特大教堂、德国的科隆大教堂、法国的巴黎圣母院等。

西方的教堂通过建筑布局与基督教教义的结合、文学等艺术作品的阐释，被赋予独特的空间内涵，承载着浓厚的基督教文化属性。如雕塑艺术家罗丹认为，"大教堂强迫人接受信仰、安全、和平的感觉……大教堂屹然直立，是为了俯览围绕在它身边或者仿佛躲在它翅膀底下的城市，为了给远方迷路的朝圣者用作重新集合的地方，当作避难所，成为他们的灯塔，使活人的眼睛能在白昼瞭望到它，使活人的耳朵能在黑夜听到它的三钟和警钟"[1]。又如，教堂"通过高侧窗宣泄而下的光线象征了光明的基督世界，而半暗的两侧通廊在加深纵深感的同时，更加强了中心的光明……表达人类从世俗走向基督的忏悔与领悟"[2]，而教堂"中心"与"路径"的建筑模式，则象征神圣的天国和通往天国的漫长之路。在西方文学作品中，教堂同样包含着神秘、威严、崇高、救赎等基督教的文化内涵。如雨果《巴黎圣母院》中的巴

---

[1] [法]罗丹：《法国大教堂》，啸声译，上海人民美术出版社1993年版，第191—192页。
[2] 彭建华：《基督教堂建筑空间的发展与演绎》，《建筑与文化》2008年第8期。

黎圣母院是美与丑、善与恶形成鲜明冲突的神秘空间，而哈代《枉费心机》《无名的裘德》等作品中的教堂一方面推动故事情节的发展，另一方面则通过教堂里的钟声、音乐渲染神圣氛围和人物心理[1]；贯穿艾略特《荒原》的教堂意象，则象征着宗教的救赎……

教堂进入中国社会已有相当的历史，不过中国文化背景中的教堂与西方文化背景中教堂的空间属性大相径庭。

中国最早的教堂可追溯至唐朝初期的大秦寺。7世纪中叶，罗马基督教的聂斯托利派传入中国，史称"景教"。唐朝统治者对景教采取宽容政策，并允许其在长安、周至等地建立景教寺。据学者考证，陕西的大秦宝塔及修道院是我国现存最早的教堂，其建筑风格以及寺内的塑像、碑刻融合了中西方的艺术传统。历史上的大秦寺也几易其主，先后经历了基督教、佛教、道教。[2]由此可见，西方基督教的教堂一经传入中国，就不可避免地体现出"在地化"特征，基督教传统中教堂威严、神秘、救赎的空间属性多少被抹去。宋元之间，景教主要活跃于西北边疆地区。由于统治者支持，元朝景教得以复兴，该时期的教堂又称"十字寺"。据学者考证，在"在中国各地，如内蒙古、甘肃、山西、云南、河北之河间、福建之福州、浙江之杭州、江苏之常熟、扬

---

[1] 参见张宣《哈代小说的基督教堂文化检视》，《淮北煤炭师范学院学报（哲学社会科学版）》2009年第2期。

[2] 参见关英《景教与大秦寺》，三秦出版社2005年版，第1—12页。

州、镇江等处,皆有聂斯托尔派(引者注:即聂斯托利派)或其教堂"[1]。而景教通常被当作基督教的异端,一般认为,所谓的基督教的正统派在明朝才传入中国。

  明朝基督教的传入体现出更加鲜明的在地化特征。这一时段最先传入中国的是天主教。秉持着"非我族类,其心必异"思想传统的中国人对外来思想、文化具有极强的排斥性。为了迎合中国社会,特别是在中国文化传统中占有重要地位的士大夫,天主教传教士在传教的过程中采用了灵活、宽容的手段。据相关研究资料,利玛窦等传教士进入中国之后着儒服、学习四书五经,与中国士大夫广泛结交,向中国知识分子展示时钟、地图等新鲜的西方科技,"一切以不引起中国人士的猜疑和反感为原则,先以劝善戒恶符合大众心理的天主十戒为传道的开场白"[2]。经过努力,利玛窦、罗明坚两个传教士终于获准在肇庆建立教堂。为了吸引人们到教堂去,利玛窦一度把教堂称作"寺庙"。据统计,到1667年,中国教堂明显增加,耶稣会所属教堂159处,多明我会21处,方济各会13处。[3]相对天主教,东正教和新教的传播稍晚。1695年,清政府为满足俄俘的请求而批准建立教堂,史称"罗刹庙",又称"北馆"。1732年,"北京传教士团"在东江米巷道建造了一座永久性教堂,又称"奉献节教堂""圣母玛利亚

---

[1] 朱谦之:《中国景教:中国古代基督教研究》,东方出版社1993年版,第177页。
[2] 顾卫民:《基督教与近代中国社会》,上海人民出版社2010年版,第33页。
[3] 参见顾卫民《基督教与近代中国社会》,上海人民出版社2010年版,第33页。

教堂"或"南馆"[1]。在列强炮火的掩护下，新教教堂以燎原之势遍及中国的每一寸土地。

从以上基督教的传播历史可以看出，基督教在传播过程中始终受到中国政治、文化等各方面的左右。相应地，教堂的修建也受到当朝统治者的约束，如18世纪初期，罗马教皇规定中国的天主教堂内不准悬挂"敬天"匾额，入教者不许入祠堂、孔子庙行礼。这一规定很快遭到清朝统治者反对，甚至取缔天主教，把教堂改为关帝庙、天后宫、谷仓、公所等。由此可见，中国文化在早期基督教的传播中占据绝对优势，作为人—神沟通神圣空间的教堂，为了迎合中国文化，极具神圣色彩的西方教堂不得不一再改变其空间属性，或融合中国文化元素，或改头换面，称作"寺庙"。但随着中国国力的衰弱，基督教传教士在列强炮火的掩护下大批涌入中国，大大小小的教堂遍及中国社会。

（二）教堂："闯入"的异质空间

17世纪初叶，因西方传教士屡次反对中国的敬天、祭孔等礼仪，康熙开始颁布诏令，贯彻禁教行动；雍正登基后，严厉禁教的趋势更加明显。[2] 总体来看，清朝经雍、乾、嘉、道四朝，禁教的举措越来越严。如果说清朝前期的禁教出于"礼仪之争"，

---

[1]　顾长声：《传教士与近代中国》，上海人民出版社2004年版，第18—20页。
[2]　参见张力、刘鉴唐《中国教案史》，四川省社会科学院出版社1987年版，第153页。

那么清朝后期的禁教则掺杂了统治者对西方的忌惮与排斥。随着国力的衰弱，清朝统治者已然失去以"天朝上国"自居的底气，面对西方一次又一次的公然挑衅，只能关起门来被动应对。清朝保守的外交政策一方面与西方日益扩张的商业贸易需求形成剧烈的冲突，另一方面也让传教士的传教事业频频受阻。因此，传教士把目光投向了奉行殖民侵略的列强，坚信"只有战争能开放中国给基督"[1]。西方的商业扩张给基督教的传教事业开辟了广阔的前景，意识到这一好处的传教士便不可避免地参与到列强殖民扩张的行径中，"最初的基督教传教事业不可避免地与殖民主义的因素羼杂在一起"[2]。

西方列强是以武力打开中国大门的。在与西方一次又一次的被动较量中，羸弱的清政府屡战屡败；通过签订一个又一个不平等条约，西方列强把侵入中国的口子越撕越大。在签订这一系列不平等条约的过程中，传教士发挥了相当的作用。由于长期在中国传教，传教士精通汉语，熟稔中国文化，在签订不平等条约时，他们自觉自愿地承担起翻译的工作，并竭尽所能从中斡旋，促成条约的签订。如中美《望厦条约》的签订就离不开传教士的"功劳"，美国驻华公使列威廉就对参与《望厦条约》签订的传教士丁韪良、卫三畏给予高度评价，"传教士和那些传教事业有关

---

[1] 据相关研究资料，最先提出这一口号的是美国基督新教牧师伯驾，参见张力、刘鉴唐《中国教案史》，四川省社会科学院出版社1987年版，第259页。
[2] 顾卫民：《基督教与近代中国社会》，上海人民出版社2010年版，第98页。

人们的学识，对于我国的利益是非常重要的。没有他们充作翻译人员，公事就无法办理。我在这里尽责办事，若不是他们从旁协助，就一步都迈不开，对于往来文件或条约规定，一个字也不能读、写或了解。有了他们，一切困难或障碍都没有了"[1]。不平等条约的签订一方面尽可能地保障、扩大了西方的商业利益，另一方面也尽可能地保障了传教士的利益。在近代中国，基督教传教事业可以说就是西方殖民扩张的一部分。

在中国与西方列强签订的一系列不平等条约中，有不少提及了关于建立教堂的特权。如中美《五口贸易章程：海关税则》规定"合众国民人在五港口贸易，或久居，或暂住，均准其租赁民房，或租地自行建楼，并设立医馆、礼拜堂及殡葬之处"[2]。法国则迫使清政府签订了一项保护教堂的条约，"倘有中国人将佛兰西礼拜堂，坟地触犯毁坏，地方官照例严拘重惩"[3]。法国天主教传教士甚至通过不平等条约最早在我国取得在内地置买房地产的特权，进一步扩大了传教士的特权。《法国教堂入内地买地照会》规定："嗣后法国传教士如入内地置买田地、房屋，其契据内写明'立文契人某某（此系卖产人姓名）卖与本处天主教堂公

---

[1] [美]泰勒·丹涅特：《美国人在东亚——十九世纪美国对中国、日本和朝鲜政策的批判的研究》，姚曾廙译，商务印书馆1959年版，第472页。

[2] 侯中军：《近代中国的不平等条约——关于评判标准的讨论》，上海书店出版社2012年版，第289页。

[3] 侯中军：《近代中国的不平等条约——关于评判标准的讨论》，上海书店出版社2012年版，第289页。

产'字样，不必专列教士及奉教人之名"[1]，这一条约实际上默许了传教士在内地修建教堂，并借由修建教堂置办地产，获得财产权，对中国主权造成侵犯。而《中法续增条约》等则赋予传教士"还堂"的权利，传教士借此条约不仅要求清政府归还教堂旧址，还趁机霸占寺庙、房屋等田产。由于一系列不平等条约的签订、西方列强的支持、清政府的一再纵容，教堂开始遍布各地。传教士借由不平等条约获得修建教堂的特权以及附属的财产权。由于各殖民势力在华的控制范围以及程度不一，依附于本国殖民势力的教会及其教堂分布、控制范围也不同。分布于全国各地的教堂，正是各国殖民势力入侵我国的写照，也是其时中国社会的缩影。

传教士借不平等条约获得修建教堂的"合法权利"，为民族冲突的爆发埋下伏笔。1860年以后，传教士凭借不平等条约在各地霸占田产，肆意扩张教会势力，"遍布中国农村的天主堂一般都拥有大量土地，农民称呼天主堂为地主堂"[2]。传教士霸占田产不仅侵犯了普通农民的合法权益，也侵犯了拥有大量田产并以此为生的大量官绅的权益。因此从19世纪40年代开始，教案频频发生，屡禁不止。1851年的定海教案即因"给还旧址"，教徒侵占寺庙，由此引发冲突。在1860年的贵州教案中，清政府最后屈服于列强淫威，竟把提督衙门拨给天主

---

[1] 王铁崖编:《中外旧约章汇编》第一册，生活·读书·新知三联书店1959年版，第227页。
[2] 顾长声:《传教士与近代中国》，上海人民出版社2004年版，第101页。

堂使用。在1862年的衡州教案中，民众愤怒于教会的"邪佞奸污"，而焚毁教堂。在其后的重庆教案、天津教案、济南教案等教案中，教堂亦成为教案爆发的导火索以及冲突发生的所在地。[1]在教案中，大刀会、义和团等民间组织、团体的加入进一步加剧了冲突，据统计，"天主教义和团运动期间教堂损毁的估计有四分之三"[2]，这种冲突实质上变成了民族冲突，演变为中国人民自发的反殖民斗争。在冲突中，教堂就是斗争的主要空间。

教堂进入中国社会后，其实并没有实现真正的"在地化"，而成为一个"异质空间"[3]。教堂的空间属性几经变迁，由一个异域的宗教空间"在地化"为一个与中国本土寺庙表面无异的宗教空间。而在近现代语境下，教堂的空间属性又一次发生变化，一方面，西方列强通过不平等条约赋予教堂空间以政治、文化霸权；另一方面，传教士为了传教又通过教堂空间及其附设机构把西方的文明成果带给中国，教堂成为现代性的萌生之地。无论在共时

[1] 参见张力、刘鉴唐《中国教案史》，四川省社会科学院出版社1987年版，第330—648页。
[2] 顾长声：《传教士与近代中国》，上海人民出版社2004年版，第231页。
[3] 福柯在《不同空间的正文与上下文》中用六个原则来描述"异质空间"这个概念。概括而言，在福柯看来，异质空间是一个区别于真实空间和乌托邦的"异托邦"。在共时的层面上，文化参与每一个异质空间的建构，一个单独的异质空间中可能"并列数个彼此矛盾的空间与基地"，权力造就了空间的"异质性"；在历时的层面上，空间的属性会发生变化，并以"非常不同的方式运作"。[法]米歇尔·福柯：《不同空间的正文与上下文》，陈志梧译，载包亚明主编《后现代性与地理学的政治》，上海教育出版社2001年版，第18—28页。

的层面上还是在历时的层面上，作为异质空间的教堂始终矛盾重重，其空间属性是含混、多元的。

二、现代中国知识分子的教堂体验

随着中国国门的打开，教堂开始成为作家日常生活经验的一部分。教堂这一"异质空间"，从不同层面参与作家的成长，影响到作家的知识结构，并形成了复杂的教堂体验。通过作家在纪实性文学作品中对教堂的记述、回忆，我们可以看到现代知识分子充满矛盾张力的文化心态。作家所看到的教堂，以及经由教堂所获得的文化体验，无不带有时代的文化烙印，反映出现代中国知识分子对教堂这个"闯入"的异质空间复杂而真实的感受。

鸦片战争后，随着一系列不平等条约的签订，传教士取得在中国建立教堂的"合法性"。他们深入中国内地，足迹从沿海一直延伸到内地的穷乡僻壤，"从一望无际的漠北到烟瘴笼罩的苗寨，到处建立起蠢有十字架的教堂"[1]。上至智识阶级，下至贫苦百姓，教堂都成为其日常生活经验的一部分。在作家的传记、访谈等纪实性文学作品中真实地再现了教堂对作家、普通百姓的影响，在这些作家中，有的与基督教关系较为亲近，有的则反之，由于与基督教关系的亲疏远近，他们的教堂体验也就各不相同。

---

[1] 顾卫民：《基督教与近代中国社会》，上海人民出版社2010年版，第138页。

（一）真实而个人化的教堂体验

在现代中国作家中，冰心、林语堂、许地山、曹禺等几位作家与基督教的关系比较密切，教堂构成了他们个人化的人生体验，进而影响到文学创作。

1914年，冰心入读美国人办的公理会贝满女子中学。她后来在《冰心自叙》中回忆了当时读书的情形，其中一段记载颇有意味：

> 我们每天上午除上课外，最后半小时还有一个聚会，多半是本校的中美教师或公理会的牧师来给我们"讲道"。此外就是星期天的"查经班"，把校里的非基督徒学生，不分班次地编在一起，在到公理会教堂做礼拜以前，由协和女子书院的校长麦教士，给我们讲半小时的圣经故事。查经班和做大礼拜对我都是负担，因为只有星期天我才能和父母亲和弟弟们整天在一起，或帮母亲做些家务，我就常常托故不去。[1]

由这段文字可以看出，作为学校里的非基督徒学生，冰心也要参加教堂礼拜，只是这对尚且年幼的冰心来说是个"负担"，她的兴趣并不在教堂礼拜，而是与家人待在一起。与教堂礼拜相

---

[1] 林乐奇、郁华编：《冰心自叙》，团结出版社1996年版，第88页。

比，家庭的温暖与亲人间爱的体验对冰心更具有吸引力。年幼的冰心不得不在周日教堂礼拜的负担与亲情之间寻求平衡，这似乎可以看出冰心"爱的哲学"的早期雏形。"爱的哲学"是冰心创作的底色，她的这一创作理念，融合了中西文化，是在自己生活经历和生命体验的基础上建立起的一种"调和"的观念，"所依据的并不是一个真正宗教信仰中的上帝，冰心借助基督教中的上帝观念、人的观念、大同世界的景观、天使形象等，以及从泰戈尔、歌德那里接受的泛神思想影响，在自己生命体验的基础上，结合宗教感悟和审美感觉，进行了一系列哲学性的调和，在强烈的入世救人精神的激励下，建立起来一个爱的信仰"[1]。早期的教会学校生活经历，给了冰心最初的宗教体验。但在后来的创作中，冰心所建立的创作理念虽受基督教的影响，却更具有强烈的个人色彩，或许早期求学中教堂礼拜的负担就为冰心日后"爱的哲学"的形成埋下了伏笔。

于林语堂而言，基督教则是"最难撕去的一种情感"[2]。林语堂与基督教最早的联系，源于他做牧师的父亲林至诚，其父早年的传教经验无疑成了林语堂人生体验中不可缺少的一部分："他常常不断地为人做媒，他最喜欢做的事就是令鳏夫寡妇成婚，如果不是在本村礼拜堂中，就是远在百里外的教堂中。在礼拜堂的教

---

[1] 王学富：《冰心与基督教——析冰心与"爱的哲学"的建立》，《中国现代文学研究丛刊》1994年第3期。

[2] 李辉主编：《林语堂自述》，大象出版社2005年版，第18页。

友心中,他很神秘地施行佛教僧人的作用。"[1]在中国农村,作为牧师的林父就像是"群羊的牧人"[2],在广大教民心目中具有至高无上的地位。因为父亲的"榜样"与家庭氛围的熏陶,林语堂早年是一个虔诚的教徒,但随着阅历的增加,他慢慢发现了基督教的"伪善",对基督教教义产生怀疑。据林语堂回忆,清华同事刘大钧的一番话,斩断了自己与基督教的最后一丝联系。林语堂始终想摆脱与基督教的联系,并因此而经历了"长远而艰难的程序",内心遭受了"许多的痛苦"。林语堂为什么一直想摆脱与基督教的联系,除了基督教的"伪善",还有没有其他原因?答案是肯定的。其实,林语堂早年所获得的宗教体验带有极强的"中国特色",做牧师的父亲在乡村所充当的角色与中国的佛教僧人并无区别,令父亲四处奔波的教堂与中国传统的寺庙、道观并没有什么不同。在童年的林语堂眼中,这样的父亲或许威风凛凛,但随着其知识经验的增长,他渐渐明白基督教之于贫苦农民的意义——无非是求财、求子嗣,获得治外法权的保护,而这一切,正来源于当时中国社会中基督教的"特权"。因此,林语堂后来在自述中写道:"今日我已能了解有些反基督教者对于我们的仇恨,然而在那时却不明白。"[3]在成长的过程中,林语堂渐渐明白基督教及其教堂的文化侵略本质,因此离"教堂"越来越远。

---

[1] 李辉主编:《林语堂自述》,大象出版社2005年版,第8页。
[2] 李辉主编:《林语堂自述》,大象出版社2005年版,第8页。
[3] 李辉主编:《林语堂自述》,大象出版社2005年版,第9页。

有研究者认为,"许地山是儒,同时也是佛,也是道,也是基督。他什么都是。什么都是,意思就是说,什么都不是。亦儒、亦佛、亦道、亦基督,结果也就等于非儒、非佛、非道、非基督"[1]。确实,许地山相对其他作家而言,其宗教体验与信仰更为混杂。1916年,二十三四岁的许地山在福建省漳州英国人办的一所教堂里受洗入教;从此以后,基督教徒似乎就成为许地山的一个身份象征,"不管到何地,在'主崇拜日'的时候,他必到附近教堂里和教友一起认真地做弥撒,严格遵守教会的一切仪式规则"[2]。不过,除了基督教,许地山也吸纳佛教的空无哲学、儒家的入世精神、道家的清静无为观念,并以一个宗教学者的身份研习基督教、佛教、道教的教义与精神。许地山尽管是一个受洗入教的基督徒,却更是一个冷静客观的宗教研究者。因此,对许地山而言,早年在教堂受洗入教的经历似乎只是增加了他一层基督徒的身份,构成其价值理念的一部分而非全部。

教堂之于曹禺,则更像是一个寻求人生意义、寻找生活道路的处所。据曹禺回忆,"我接触《圣经》是比较早的,小时候常到教堂去,究竟是个什么道理,我自己也莫名其妙:人究竟该怎么活着?为什么活着?应该走什么样的人生道路?所以,

---

[1] 宋益乔:《追求终极的灵魂——许地山传》,海峡文艺出版社1989年版,第103页。

[2] 宋益乔:《追求终极的灵魂——许地山传》,海峡文艺出版社1989年版,第101页。

那时候去教堂，也是在探索这些问题吧！"[1]教堂对年幼且迷茫的曹禺具有极大的诱惑力，教堂的钟声、弥撒仪式、复活节仪式都吸引着曹禺一次又一次跑到教堂去——"当他第一次跨进法国教堂时，他被吸引住了。当风琴奏起弥撒曲时，使人进入一个忘我的境界，他也被消融在这质朴而虔诚的音乐旋律之中。似乎这音乐同教堂都熔铸在一个永恒的时空之中。由此，他迷上了教堂音乐，特别是巴赫谱写的那些献给天主教徒的风琴曲"[2]。幼年时的教堂体验对曹禺的影响是潜移默化的，教堂独特而神秘的宗教氛围，形成他生命底色的一部分，并时时反映到其创作中。

从上述几位作家早年的生活经历来看，教堂这个在时代语境下大量"闯入"中国的异质空间，却成为他们成长过程中的一个重要场所，并间接地对他们的价值理念、创作观念产生了潜移默化的影响。只是，这种影响是有限的。对少年冰心而言，周日的教堂礼拜不过是个负担，她并不得不在这种负担与家庭的温暖之间寻求平衡；林语堂则从奔波于各地教堂的乡村牧师身上看到了基督教世俗的一面，并在日后的成长中发现了基督教在中国的侵略本质；许地山自从入教后，虽每到一个教堂必和教友做弥撒，严格遵守教规，但其价值观念是混杂的；幼年即对教堂产生浓厚

---

[1] 曹禺：《我的生活和创作道路——同田本相的谈话（1981年4月）》，《戏剧论丛》1981年第2期。

[2] 田本相、刘一军：《曹禺》，中国华侨出版社1997年版，第49页。

兴趣的曹禺，到教堂则是为了解决人生困惑。即使是与基督教保持密切关系的作家，其教堂体验也剥去了宗教神圣的外衣，真实而富于个人特色。无论如何，遍布中国各个角落的教堂，为作家打开了一扇了解西方文化的窗户。

（二）现代作家笔下的教堂万象

对现代中国社会而言，教堂不仅是一扇了解西方文化的窗户，也是一面反映中国千疮百孔的社会现实的镜子。现代作家笔下的中国教堂，汇聚了其时中国社会的种种光怪陆离的景象。

在萧乾的回忆里，教堂是政治难民守望的虚无之所，也是愚昧百姓会聚的乌合之地。十月革命后，大批俄国贵族流离失所，成为政治难民，他们曾经的仆人也被迫背井离乡。在这样的大背景下，俄国列强在中国建立的教堂竟成为穷苦"白俄"守望的精神圣地。萧乾在回忆录里写道："有些穷白俄就徒步穿过白茫茫的西伯利亚流落到中国，在北京住下来。由于东直门城根那时有一座蒜头式的东正教堂，有一簇举着蜡烛诵经的洋和尚，它就成了这些穷白俄的麦加。刚来时，肩上还搭着块挂毯什么的向路人兜售；渐渐地坐吃山空，就乞讨起来。"[1]

民族冲突最激烈的时刻，教堂也往往最先受到影响。据相关研究资料，在义和团运动期间，北京被焚毁的教堂就有20座。[2]

---

[1] 萧乾：《萧乾回忆录》，工人出版社2005年版，第12页。
[2] 参见顾长声《传教士与近代中国》，上海人民出版社2004年版，第188页。

在非常时期，经常出入教堂的中国教民也就招致普通百姓的仇恨，"跟在洋枪洋炮后头进来的"[1]成为一般百姓对基督教及其教堂的普遍认识。所谓"跟在洋枪洋炮后头"有两重含义：一是由此而引发冲突，二是附着在"洋枪洋炮后头"的特权。因此，鲁迅在《灯下漫笔》中写道："百姓是一遇到莫名其妙的战争，稍富的迁进租界，妇孺则避进教堂里去了，因为那些地方都比较的稳，暂不至于想做奴隶而不得。"[2]鲁迅的这篇杂文旨在批判国民性，但也深刻反映出教堂之于普通百姓的意义——战时的避难所。除了充当战时的避难所，教堂有时候也发挥慈善机构的作用，丰子恺的漫画《最后的吻》就揭露了这一现实：在漫画中，穷困的母亲不得不把自己幼小的孩子送进教堂附设的育婴堂里，教堂于是成为走投无路的百姓无可奈何的选择。由于基督教及其教堂拥有的特权，"吃教"也就成为半殖民中国的一种特殊乱象。据萧乾在回忆录中记载：其堂兄为了糊口，在教会里谋了一个职位，但作为中国人，堂兄本质上并不信基督教，因此只好在教堂里装作信教，回家则"既念《金刚经》，又信狐狸精"[3]。对"吃教者"而言，作为权力空间的教堂造成他们信仰分裂，不得不在教堂和家这两个代表不同文化内涵的空间夹缝中艰难求生。在当时

---

[1] 萧乾：《萧乾回忆录》，工人出版社2005年版，第27页。

[2] 鲁迅：《灯下漫笔》，《鲁迅全集·坟》第1卷，人民文学出版社2005年版，第225页。

[3] 萧乾：《萧乾回忆录》，工人出版社2005年版，第10页。

的中国，教堂既是战场也是避难所，既是特权空间也是慈善机构；普通百姓既借教堂谋生，又从内心深处深深排斥教堂。他们对教堂的体验，"糅合着痛楚与憧憬，悲哀与欢乐，怨恨与羡慕等复杂心情"[1]。

西方列强用武力强行打开了清朝闭关锁国的大门，打开了中西文化交流的通道。传教士借机大量涌入中国，在中国的土地上建立教堂，教堂渐渐成为人们日常生活经验的一部分。一些作家得以近距离感受教堂，看到近现代语境下中国教堂种种光怪陆离的景象，并形成其真实而个人化的教堂体验。在半殖民地半封建社会的中国，不论与基督教关系的亲疏远近，教堂带给作家们的体验都是复杂的，他们真切地感受到教堂这一"外来强势力量的威逼与挤压"[2]，既受到西方先进文化的熏陶，也看到落后中国的惨状；既从中受到基督精神的感染，又看到附着在教堂背后的殖民侵略与文化霸权。整体来看，作家们的教堂体验，折射的正是中国碎片化、含混化的时代文化语境。

---

[1] 王一川：《中国现代性体验的发生：清末民初文化转型与文学》，北京师范大学出版社2001年版，第33页。

[2] 李怡：《日本体验与中国现代文学的发生》"导论"，博士学位论文，北京师范大学，2003年。

第二节
作为西方文化符号的教堂与自我身份的建构

基督教是西方思想文化的重要源流之一,教堂则是基督教的重要象征之一。从这个意义上说,教堂并非一座冷冰冰的建筑,而是一个具有多重文化意味的空间、一个具有象征意味的西方符号。在现代中国的历史文化语境下,教堂更是成为"标志着西方霸权的建筑物","不仅在地理上是一种标记,而且也是西方物质文明的具体象征,象征着几乎一个世纪的中西接触所留下的印记和变化"。[1] 在相当一部分现代中国文学作品中,教堂就是作为西方文化符号而呈现的。作为西方符号能指的教堂,具有两层内涵:一是象征着西方现代化、都市化的一面,被现代中国作家加以展示;二是象征着西方基督教精神,成为现代作家借径的价值资源。但不论是作为展示的对象,抑或是借径的对象,教堂都折

---

[1] 李欧梵:《上海摩登——一种新都市文化在中国(1930—1945)》,毛尖译,北京大学出版社2001年版,第5页。

射出中国知识分子在面对、"取法"西方时复杂的文化心态，而这一点，在"误读"的教堂中体现得最为充分。

一、展示西方：租界上海的教堂风景线

由于具有地理和经济上的优势，上海是近代传教的中心城市，教堂的分布也最为集中。上海的第一座教堂可追溯至明万历三十六年（1608）郭居静创立的圣母玛利亚祈祷所，但教堂的快速扩建却是在上海开埠后。自上海开埠至19世纪末，借助西方殖民势力，传教士大量涌入上海这座号称"东方巴黎"的现代大都市，建立起大小教堂共300余所。近现代上海的教堂多集中于租界内，并随租界的扩张而扩张，这些大大小小的教堂，构成"中国城市绝无仅有的'西洋景'"，"使整个上海呈现出一派欧洲城市的景象"。[1]对长期浸淫于这座"东方巴黎"的现代作家而言，教堂是一道不容错过的"西洋景"。在近现代中国文学史上，海派作家无疑是与上海这座现代化大都市关系最为密切的，"在中国，只有海派，才能用一种上海人的眼光来打量上海，用商业文化的趣味来欣赏、表现商业都市"[2]。与上海渊源颇深的海派作家，熟谙这座城市的文化肌理，深得这座大都市的城市精神，他

---

[1] 周进：《上海近代基督教堂研究（1843—1949）》，硕士学位论文，同济大学，2008年。

[2] 吴福辉：《都市漩流中的海派小说》，复旦大学出版社2009年版，第31页。

们的创作，也最为典型地反映了这座城市的精神风貌，以及城市中人的生存状态。海派作家以文学的笔触捕捉上海的点点滴滴，捕捉这座城市最为典型的景观之一——教堂。

（一）炫耀与"批判"

若论及与西方的亲密关系，新感觉派中的穆时英是不能不提的。无论从生活方式、精神气质，还是文学创作上看，穆时英都深受西方文化的影响。出身富商家庭的穆时英，自幼便随父亲到上海，在西式的学校接受教育。浸淫于这座摩登的现代化大都市，穆时英的生活不可避免地西化，跑马场、舞厅、电影院等从西方引进的现代化场所是其日常生活的重要组成部分——"我们是租界里追求新、追求时髦的青年人。你会发现，我们的生活与一般的上海市民不同，也和鲁迅、叶圣陶他们不同。我们的生活明显西化。那时，我们晚上常去 Blue Bird（日本人开的舞厅）跳舞。……穆时英的舞跳得最好"[1]。在文学创作中，对于西式的生活与文明景观，穆时英的态度则耐人寻味——一方面无休止地炫耀，另一方面却又给这些景观安上种种罪名，加以批判。教堂这个"西洋景"，就是以这种悖论的方式呈现的。

在穆时英笔下，教堂是灯红酒绿的上海的一部分。穆时英喜欢以审美的眼光打量上海的一切都市景观，尤其是声色犬马的娱乐场

---

[1] 张芙鸣：《施蛰存：执著的"新感觉"》，《社会科学报》2003年12月4日。

所，如跑马厅、舞厅等。教堂，也是这些声色犬马景观的一部分：

> 跑马厅屋顶上，风针上的金马向着红月亮抛开了四蹄。在那片大草地的四周泛滥着光的海，罪恶的海浪，慕尔堂浸在黑暗里，跪着，在替这些下地狱的男女祈祷。大世界的塔尖拒绝了忏悔，骄傲地瞧着这位迂牧师，放射着一圈圈的灯光。[1]

> 街有着无数都市的风魔的眼：舞场的色情的眼，百货公司的饕餮的蝇眼，"啤酒园"的乐天的醉眼，美容室的欺诈的俗眼，旅邸的亲昵的荡眼，教堂的伪善的法眼，电影院的奸滑的三角眼，饭店的朦胧的睡眼……[2]

在作家笔下，上海是一座动感而淫靡的城市。一方面，包括教堂在内的跑马厅、大世界、舞场、百货公司、美容室、旅邸、电影院、饭店等西式的景观应接不暇；另一方面，作者却又赋予这些景观负面的描述，"罪恶""色情""欺诈""伪善""奸滑"等批判性的词汇似乎就是作家对这些西方景观的感受。但作为一

---

[1] 穆时英：《上海的狐步舞（一个断片）》，《穆时英小说全集·上》，时代文艺出版社1998年版，第264—265页。
[2] 穆时英：《PIERROT》，载孙中田、逄增玉主编《穆时英小说全集·下》，时代文艺出版社1998年版，第509页。

个摩登上海的弄潮儿，穆时英的批判恰如浮光掠影，远不及他对这座城市西化景观的描写与展示来得真实可感。

　　穆时英在骨子里就属于灯红酒绿的上海，出入舞厅，享受这座城市一切现代化的文明成果是他日常生活的一部分，"穆时英……和刘呐鸥一样，他也成了一根深蒂固的、'堕落'的都市客。他公开地炫耀他的私生活——舞厅的狂热顾客，据说他把左右的钱财都挥霍在夜生活上了"[1]。一个迷恋于洋场的文人对洋场的批判多少有些难以令人信服。在作品中，穆时英常常情不自禁地流露出对西化大都市的热爱，不厌其烦地展示上海的"西洋景"："从欧洲移殖过来的街道"霞飞路，装满西方著作的书房，亚历山大鞋店，约翰生酒铺，拉萨罗烟商，德茜音乐铺。[2]正如评论者所言，"他虽然痛恨人的物化现象，但自己也情不自禁地流露着对于物质世界的偏爱和欲望，他对于地狱般都市罪恶的揭露始终没有压抑他对于天堂般都市繁华的热爱"[3]。慕尔堂（即沐恩堂，位于今天的黄浦区西藏中路），伪善的教堂，与其说是宗教空间，不如说是令作者爱恨交织的都市风景线的一部分。作者看似在批判这座"造在地狱上的天堂"，其实却是在不厌其烦地炫耀、展示这座天堂令人眩晕的都市文化——一种以西方模板

---

[1] 李欧梵：《上海摩登——一种新都市文化在中国（1930—1945）》，毛尖译，北京大学出版社2001年版，第204页。

[2] 参见穆时英《夜总会里的五个人》，《穆时英小说全集·上》，时代文艺出版社1998年版，第230—234页。

[3] 李今：《海派小说与现代都市文化》，安徽教育出版社2000年版，第27页。

建立起来的混合型文化。游荡在上海的穆时英,紧跟这座都市的节奏,追逐新潮,却从未深入剖析它的文化肌理,更多的只是炫耀其西化体验罢了。正如评论者所言:"这种主体是一种半殖民的主体,是一种不均衡的经济事实的产物。他不曾参与都市现代性的建立,因而也就不能充分参与其间,更无法自信地疏离于城市。"[1]穆时英在炫耀都市时,把教堂也一并囊括,教堂成为穆时英不能深度融入也未曾疏离的风景线之一。

(二)世俗与解构

与穆时英都市游荡者的身份相比,张爱玲算是一个沾染了更多烟火气的上海土著。张爱玲,1920年生于上海公共租界。上海于张爱玲而言不仅仅是生于斯长于斯的故乡,更是其文学创作中素材的主要来源。张爱玲的上海经验更为日常化,正如评论者所言,"张爱玲非但是现实的,而且是生活的,她的文字一直走到了我们的日常生活里"[2],她对上海这座城市里的典型景观——教堂的描写,也更带有世俗的味道。

《年轻的时候》这部短篇小说讲述了一个上海男子与一个俄国女孩之间充满遗憾的爱情故事。小说中的男女主人公都是"零

---

[1] [美]史书美:《现代的诱惑:书写半殖民地中国的现代主义(1917—1937)》,何恬译,江苏人民出版社2007年版,第375页。
[2] 东方蝃蝀(李君维):《张爱玲的风气》,载陈子善编《张爱玲的风气:1949年前张爱玲评说》,山东画报出版社2004年版,第54页。

余者"：男主人公汝良在家里总是被人遗忘，是一个"孤零零的旁观者"；女主人公俄国女孩沁西亚则流落中国，艰难求生。心灵上充满孤独感的汝良与身份上充满漂泊感的沁西亚因机缘巧合而相识，并互生情愫。在汝良眼里，沁西亚区别于"文化末日"中的女人们——半殖民地半封建社会的中国住着洋房却靠听绍兴戏、"叉麻将"打发时光的女性，"汝良把她和洁净可爱的一切归在一起"。但这一切终究只是汝良的想象，回到现实，他幡然醒悟——"绍兴戏听众的世界是一个稳妥的世界"。女主人公沁西亚则"为结婚而结婚"，最终嫁给自己国家的一个低级巡警。汝良如约参加沁西亚的婚礼，并在婚礼上见到了东正教堂："俄国礼拜堂的尖头圆顶，在似雾非雾的牛毛雨中，像玻璃缸里醋浸泡着的淡青的蒜头。礼拜堂里人不多，可是充满了雨天的皮鞋臭。"[1] 张爱玲把教堂这个神圣的宗教场所比作被醋浸泡的蒜头，其间还充斥着皮鞋臭，其神圣的空间属性就这样被解构，亦如汝良与沁西亚的爱情——充斥着世俗的味道。在以金钱为准则的上海，爱情变得小心翼翼，甚至不值一提。

《连环套》这篇小说讲述的同样是"跨国情缘"，故事围绕霓喜展开。在小说中，霓喜被卖给在中国做生意的印度人儒雅赫，却被儒雅赫当作一件商品，让她时时感到有被抛弃的危险。霓喜想要成为正室，但"到教堂里补行婚礼"只不过是她的一场幻梦

---

[1] 张爱玲：《年轻的时候》，《张爱玲全集传奇》（中卷），中国戏剧出版社2005年版，第645页。

罢了。小说中的教堂同样弥漫着金钱的味道——修道院的姑子想占儒雅赫的便宜,儒雅赫则嫌修道院尼姑的钱不好赚,姑子与儒雅赫互相利用,修道院与商场别无二致。主人公霓喜因在修道院得修女"教导",想保住自己的地位,却悟出"规矩的女人偶尔放肆一点,便有寻常坏女人得不到的好处"[1],最终成为一个不断与男人姘居来养活自己的可悲女性。与《年轻的时候》相比,《连环套》中的主人公霓喜显得更加不中不西、不伦不类,她既供奉弥勒佛,亦供奉耶稣神像;既想成为正室,又不断与男人姘居,从不同的男子身上获取好处。小说中着墨不多的修道院,却是霓喜价值观骤变之处,她从这里获得了世俗的生存哲学。充满算计与金钱味道的修道院与霓喜交易般的人生轨迹相互映衬,展现的同样是上海最日常化也最典型的一面——西方资本主义侵蚀下以金钱利益为原则的上海社会。

  在近现代中国,上海是名副其实的经济中心,被誉为"东方巴黎"。上海的繁荣与西方的殖民入侵紧密相关,自开埠后,在租界的影响下,上海"形成了自己的一套市政管理模式、一种新的城市景观和文化传统,造成了一种租界现象"[2]。租界化的上海与中国传统的城市风貌大相径庭,与西方的城市也有一定的区别,但不可否认,在"外国飞地"租界的影响下,上海深深地打上了西

---

[1] 张爱玲:《连环套》,《张爱玲全集传奇》(中卷),中国戏剧出版社2005年版,第721页。

[2] 李永东:《租界文化与30年代文学》,上海三联书店2006年版,第14页。

化的烙印。这种西化烙印不仅仅体现在上海的一系列西式建筑上，更深层次地体现在其运行机制、城市精神中。其中，重商主义与金钱原则就是上海的一个典型特征。在展现上海时，张爱玲紧紧抓住了上海最日常化也是最为真实的一面，对上海的世俗性、上海的都市客以金钱与利益为导向的生存法则给予了最深刻的揭示。她是以世俗、批判的眼光来描摹教堂的，作为都市上海的一道风景，教堂弥漫的都是世俗与金钱的味道。张爱玲解构了教堂神圣的空间属性，通过教堂展示出移植的西方——上海的真实面影。

二、借径西方：现代文学中作为宗教意象的教堂

在现代中国的历史文化语境下，传统文化断裂，西方文化以强势的姿态入侵，知识分子往往陷入迷茫的境地，尤其是在"五四"退潮、大革命失败后，彷徨与苦闷的情绪成为主流。1933年，鲁迅在短篇小说集《彷徨》的题词中写道"寂寞新文苑，平安旧战场。两间余一卒，荷戟独彷徨"[1]，这可以说是当时文学界"战士"最真实的写照。找不到出路的知识分子或感叹"自己是一张枯叶，一张烂纸，在这个大时代里"[2]，或感到

---

[1] 鲁迅:《题〈彷徨〉》,《鲁迅全集》（第16卷），人民文学出版社2005年版，第364页。

[2] 朱自清:《论无话可说》,《朱自清散文全集·上集》，江苏教育出版社1998年版，第170页。

"四顾苍茫，像在荒野上不辨东西"[1]。迷茫的知识分子亟须寻求新的价值资源，建立新的信仰体系。因此，"基督教这个在中国历史上早已存在的事物也有了新的意义，现代知识分子重新理解和发现了它意义的合理性……它的意义和价值得到了新的阐释"[2]。但在徐志摩、石评梅、冯至笔下，从基督教中"借来"的教堂意象，所表达出的仍然是迷茫、哀婉、焦灼的情绪。作为基督教象征的教堂，反而令作家陷入迷失。

（一）迷失的三种写照

徐志摩曾入读上海浸信会学院暨神学院，并于1916年肄业，之后又游学于具有基督教文化背景的西方（美国、英国），他的作品常常表现基督教的博爱、忍耐、忏悔等精神，亦经常出现上帝、天使、《圣经》故事等具有基督教色彩的意象，是一个"匿名基督徒"[3]。教堂，也是徐志摩诗歌中一个颇有意味的宗教意象。1925年3月，徐志摩启程赴欧，7月创作诗歌《在哀克刹脱教堂前》[4]，发表于《晨报副刊·诗镌》。这首诗歌以英国埃克塞特的教堂作为切入的意象，发出"是谁负责这离奇的人生"的疑

---

[1] 卞之琳：《黄昏》，《诗刊》1931年第3期。
[2] 王本朝：《20世纪中国文学与基督教文化》，安徽教育出版社2000年版，第14页。
[3] 蒋利春：《论徐志摩诗歌的基督情结》，《河南科技大学学报（社会科学版）》2003年第4期。
[4] 志摩：《在哀克刹脱教堂前》，《晨报副刊·诗镌》1926年第9期。

问，全诗紧紧围绕这一问题展开。诗歌的第一节刻画了一个孤独的抒情主人公：漂泊在异乡的教堂，"冷峭峭森严的大殿"里是抒情主人公"峭阴阴孤耸的身影"，冰冷森严的教堂反衬的正是抒情主人公的孤寂。在孤寂中，诗人对着教堂内"老朽的雕像"，不禁发出极富哲理意味的疑惑——"是谁负责这离奇的人生？"可是，诗人的这一疑问一直到诗歌的最后也未能得出答案，教堂后背"冷郁郁的大星"，教堂里历经"人间的变幻"的老树，都不能解答诗人心中的疑惑。作品中，诗人极力营造冰冷、寂寥的抒情氛围，教堂大殿是冷峭的，教堂后背升起的大星是冷郁的，院子是凄凉的，而展现给读者的抒情主人公，只是一个峭阴阴孤耸的身影，冰冷、寂寥的抒情氛围使得全诗呈现出消极、悲观的情绪，困惑、迷茫是诗人表达的主题。英国埃克塞特的教堂触动了诗人一直萦绕于心的对人生的困惑，引发诗人的追问，但作为基督教象征的哀克刹脱教堂却未能解答诗人的困惑，拥有基督教文化背景与精神体验的徐志摩，亦未能从基督教中寻找到精神的寄托，走出弥漫于知识分子中间的普遍的低落情绪，依然不知道"风是在哪一个方向吹"[1]。

相对徐志摩而言，石评梅接受的主要是"观念化的基督，即基督教思想的影响"[2]，她从基督教中寻找的，主要是精神的寄托

---

[1] 徐志摩：《我不知道风是在哪一个方向吹》，《再别康桥：徐志摩诗歌全集》（下），青岛出版社2019年版，第219—220页。
[2] 邱诗越：《失落与救赎——论石评梅小说基督教思想的驳杂性》，《太原理工大学学报（社会科学版）》2010年第2期。

与安慰,"一个人到了失败绝望无路可走人力无可为的时候,总幻想出一个神灵的力量来拯救他,抚慰他,同情他,将整个受伤的心灵都奉献给神,泄露给神,求神在这失败绝望中,给他勇气,给他援助,使一个受了伤的心头,负了罪恶的心头,能有一个皈依忏悔的机会"[1]。《祷告》这部短篇小说就具有"石评梅式"的基督教色彩,意即,把基督教精神作为绝境中的寄托。主人公婉婉是个"无父无母无兄弟姊妹的孤女",从小在福音堂长大。凄惶之下,她只能用《圣经》"擦去"眼泪。更令人可敬的是,婉婉似乎具有基督式的悲悯,给医院里绝望的病人读《圣经》,试图带他走出困境。表面上看,小说表达的似乎就是主人公"隐于宗教关怀下的淡淡隐隐的忧伤"[2]。但细读文本,我们会发现女主人公的忧伤是外露而浓烈的,甚至超过小说所要表达的宗教关怀,换言之,主人公婉婉从基督教中获取的精神力量似乎并没有帮助她战胜凄婉的愁绪。小说中的主人公每每伤感于自己孤儿的身世:"我是连树叶都不如,这滔滔人海,茫茫大地中,谁是亲昵我的,谁是爱怜我的?只有石桥西的福音堂,是可怜的婉婉的摇篮,这巍峨高楼的医院,是可怜的婉婉栖居的地方。"[3]《圣经》也并没有带给主

---

[1] 石评梅:《再读〈兰生弟的日记〉》,载屈毓秀、尤敏编《石评梅选集》,山西人民出版社1983年版,第407—408页。

[2] 买琳芳:《带镣铐的舞者——论石评梅的文学创作与精神觉醒》,硕士学位论文,暨南大学,2014年。

[3] 石评梅:《祷告——婉婉的日记》,《石评梅文集·上》,燕山出版社2007年版,第14页。

人公安慰——"《圣经》,我并不需要它,我只求上帝指示我谁是我的母亲?"[1]女主人公照顾绝望的男病人,给他读《圣经》,则是把他当作自己的哥哥。因此,小说就是一部自伤身世之作,弥漫其中的,是石评梅式的哀苦色彩。作品中多次出现的福音堂、礼拜堂,也是婉婉自悼身世的意象。主人公多次感叹自己自进入福音堂后就没有亲人去看望过她,因此,没有亲人与慈爱的福音堂之于她,就是一个冷冰冰的世界。在小说的结尾处,主人公为死去的男病人祈祷,"朝霞映着的礼拜堂"显然并没有让主人公获得宁静,男病人的死,只是让主人公感到"心头紧压的悲哀"。

冯至的忧思则比徐志摩、石评梅更加深沉,也最能代表现代历史语境下中国知识分子与基督教之间的复杂联系。冯至不是基督徒,但身处文化断裂的中国社会,找不到精神依托的他也一度从基督教中寻找价值资源。在多部作品中,冯至都表现出向基督教寻求精神依托的倾向:在《一个青年的命运》中,对"命运无可奈何"的他,祈求上帝"请恕我的罪过";在《昆仑山飞来的青鸟》中,抒情主人公则请求上帝"引导我的灵魂"。1932年,留学德国的冯至则承认自己"受这个古老的基督教节日的情调所感染","以自己的方式体会了耶稣节"。[2]在这个基督教节日里,

---

[1] 石评梅:《祷告——婉婉的日记》,《石评梅文集·上》,燕山出版社2007年版,第15页。

[2] 冯至:《给鲍尔的信》,载冯姚平编《冯至全集》第十二卷,河北教育出版社1999年版,第152—153页。

冯至原本也是想从基督教中寻求精神的依托,但他始终记得自己是"古老、衰落的中国上一代的儿子"[1],因此,寻求精神安慰的冯至反倒"加剧"了自己内心的疾病/危机。在冯至三部涉及教堂意象的作品中,这种危机亦极为显著。1923年7月,冯至在《浅草》第1卷第3期发表短篇小说《禅与晚祷》。[2]这篇抽象的小说显然带有自序色彩,小说中的主人公是一个先后失去母亲和继母的苦行者,自卑惆怅的情绪(这其实也是冯至整个文学创作中的一抹底色)笼罩全文,惆怅的主人公只能从宗教中寻求安慰,因此,主人公转向佛教与基督教。佛教与基督教混合选择,其实从小说具有象征意义的题目上亦可看出。而在小说中,代表基督教及其精神的正是《晚祷》图中的礼拜堂。只是,借助两种宗教来寻求解脱的苦行者最终似乎并没有获得解脱。时隔6年后,冯至创作的另一首诗歌《十字架》则把教堂作为全诗的一个重要宗教意象。夕阳中礼拜堂的尖塔使"我"看到了现实中的基督——"沉在夕阳的光中","负着血红的十字架",这个基督,显然与"我"想象中的基督不一样,"我梦里的基督/是一篇罗曼的牧歌"。夕阳中礼拜堂的尖塔,打碎了"我"的幻梦,生命中唯一的希望——"朴素的牧歌"终究烟消云散。由此可见,诗歌中夕阳里的礼拜堂尖塔及其倒映出的血红的十字架和基督,指向的是

---

[1] 冯至:《给鲍尔的信》,载冯姚平编《冯至全集》第十二卷,河北教育出版社1999年版,第152—153页。

[2] 冯至:《禅与晚祷》,《浅草》1923年第1卷第3期。

满目疮痍的现实,"流血的基督"又未尝不是半殖民地半封建社会中国千疮百孔的写照。

而冯至收录于《北游及其他》中的《礼拜堂》一诗,则最为典型地反映出作为"古老、衰落的中国上一代的儿子"的焦灼:

> 我徘徊在礼拜堂前,巍巍的建筑好像化做了一片荒原。乞丐拉着破提琴,向来往的行人乞怜。忽然喉咙颤动了,伴着琴声,颤颤地歌唱。凋零的朋友呵,我有什么勇气,把你的命运想一想:你也许曾经是人间的骄子,时代的潮流把你淘成这样;你也许是久经战场的健儿,一旦负了重伤;你也许为过爱情烦恼;你也许为过真理发狂……一串串的疑问在我的心里想,一串串的疑问在你的唇边唱。一团团命运的哑谜,想也想不透,唱也唱不完……啊,这真是一个病的地方,到处都是病的声音——天上哪里有彩霞飘扬,只有灰色的云雾,阴沉,阴沉……[1]

与《十字架》类似,在这首诗中,礼拜堂也是诗歌展开的一个中心意象。此时,身处"充满异乡情调"所在的冯至,感觉自己像是"一个无知的小儿被戏弄在一个巨人的手中,不知怎

---

[1] 冯至:《礼拜堂》,载刘福春编《冯至全集》第一卷,河北教育出版社1999年版,第168—170页。

样求生，如何寻死"[1]。正如诗中所咏叹，此时的诗人再也不是"人间的骄子"，几经"时代淘洗"，早已"凋零"。诗人的凋零，来自时代的影响，来自信仰失落的现代中国。游历哈尔滨的冯至看到的，是一个"病的地方"："到处都是病的声音——天上哪里有彩霞飘扬，只有灰色的云雾，阴沉，阴沉……"徘徊在礼拜堂前的抒情主人公，就是冯至自己，他为信仰的失落而迷茫，为"有病"的中国而苦恼，更无法平息身处价值观断裂的社会中自己的"内心危机"。有评论者称，"'礼拜堂'可以看作是上帝离开后留下的废墟，诗人的描绘旨在进行对废墟周围的现代文明的批判"[2]，其实，在时代的语境中，上帝并未离开，离开的是中国传统知识分子赖以安身立命的传统价值理念，诗人批判现代文明的背后，指向的更是自己的精神危机。礼拜堂，就是触发诗人精神危机的端口，象征着基督教精神的教堂，却令诗人更加焦灼。

（二）教堂意象：知识资源还是价值资源？

不可否认，基督教作为一种价值资源，对现代知识分子、现代文学都产生了不小的影响，"它的意义已被现代知识分子所

---

[1] 冯至：《〈北游及其他〉·序》，载刘福春编《冯至全集》第一卷，河北教育出版社1999年版，第123页。

[2] 吴允淑：《冯至诗作中的基督教因素》，载赵林、杨熙楠主编《人神之际》，广西师范大学出版社2008年版，第327页。

理解,也成了新文学表现和关注的思想资源"[1]。处于价值观断裂"大时代"的知识分子,不断从中西方寻求安放身心的价值资源,想要抚平内心的精神危机,特别是对处于大革命失败、"五四"回潮的20世纪二三十年代的知识分子而言,迷茫、失落、焦灼成为他们的常态。上文所论述的三位作家正是在迷失中把目光投向了基督教,教堂意象也正是在这样的文化背景中进入其文学创作。但显然,他们并没有从基督教的价值资源中找到有效的排解自身危机的良药。在徐志摩笔下,哀克刹脱教堂引发了诗人更多的困惑与迷茫;在石评梅笔下,福音堂、礼拜堂指向的是主人公婉婉凄惶的身世,也指向石评梅自身无法化解的哀愁;在冯至笔下,无论是《晚祷》图中的教堂,还是夕阳下被染成血红的礼拜堂尖塔,抑或是哈尔滨的教堂,都是诗人内心危机的写照,尤其是诗人一再徘徊的哈尔滨礼拜堂,引燃了诗人内心的焦灼与不安。从上述作品来看,作为基督教象征的教堂,其作为价值资源的效用是有限的,它可以被随意置换为十字架、上帝等基督教的宗教话语,但不论如何置换,它都不是基督教终极意义上的宗教意象。教堂意象,说到底只是一种有限的价值资源。这与当时中国特殊的文化语境有关。

第一,在历史的文化语境下,中国传统的信仰体系瓦解,

---

[1] 王本朝:《20世纪中国文学与基督教文化》,安徽教育出版社2000年版,第14页。

新的思想观念传入中国，这为知识分子接受新的信仰提供了契机。传统的信仰体系与西方的思想观念往往并置共存，此消彼长，甚至互相融合。对现代中国知识分子而言更是如此，他们在接受西方的思想观念之前，往往受到传统中国文化的浸染，徐志摩、石评梅、冯至均如此。更何况，"当新的宇宙概念和新的世界形象冲进来时，在知识分子心灵中不可避免地感到不协调和不适应"[1]。因此，作家对基督教文化的接受程度本身是有限的，指向作家情感体验与思想状态的教堂意象，体现的正是这一点。

第二，包括基督教文化在内的西方文化进入中国的方式决定了知识分子对它的吸收方式。"文化间的冲突，若处于社会变革的大时代里，往往不限于纯文化的性质，而带有深刻的政治背景。"[2]西方文化，尤其是基督教文化是伴随着西方的武力侵略而进入中国的。它的这一"不友好"的进入方式难免造成中国文化对它的排斥。20世纪20年代的"非基督教运动"，以及数不清的教案，就是中西两种文化间最典型的"排斥反应"，这种"反应"又往往掺杂着政治的因素，夹杂着民族主义的情绪。因此，知识分子对基督教文化的接受亦深受时代大环境的影响。

---

[1] [美]张灏:《危机中的中国知识分子——寻找秩序与意义》，高力克等译，山西人民出版社1988年版，第10页。
[2] 许纪霖:《近代中西文化冲突的历史鸟瞰》，《智者的尊严：知识分子与近代文化》，学林出版社1991年版，第145页。

三、"误读"西方：教堂与寺观的混谈

对闭塞的中国而言，"传教士是离开通商港口，敢于进入内地的第一批外国人……是独一无二的有形的象征"[1]。人们关于西方的知识大多从传教士身上获得，传教士在中国修建的教堂，是中国人了解西方的最直观的风物形象。因此，对教堂的认识，从某种程度上即代表着对西方的认识。不过，从对教堂的命名上可以看出，中国人对教堂、西方充满"误读"。

（一）教堂命名史

根据现有的相关研究资料，中国最早的教堂可追溯至唐朝时修建的大秦寺。大秦寺亦成为历代文人墨客吟咏的对象，如苏轼、苏辙、杨云冀等诗人都写过的同名诗《大秦寺》。但这些诗歌中的大秦寺无论是从诗歌意象的选择还是思想感情的表达来看，都没有显出任何异质性。一方面，这与基督教（时称景教）在中国的传播模式及其境遇有关，在盛世王朝，基督教作为一种异质文化，想要在中国传播，就不能不采取迎合中国文化的方式。另一方面，在当时的历史语境下，中国的士大夫在文化上充满自信，"很难摆脱自身的文化传统、思维方式，往往只能按照

---

[1] ［美］柯文:《在中国发现历史——中国中心观在美国的兴起》，林同奇译，中华书局2002年版，第34页。

自己所熟悉的一切来理解别人"[1]。以"寺"来命名基督教的宗教建筑，其实是一种文化的"误读"。

我国的第一所官办佛寺是东汉时期的白马寺。在几千年的历史长河中，佛教与中国本土文化相互交融、影响，其宗教建筑也体现出中国传统的文化精神：其一，在建筑上体现出充分园林化的造型特色；其二，在历史发展过程中由神圣走向世俗，其布局采用中国传统的院落式结构，接受世人的祭拜供奉[2]；其三，世俗的寺庙亦常常扮演祠堂的角色，成为家族精神、伦理道德、信仰崇拜的文化表征；其四，寺庙与现实若即若离，形成一个有意味的张力空间，受到文人的青睐，他们常到此修行、隐居，并把寺庙空间融入文学创作中。古代文人既有在寺庙中题诗作赋者，也有以寺庙入文学作品者。除此之外，寺庙还以其他形式进入中国古典文学。据学者考证，佛寺不仅是部分唐小说中故事的来源、故事发生的空间场景，同时还包含丰富的文化意义，"是时隔千年后了解唐代社会生活的一个视窗"[3]。此外，寺庙多处于偏僻的山林中，多成为落难英雄的庇护所，如《水浒传》"林教头风雪山神庙"中的山神庙；寺庙还为封建时代的男女提供了

---

[1] 乐黛云：《序言》，载乐黛云、勒·比雄编《独角兽与龙——在寻找中西文化普遍性中的误读》，北京大学出版社1995年版，第1页。

[2] 参见傅谨、沈冬梅《中国寺观》，浙江人民出版社1996年版。

[3] 李芳民：《故事的来源、场景与意味——唐人小说中佛寺的艺术功能与文化蕴涵》，《唐五代佛寺辑考》，商务印书馆2006年版，第423页。

最佳的约会场所，如《西厢记》中的普救寺，就演绎了中国式的才子佳人故事。总之，寺庙与我国的古典文学密不可分，在漫长的历史中，它早已成为我国文化的一部分，是一个传统的文化空间。由此可见，以"寺"来指称基督教的宗教建筑其实是一种中国文化中心观的体现。不论是大秦寺还是十字寺（元朝的叫法），古人以中国传统的文化空间"寺"命名教堂，抹除了教堂的异质性，体现出中西文化交流过程中中国文化的中心优势。在晚清一部分作家笔下，教堂的名称也常常被赋予中国特色，如康有为在游记中就沿袭中国古代对基督教的称谓——祆教，把教堂称作祆祠："城中古塔古石表矗天，坏殿危楼遍地，祆祠宏丽甲大地，大者凡一百四十余。吾览观三四十祠，亦皆宏丽崇严，为他国大都所无者，盖此为千年教皇故地使然。英国伦敦保罗庙，号最宏丽，置之罗马中，不能在百数之列也。"[1]不论是祠堂还是寺庙，都是含有中国传统文化蕴味的称谓，这种称谓的背后，反映的正是以中国文化为中心的观念。

近代以来，随着基督教的强势入侵，"寺""祠"等对教堂的称谓逐渐消失，无论是在文学中还是普通民众口中，教堂、礼拜堂成为最普遍的命名。有意思的是，现代文学中的两部作品却有意混用教堂与寺院的概念：李伯元《官场现形记》中所谓的

---

[1] 康有为著，钟叔河校点：《欧洲十一国游记》，湖南人民出版社1980年版，第36页。

礼拜堂实则是清真寺；而郭沫若笔下的寺院，其实却正是西方最正宗的教堂。两位作家是在何种情境下混用教堂与寺院这两个概念的呢？

（二）《官场现形记》与《löbenicht 的塔》：误认与误读

《官场现形记》于1903年5月至1905年11月连载于《世界繁华报》。[1] 小说的第54回《慎邦交纡尊礼拜堂　重民权集议保商局》中，作者借礼拜堂讽刺了一个昏庸的知县。小说中的六合县"离省城较近，消息灵通"，但在此任官的梅飏仁却把心思放在揣测上司旨意上，前任制台对洋人态度强硬，梅飏仁便厉行上司旨意，惩治教民；新上任的制台崇洋媚外，梅飏仁便一改之前的作风，讨新上司欢心——在处理斗殴事件时，一听说马二"在教"，梅飏仁便一改疾言厉色，不分青红皂白予以赦免，甚至不惜连夜奔波，到"礼拜堂"与洋人联络感情。讽刺的是，梅飏仁所谓的礼拜堂其实是清真寺，马二也并非基督徒，梅飏仁因为违反民族禁忌而遭哄打，可谓狼狈不堪。小说中梅飏仁丑陋的嘴脸跃然纸上，作者的讽刺艺术可见一斑，真正达到了"以小说之体裁，写官场之鬼蜮"[2] 的效果。

小说中的昏官梅飏仁混淆清真寺与礼拜堂的荒诞行径，一方

---

[1] 王学钧:《〈官场现形记〉连载及刊行考》,《明清小说研究》2008年第3期。
[2] 则狷:《新笑史》,《新小说》1905年第2卷第8期。

面可见出作者深厚的艺术功力,另一方面也通过基督教及其教堂折射出当时中西之间的复杂关系。从小说可以看出,面对基督教及其教堂,各阶层的反应并不一致,甚至同一阶层内部、同一个人的态度也前后矛盾。总体上来看,朝廷和官员中打着"敦崇睦谊"的旗帜而委屈求和者是主流,他们面对洋人一味退让,小说中这一类型的代表当数文制台。文制台"视教民如赤子",省里的传教士去世后,还派人亲自去吊孝,只要一听到"洋人"二字,平时嚣张跋扈的气焰顿时矮了一截。与文制台不同,梅飑仁的前任制台却是个"老古板",同洋人交涉事件,往往要据理力争,其下属为了讨其欢心,则"以气节自见",批驳洋人。官低一级的梅飑仁则属于见风使舵者,他用心揣测上司旨意,面对洋人战战兢兢,毫无主见,混淆清真寺与礼拜堂,啼笑皆非。而民众的心理则较为复杂,部分教民借着自己的教徒身份胡作非为,肆意压榨、欺辱同胞,遇到麻烦就寻求教士的庇护;普通民众则既仇视洋人,又惧怕洋人,并把怒火发向崇洋媚外的官员。小说中的回民,看到梅飑仁错把自己的清真寺误认为礼拜堂,便一哄而上,对梅飑仁一阵哄打,发泄怨气。事后,他们颇为自己的冲动行为后悔,生怕梅飑仁报复。可笑的是,梅飑仁则躲在衙门不敢出来,怕再次遭到百姓哄打。由此可见,洋人、官员、百姓之间的关系错综复杂。

　　从小说来看,洋人、官员、百姓之间复杂关系的生成与基督教及其教堂密切相关。"西方冲击和中国的各种人物与政治斗争绞成一团,构成一个难分难解的网络"[1];教堂作为基督教的重要标志之一,其在中国的修建则从空间上改变了中国的权力结构分布。李伯元熟谙官场生态,《官场现形记》对晚清官场的描摹鞭辟入里,官员卖官鬻爵、欺上罔下、愚昧无知,丑态毕现。小说中的礼拜堂是西方殖民势力的象征,借由这一西方符号,晚清仇洋、惧洋、媚洋矛盾交织的文化心理得以充分展现。对普通百姓而言,教堂是拥有特权的"国中之国",不仅霸占田产,更横行霸道,使得他们饱受压迫,苦不堪言。百姓既仇视洋人,又惧怕洋人;懦弱的官府不敢惩治洋人,教堂是他们不敢跨越的"雷池";昏庸的官员为了仕途,则一味巴结洋人,把教堂当作升迁的通道,对于洋势力,惧怕之外,更多一分谄媚。因此,梅飓仁才会不惜放低姿态,"纡尊"跑到"礼拜堂"巴结洋人;在清真寺看到昏庸的梅飓仁,百姓则把对洋人和昏官的仇恨一股脑发泄出来,梅飓仁不得不落荒而逃。在李伯元笔下,作为西方符号的教堂把洋人、官员、百姓纽结在一起,三者之间错综复杂的关系通过梅飓仁误认礼拜堂这一荒诞行径得以集中展现。可以说,小说中的教堂作为西方势力的象征,重新配置了中国的权力分布,原本嚣张跋扈的晚清官员唯"礼拜堂"是尊,有错在先的"教民"因"礼拜堂"的庇护而逍遥法外,这里的礼拜堂还是被昏官混淆的清真寺,由此可见正宗

---

[1] [美] 柯文:《在中国发现历史——中国中心观在美国的兴起》,林同奇译,中华书局2005年版,第6页。

礼拜堂在半殖民地半封建社会中国民众心中的"分量"。

《官场现形记》中的礼拜堂是被昏官混淆的清真寺，而在郭沫若写于1924年的短篇小说《löbenicht的塔》中，廖勃尼赫特寺院则是作者故意"误读"的教堂。郭沫若的小说《löbenicht的塔》是为纪念康德200周年诞辰而作，1924年8月创作于日本，11月刊载于上海《学艺》杂志。小说想象性地再现了康德日常生活的一个片段，借此模拟康德《第三批判书》的酝酿过程。据郭沫若自己回忆，"作这篇文章的用意，与其说为了纪念康德，倒是想借以讽喻哲学家。尽管哲学家或思想家是怎样的冷静，超然，过着如冰霜、如机械的理智生活，但是人生的情趣终不免要来萦绕，而且在暗默中还要给他以助力。恶魔说过：'灰色是一切的理论，只有人生的金树长青。'这意思可惜没有表现十足"[1]。但不论是纪念康德，还是讽喻哲学家，都没有抓住这篇作品的深层思想及创作动因。通过文本细读，结合作者同一年的其他作品，以及郭沫若本人的经历，我们会发现这部作品是一个充满隐喻象征的文本。

小说以康德《第三批判书》的成书过程为线索：康德在酝酿《第三批判书》的时候一直有一个悬而未决的问题，并因此而焦躁异常，甚至打破了自己数学公式般严谨的作息规律，因此，看到邻居家的白杨树遮住了Löbenicht的塔尖，他便执意要求邻居砍

---

[1] 郭沫若：《创造十年续篇》，《学艺》1924年第6卷第5号。

去树尖。经由仆人交涉，邻居砍去了树尖，康德透过窗户，终于看到了 Löbenicht 的塔尖，"一个月以来的疑问到此解决了"。在小说中，白杨象征的是外在的宇宙，它阻挡了康德的视线——象征着人的内在宇宙，小说把"我国古典形而上之'天人合一'以及民本、仁爱思想与康德的批判哲学之'善良意志''人本身就是尊严，就是目的'之道德观念融化为一体"[1]。从整篇小说来看，作者除了在思想上极力把东方（中国）的思想传统与西方的哲学精神进行沟通外，在小说场景的模拟、语词的选用上也体现出鲜明的中国色彩。这篇5000多字的小说两次提及廖勃尼赫特教堂，但作者均把它写作 Löbenicht 的寺院，小说创作于1924年，况且郭沫若是一个在日本留学多年，并多次往返于摩登都市上海的留学生，对西方的教堂不可能不了解，更何况在当时的中国，教堂已经是一个通用的称谓。由此可见，郭沫若把廖勃尼赫特教堂写作 Löbenicht 寺院大有深意。如前文所述，寺院在几千年的历史传承中，早已成为中国文化传统的一部分，一个中国传统文化空间。郭沫若把教堂写作寺院，就是一种有意识的文化"误读"。而郭沫若文化"误读"背后的思想动因，尤其值得分析。

把郭沫若这种有意识的文化"误读"放在互文性的视域中来考察，其背后的思想动因将会更加清晰。法国学者克里斯蒂

---

[1] 冯望岳：《〈Löbenicht 的塔〉〈社戏〉——现代隐喻小说文本》，《宝鸡文理学院学报（社会科学版）》2006年第6期。

娃指出,"任何一篇文本的写成都如同一幅语录彩图的拼成,任何一篇文本都吸收和转换了别的文本"[1]。由此可以看出,任何文本都与其他文本具有密切联系,并非孤立存在。把郭沫若的这篇《Löbenicht 的塔》与其同期("五四"时期)发表的其他作品放在一起分析,其文化"误读"背后的思想动因便能寻到某些踪迹。正如论者所言,"五四"时期的郭沫若是"精神与现实的双重流亡者"[2],他往返于日本与上海之间,但不论是在日本,还是在租界化的上海,郭沫若都找不到归属感。在日本的郭沫若饱受"异邦人的种种虐待"[3],回到上海后,饱受殖民浸染、租界化的上海同样引起郭沫若的反感与诅咒。郭沫若在该时期小说中多次出现的主人公爱牟,就是其"精神与现实的双重流亡者"的写照:《漂流三部曲》中的爱牟,送走妻儿后,独自蛰居在上海的斗室中,过着"炼狱般的生活";《行路难》中的爱牟,在上海和日本都受着闷气,他把狂乱的怒火发泄给妻儿,却又为自己的行为忏悔,其在极端憎恨和极端爱怜之间飞跃;《圣者》中的爱牟,同样在日本和上海之间彷徨,最后却发现两者都没有自己的容身之地。由此可以看出,身份上的漂泊之感、

---

[1] 转引自[法]蒂费纳·萨莫瓦约《互文性研究》,邵炜译,天津人民出版社2003年版,第4页。

[2] 李永东:《文化身份、民族认同的含混与危机——论郭沫若五四时期的创作》,《文学评论》2012年第3期。

[3] 郭沫若:《到宜兴去》,载郭沫若著作编辑出版委员会编《郭沫若全集·文学编·第12卷》,人民文学出版社1992年版,第323页。

文化认同上的含混是郭沫若"五四"时期文学创作的重要触机，如何缓解其因身份漂泊、认同含混所带来的焦虑之感，就是其创作的动因。李永东指出，"阶级意识、怀古主义以及东洋与西洋的联盟，似乎彼此抵牾的三个方面，奇异地被流亡者、'混合认同'者郭沫若一并收纳，用来缓解文化身份与民族认同的焦虑与危机"[1]。其实，除了这三种方式之外，文化上有意识的"误读"也是郭沫若用以缓解其认同焦虑与危机的一种方式。

在《Löbenicht 的塔》这篇小说中，郭沫若既没有体现出阶级意识，也没有体现出怀古主义的倾向，亦没有以西方与日本结盟的方式对中国执行批判。在小说中，面对西方文化（西方哲学思想哲学），郭沫若试图糅合东方的思想与西方的哲学理念，以东方的思维方式去阐释康德的哲学精神；在叙事（场景、对话的营造）、语言表达上，也尽力选择颇具东方文化色彩的表述。Löbenicht 寺院，就是郭沫若在重建与西洋的话语关系，缓解身份认同焦虑时对西方教堂的一种有意"误读"。郭沫若这种以"主方语言"（寺院）取代"客方语言"（教堂）[2]的修辞策略，反映的正是他在认同焦虑与危机面前试图通过"主

---

[1] 李永东:《文化身份、民族认同的含混与危机——论郭沫若五四时期的创作》，《文学评论》2012年第3期。
[2] 主方语言和客方语言是刘禾提出的一组概念术语，它区别于翻译理论中所提出的"本源语"/"译体语"（"接受语"）。这一组术语，突出了主方语言在翻译中的重要地位。参见刘禾《跨语际实践：文学，民族文化与被译介的现代性（中国，1900—1937）》，生活·读书·新知三联书店2007年版，第34页。

方语言"来确立中国文化的合法性,取得中西方之间交流沟通的一种合法途径。在小说中,作者除了以主方语言取代客方语言外,还通过主人公康德,强制建立起西方与中国文化的共通性,小说写道:

> 今天的讲义是地文地理(Physische Geographie),在讲中国的事情。他的书案上有马可·波罗的旅行记,福鲁特尔(Voltaire)的《哲学辞书》和他所译的一种元曲。另外还有些宣教师的旅行报告之类。
> 他叙述到中国人的学术,叙述到孔子的"仁义"上来——这"仁"字怕就是我说的"善良的意志"罢?这"义"字怕就是我所说的"内在的道德律"罢?中国怕是承担着"实践理性的优越"的国家?

这些疑问被他犀利的直观唤醒了起来,但他苦于无充分的考据以作他的证明,他结局只是叹息道:

> 嗳,关于中国的事情,便据最近旅行家的报告,连半分也不曾知道。[1]

---

[1] 郭沫若:《Löboenicht 的塔》,《晨报副刊》1925年2月2日。

由上述这段文字可以看出，郭沫若在想象康德《第三批判书》形成过程时，刻意想象了一段康德与中国传统哲学思想之间的关系，并以虚构的方式建立起中西文化之间的关联。这种方式，未尝不是一种有意识的文化误读，与以主方语言"寺院"取代"教堂"如出一辙。但与阶级意识、怀古主义、东洋与西洋联盟这三种缓解认同焦虑与危机的方式一样，郭沫若采取的这种文化误读的方式，依然不是一种有效的途径，只是从一个侧面更加说明其认同的含混罢了，它映衬出中国知识分子充满悖论的文化选择。

教堂作为西方符号，以都市西方与殖民西方的双重面貌进入作家的叙述之中，通过这一西方符号，作家一方面对其现代化、都市化的一面加以炫耀展示，另一方面将其作为一种西方的价值资源来取法。但不论是炫耀，抑或是取法，作家的文化心理都是复杂的，有时对教堂则充满有意识的误读，体现出中国知识分子含混的文化选择姿态。穆时英、张爱玲笔下的教堂，是上海都市风景的重要组成部分，它们典型地反映出上海的精神风貌——借"西洋景"教堂，展示出上海西化的一面。在展示的过程中，穆时英的写法充满悖论，但在目不暇接的展示中，其批判性话语终究显得轻描淡写，更多的则是炫耀西方。张爱玲从日常的角度切入，以世俗性解构了教堂的神圣空间属性，写出了在西方资本主义影响下上海以金钱利益为导向的城市精神。在徐志摩、石评梅、冯至笔下，作为宗教意象的教堂是西方文化符号的一部分，是一道特殊的风景线。教堂，引发了他们深层次的困惑、苦恼与精神危机；教堂及其象征的基督教文化是迷失的知识分子求助的价值资源，但在时代语境下，它们却未能发挥最大的效用。面对这一西方符号，晚清官员则战战兢兢、诚惶诚恐，以卑贱低下的姿态臣服于教堂；而"五四"时期的郭沫若却采取有意误读的方式，试图以主方语言代替客方语言，强制建立中国与西方的关联。不过，郭沫若采取的这种方式，恰恰折射出那个时代中国知识分子含混的文化认同，并未能从根本上缓解其认同焦虑与危机。

第三节
现代文学中教堂书写的空间叙事

  空间参与叙事,意味着"不仅仅把空间看作故事发生的地点和叙事必不可少的场景,而且利用空间来表现时间,利用空间来安排小说的结构,甚至用空间来推动整个叙事进程。……'空间'已经成为一种被有意识地加以利用的技巧或手段"[1]。教堂作为叙事空间有以下几层含义:首先,教堂是故事发生的必不可少的场所,这意味着,教堂是故事展开的基础,作品中故事发生的场景只能是教堂,而不是任何其他处所;其次,教堂作为一种叙事空间也意味着教堂在故事的发生发展中起着重要的作用,意即,教堂与作品情节的发展密切相关;最后,作为叙事空间的教堂,自然蕴含着特殊的文化意义,具有独特的空间内涵。在现代中国文学的相当一部分作品中,教堂就是以叙事空间呈现的,它是文本中必不可少的故事场景,关联着近现代中国的特殊历史,参与塑造了一批独特的受殖者形象。

---

[1] 龙迪勇:《空间叙事学》,生活·读书·新知三联书店2015年版,第112页。

一、教堂的空间叙事功能

（一）教堂：必不可少的故事场景

"任何事件都必须发生在时间与空间之中，那么在记述事件的叙述中，时间与空间自然缺一不可。"[1] 在郑伯奇的《圣处女的出路》、穆时英的《圣处女的感情》、萧乾的《皈依》以及陈荒煤的《在教堂里歌唱的人》等作品中，教堂是作品核心故事情节的发生场景。

《圣处女的出路》[2] 讲述的是一个被迫成为童贞女（修女）的女孩梅英摆脱教堂束缚，找到新出路的故事。小说先以天真活泼的邻家女桂英引出主人公梅英（桂英的姐姐）——"我"印象中一个"清瘦阴惨的影子"。接着，作者又插叙了梅英的家世：父亲早逝，沦为寡妇的母亲为了保全家产，被迫加入天主教，以寻求教会的庇护，作为回报，她不仅捐献了一处房产，还献出了自己的长女——梅英，使她成为教堂的修女。到此，女主人公扑朔迷离的身世总算交代清楚了。在接下来的部分，作者则通过叙述梅英在教堂受罚一病不起，由此引出梅英在教堂的悲惨境遇。至此，作品的主题便明朗了，作者是想通过刻画一个在教堂遭受

---

[1] 赵毅衡：《序二》，载龙迪勇《空间叙事学》，生活·读书·新知三联书店2015年版，第5页。

[2] 参见郑伯奇《圣处女的出路》，《打火机》，良友图书公司1936年版，第200—241页。

非人折磨的修女,把批判的矛头指向教堂,指向天主教。因此,毫无疑问,梅英在教堂的遭遇是故事的核心情节,更是故事的高潮。作者花费相当的篇幅详细描写了梅英在教堂的生活:被迫侍奉陌生而神秘的上帝,被舍监严厉地拷问、处罚,遭受主教"变态的兽性的暗攻",以及长期禁欲所带来的性压抑,最后甚至生命垂危……近现代中国的教会及其教堂,是梅英遭受迫害的根源,亦是作者极力批判的对象,故事的高潮与核心部分即发生于教堂,教堂在该小说中的重要性可见一斑。

在穆时英的《圣处女的感情》[1]中,故事则紧紧围绕教堂这个空间展开。像白色蜡烛般纯洁、静谧的童贞女陶茜、玛丽在星期日随牧姆到大学教堂晨祷。小说中,大学教堂充满"宗教感",是修道院中的童贞女接受宗教陶冶的场所之一,却也是使她们"安详的灵魂荡漾起来"的地方。对长期处于修道院,日复一日重复"请安"、祷告的修女而言,教堂是她们接触外界的唯一窗口。小说的所有波澜,均由这所教堂激起。陶茜和玛丽在教堂晨祷时因为一个青年的回头一瞥,平静安详的心灵不由得"荡漾起来",她们不由自主地揣测青年的性格脾气,想象教堂、修道院外的世界,因为他而争风吃醋,在各自的梦里与他相会,最后为自己的"罪行"而忏悔。"空间潜藏着一个'过程',一种

---

[1] 参见穆时英《圣处女的感情》,《穆时英文集》,线装书局2009年版,第88—92页。

对立,或者说蕴含着一种尖锐的'空间冲突'。"[1] 对修女而言,教堂本应是她们向天父表达虔诚的地方,但她们的信仰在此动摇。教堂在小说中,已然包含一种尖锐的"空间冲突",教堂的这种"空间冲突"就是小说展开的基点,小说叙述的,正是教堂中所包含的这一"对立过程"。

在萧乾的作品《皈依》中,围绕教堂的冲突也是小说展开的基点。妞妞被有着"红的玻璃,绿的玻璃……鲜艳的万国旗交叉地系满全堂,噼啪地飘响着"[2] 的教堂所吸引,一心想进入教堂,加入基督教。而妞妞的哥哥景龙则认定教堂是帝国主义侵略中国的处所。在小说的高潮部分,景龙到教堂"救"妹妹,并与教堂的堂役、雅各军官发生冲突。整篇小说,正是围绕妞妞与母亲、哥哥景龙对教堂的不同认知展开的,小说的高潮,最激烈的冲突,亦发生于教堂内。

在陈荒煤的《在教堂里歌唱的人》中,教堂则是叙事的中心。小说以延安的一个年轻人对教堂感情的起伏变化为线索,紧紧围绕教堂展开叙事。小说中的年轻人由自己唱歌的教堂联想起童年时期的教堂:童年的教堂一开始是主人公逃离自己一贫如洗的家庭的处所,这所天主教堂高大、雄伟,种满了各种各样的花草,与主人公破败的家形成鲜明的对比,家是地狱,而教堂就是天堂。在教堂里,主人公还得以表现自己,可以在唱诗班一展歌喉。

---

[1] 龙迪勇:《空间叙事学》,生活·读书·新知三联书店2015年版,第281页。
[2] 萧乾:《皈依》,《萧乾短篇小说选》,人民文学出版社1982年版,第94页。

但变故亦由教堂而生,在教堂里,主人公因为穿着打了补丁的衣服而遭到耻笑,祖母因去教堂的路上中风去世。于是,主人公便"讨厌教堂,讨厌教堂的建筑,牧师,十字架,钟声……"[1]到了延安,主人公对教堂的态度则又一次发生转变:这个主人公生活的地方,变成了"天堂",在教堂五角星的照耀下,主人公只感到激动。由此可知,在这篇小说中,年轻人眼中教堂及其空间属性的变化,正是作者想要传达给读者的重要信息。

作为核心故事情节的发生场景,教堂是一个必不可少的空间,它与叙事的进程息息相关,是这些情节中叙事展开的基点。

(二)教堂空间与现代中国历史的书写

空间与时间是文学叙事的两个维度,叙事不仅是时间性的,也是空间性的。赵宪章根据康德对时间与空间关系问题的权威解释[2],认为"时间维度只是叙事的表征,空间维度作为时间维度的前提,本来就是叙事表征所内含的维度,是使时间维度成

---

[1] 陈荒煤:《在教堂里歌唱的人》,《荒煤短篇小说选》,人民文学出版社1980年版,第272页。
[2] 赵宪章认为:"空间"作为"外形式"规整外物在我们心中的形状以便被直观;"时间"作为"内形式"将外物的空间规定进一步排列成"先后"或"同时"的序列,由此完成感性认知,并通过图式与想象过渡到知性。由此,语言叙事作为时间序列已经内含着被空间规整过的外物(参见赵宪章《空间叙事学·序一》,载龙迪勇《空间叙事学》,生活·读书·新知三联书店2015年版,第1页)。

为可能的维度"[1]。在其他理论家看来，文学中的时间与空间同样是密不可分的。如巴什拉认为"空间在千万个小洞里保存着压缩的时间"[2]，巴赫金则指出，"时间在这里浓缩、凝聚，变成艺术上可见的东西；空间则趋向紧张，被卷入时间、情节、历史的运动之中。时间的标志要展现在空间里，而空间则要通过时间来理解和衡量"[3]。在现代中国文学的相当一部分作品中，教堂空间关联着近现代中国的历史，呈现出空间与时间的复杂联系，李劼人的《死水微澜》和许地山的《玉官》就是其中的典型者。

李劼人是现代文学史上宏观描写历史事件、展现时代风云的先驱。早在1925年，李劼人就打算"把几十年来所生活过，所切感过，所体验过，在我看来意义非常重大，当得起历史转捩点的这一段社会现象，用几部有连续性的长篇小说，一段落一段落地把它反映出来"[4]。因此，从20世纪30年代开始，李劼人先后创作出《死水微澜》《暴风雨前》《大波》三部小说。三部小说分别写了三段历史：《死水微澜》写的是1894年到1904年，即甲午

---

[1] 赵宪章：《空间叙事学·序一》，载龙迪勇《空间叙事学》，生活·读书·新知三联书店2015年版，第1页。

[2] [法]加斯东·巴什拉：《空间的诗学》，张逸婧译，译文出版社2013年版，第8页。

[3] [苏]巴赫金：《小说的时间形式和时空体形式——历史诗学概述》，载钱中文主编《小说理论》，白春仁、晓河译，河北教育出版社1998年版，第275页。

[4] 温晋仪：《〈死水微澜〉法译本前言》，转引自李旦初《李劼人评传简编》，载李劼人研究学会编《李劼人研究》，四川大学出版社1996年版，第286页。

战争至《辛丑条约》期间的历史;《暴风雨前》写的则是1901年至1909年,即《辛丑条约》至立宪运动期间的历史;《大波》则主要描写1911年辛亥革命以及四川的保路运动等历史事件。三部小说合起来,就是展现19世纪末至20世纪初四川社会历史的一幅宏阔画卷。正如郭沫若所评价的,作者"以正确的事实为骨干,凭借着各种各样的典型人物,把过去了的时代,活鲜鲜地形象化了出来"[1]。在展现这幅宏阔的历史画卷时,教堂这一早已深入巴蜀之地,作为当时中国特殊景象一部分的空间,就屡屡进入李劼人的小说中。几部小说中的教堂空间串联起来,就是近现代中国历史的动态反映。而在以刻画"袍哥""教民"两大势力斗争为主要内容的《死水微澜》中,教堂这一空间的使用频率最高,集中展现出甲午战争至《辛丑条约》之间的一段历史。

在《死水微澜》的序幕中,作者引出了小说的主人公,一个生活于乡下,却在穿着打扮上区别于乡下女人的俏丽女子蔡幺姐。蔡幺姐的打扮不仅区别于乡下女人,也迥异于城里的太太小姐,以致"我"的母亲——生活于成都的太太也问起她的发式。小说是这样描写蔡幺姐发式的:"梳了个分分头,脑后绾了个圆纂,不戴丝线网子,没一根乱发纷披;纂心扎的是粉红洋头绳,撇了根白银簪子。别一些乡下女人都喜欢包一条白布头巾,一则遮尘土,二则保护太阳筋,乡下女人顶害怕的是太阳

---

[1] 郭沫若:《中国左拉之待望》,《李劼人选集》第1卷,四川人民出版社1980年版,第5页。

筋痛；而她却只用一块印花布手巾顶在头上，一条带子从额际勒到纂后，再一根大银针将手巾后幅斜撇在纂上。"[1] 接着，作者写到，蔡幺姐的这一时兴的发式，是"外国冬至节"时，到教堂里跟"洋婆子"学的。这是小说首次写到教堂空间，作者由蔡幺姐到教堂过外国冬至节这一细节，轻轻带出了小说的正文——"教民"与"袍哥"两股势力的冲突，这，也正是其时中国历史的写照。在描写这段历史时，蔡幺姐、罗歪嘴和顾天成是引起小说冲突的三个关键人物，而教堂空间，则正与小说中的冲突紧密相关。罗歪嘴与蔡幺姐初识时，即因一纸攻打教堂的檄文加深了对女主人公的印象，小说花费大量篇幅详细描写檄文的内容以及两人对攻打教堂的看法。在檄文中，教堂是"洋鬼子传邪教之所"，而在罗歪嘴看来，打教堂则并不是一个有效的方式——"不打教堂，还要好些，打了后，反使洋人的气焰更高了"[2]。这一段对攻打教堂的描写，集中展现的是当时中西冲突的一个面向，冲突的核心就是教堂空间。而在另一处关于教堂的描写中，教堂空间则与开头蔡幺姐过外国冬至节的教堂类似，反映的是近现代中国历史的另一副面影。有权有势、打扮时髦的曾师母，正是因为被收养在教堂，才得以脱胎换骨，摆脱悲惨的命运。通过上述分析可知，在李劼人写实的笔下，普通百姓对教堂空间的体认存在两极分化，而这种两极

---

[1] 李劼人：《死水微澜》，四川文艺出版社2012年版，第10页。
[2] 李劼人：《死水微澜》，四川文艺出版社2012年版，第40页。

的体认,正是当时中国历史的真实写照。因此,教堂在李劼人反映"社会转捩点"历史事件的过程中,起着重大作用,它以两极分化的形式浓缩着甲午战争至辛亥革命这段历史的某些重要片段。

与李劼人的《死水微澜》相比,许地山的《玉官》所涉及的历史更长,时间跨度更大,描写了甲午战败至抗战爆发整整半个世纪的历史。展现近现代中国的历史是小说的主旨之一——"作家想通过一个闽南小县的风云变幻及一个闽南农妇的悲剧命运,来反映整个中国的历史变迁和整个中国人民的悲剧……它对中国近半个世纪的历史所作的艺术概括,既是波澜壮阔的,也是基本准确的"[1]。从某种角度看,教堂空间正是许地山描写这段浩浩汤汤历史的重要手段之一。

小说的开篇,作者即描写了当时以基督教为代表的西方殖民势力与普通老百姓的冲突:金杏被侄子引领入教,砸了家里的神像、神主,其丈夫陈廉一气之下把内侄打伤;因为在教,陈廉的内侄得到教会及官府的支持,陈廉只能出逃避难,从此,陈廉的妻子杏官就成了真正的"吃教婆"。正是因为吃教的杏官,在威海卫战役中死了丈夫,饱受小叔骚扰的主人公玉官才寻到庇护所;在杏官的帮助下,玉官得以进入福音堂给牧师做"老妈"(保姆)。从此,福音堂与玉官一生的遭际紧密相关,亦每每与重大

---

[1] 袁良骏:《简述许地山先生写于香港的小说》,《河北学刊》1997年第6期。

的历史事件相勾连：义和团运动中，玉官奉命看守礼拜堂，战乱平息后玉官便深得洋人信任；玉官之子建德因为她的关系在教堂读书深造、娶妻，同时，建德参加革命党举事被逮捕，玉官凭借教堂的关系才把他保出来，后又因教堂之力出国深造，学成归国后在南京谋到官职，玉官也从一个农妇、"吃教婆"成为受人尊敬的官老爷之母；除了义和团运动、革命党活动外，小说还写到红军和以红军名义烧杀抢掠的土匪，被匪军俘虏之后的玉官，急中生智，带着一群妇女逃到"树起外国旗的教堂"避难。从以上情节可以看出，教堂空间与义和团运动、辛亥革命、红军起义、内乱等重大历史事件紧密相关，在这些重大历史事件中，普通民众既受殖民之苦，亦从殖民者身上、从殖民空间（教堂）获利。在呈现这样一段"殖民与解殖民重复往返"[1]历史的过程中，许地山敏锐地抓住了教堂这一特殊的异质空间，生动地呈现出历史的细枝末节。

（三）教堂空间与受殖者形象的塑造

空间是"人物性格生成的具体场所及人物形象的最佳表征"[2]。在现代文学史中，教堂空间与受殖者形象的塑造具有密切的关系。所谓"受殖者"，指的是在殖民地或半殖民地遭受殖民侵略，在政治、经济、文化等方面受到殖民者控制、影响的

---

[1] 李永东：《半殖民与解殖民的现代中国文学》，《天津社会科学》2015年第3期。
[2] 龙迪勇：《空间叙事学》，生活·读书·新知三联书店2015年版，第262页。

一类形象,在接受殖民的过程中,"受殖者没有选择受殖民化或不受殖民化的自由"[1]。教堂空间参与塑造的受殖者形象,按照其与教堂的关系,既有长期生活于教堂空间的修女,也有依附于教堂、借教堂安身立命的所谓"吃教者",以及对教堂充满仇恨的民族主义者、向往教堂者等多种类型。

穆时英的《圣处女的感情》和郑伯奇的《圣处女的出路》刻画了长期生活于教堂空间(修道院)的两类修女形象。在《圣处女的感情》[2]中,修女陶茜和玛丽因为一个年轻男子的闯入而激起内心的波澜,因此,两个把自己献给圣母玛利亚的年轻姑娘内心感到不安,向上帝忏悔。在小说的开头,两个修女与教堂空间的关系似乎是和谐的:晨祷时,她们"静谧、纯洁",就像"在银架上燃烧着的白色的小蜡烛",每天的生活按部就班,早上给姆姆请安,晚上跪在基督像前给姆姆祈福。但事实并非如此,女孩与教堂和谐的表面下其实是紧张的暗涌——年轻男子的闯入让两个修女的内心荡漾起来,与教堂空间的和谐关系也被打破。两个所谓的"静谧、纯洁"的修女,实则是被幽禁于教堂,与世隔绝,只能通过窗户打量外部世界的可怜而压抑的女子。穆时英的这篇小说所反映的虽然只是修女生活的一个片段,但修女与教堂之

---

[1] 梅米:《殖民者与受殖者》,魏元良译,载许宝强、罗永生选编《解殖与民族主义》,中央编译出版社2004年版,第37页。
[2] 参见穆时英《圣处女的感情》,《穆时英文集》,线装书局2009年版,第88—92页。

间的紧张冲突已经初见端倪。而在郑伯奇的《圣处女的出路》[1]中，修女与教堂的冲突则更为明显。在作者笔下，梅英的母亲为了生计不得不把女儿交给教堂，成为修女后的梅英"清癯阴惨"，面容"愁苦"，与自己活泼的妹妹桂英形成鲜明对比。在教堂里，梅英不仅受到其他修女的围攻排挤，还时时遭受牧姆、主教的惩罚，以致生命垂危。显然，郑伯奇笔下的修女与教堂的冲突达至顶峰，作者把批判的矛头直指象征着帝国主义的教堂。

"吃教者"是现代中国文学中一类普遍的人物形象。"基督教本来信不得的，但有时不能不利用"[2]大概是"吃教者"最为普遍的心态。"吃教者"依附于教堂，寻求教堂的庇护，通过教堂获取财富、资源，寻求升迁之道。萧乾《鹏程》[3]中的王志翔，为了得到去美国神学院进修的机会，不惜"屈"着身子往教堂左隔壁的牧师家里跑，通过糖果、鹅毛毽子、说故事等手段诱哄牧师的女儿小婷以巴结牧师，求得出国留学的机会。像王志翔这类巴结牧师，主动向教堂空间靠拢的"吃教者"，其实就是所谓的"假洋鬼子"。作为受殖者，王志翔非但不讨厌殖民者，甚至主动向殖民空间靠拢，谋取升迁，"仿洋、崇洋观念与中国市侩哲学在利己、享乐原则下相互借用"，体现出的是"半殖民地半封建文化"

---

[1] 参见郑伯奇《圣处女的出路》，《打火机》，良友图书公司1936年版，第200—241页。

[2] 张资平：《梅岭之春》，《张资平文集》，华夏出版社2000年版，第33页。

[3] 萧乾：《鹏程》，《萧乾短篇小说选》，人民文学出版社1982年版，第133—147页。

影响下的"病态人格"。[1]但在现代作家笔下,也有一类被迫的"吃教者"。郑伯奇《圣处女的出路》中梅英的母亲就是因为丈夫去世、亲族觊觎自己的家产才把女儿梅英献给教堂,成为"吃教者"。成为"吃教者"后,她总算保全了家产,保住了家族地位,另一个女儿也过上了丰衣足食的生活,成为活泼的"摩登女郎"。但献出女儿的母亲却遭受着内心的煎熬:看到梅英在教堂遭受非人折磨时,她内心十分痛苦,却又束手无策,写尽"吃教者"的辛酸与无奈。许地山笔下的玉官,则是现代中国文学史上一个鲜活的"吃教者",体现了"吃教者"最真实的一面。与郑伯奇笔下的"吃教者"类似,玉官也是因为死了丈夫,被小叔粪扫骚扰而进教堂做"老妈",寻求教堂的庇护。但玉官的内心时时备受煎熬,教堂的规矩礼仪都与玉官中国式传统的鬼神观念相冲突,在乡间传道时,她到基督教会预备用作教堂的大房子休息,却要用中国的《易经》来对付莫须有的鬼怪。由此可见,教堂尽管保障了玉官的生命、财产安全,为其子提供了良好的教育,却不能安放她的身心。玉官是一个典型的现实主义者,她的一切信仰均从现实的角度出发,当教堂不能解决她的精神苦恼时,她就"气得教堂都不去了","她想她所信的神也许是睡着了"。[2]但其实,

---

[1] 李永东:《半殖民地中国"假洋鬼子"的文学构型》,《中国社会科学》2017年第3期。

[2] 许地山:《玉官》,载乐齐主编《神秘奇特 异域情韵:许地山小说全集》,中国文联出版公司1996年版,第364页。

玉官根本就不信神，教堂之于她只有现实的功利的需要，并无任何神圣之感，她信的神自然不在教堂。

现代作家还利用小说人物形象与教堂空间的冲突刻画了当时社会中的一类民族主义者形象。陈荒煤的《在教堂里歌唱的人》中的年轻人，在经历了一系列家庭变故后，便与教堂划清界限，把传教士占据的教堂空间看作殖民势力的象征，作者通过年轻人对教堂态度的几次转变，刻画出一个找到新方向、充满期待的延安年轻人形象。田汉《午饭之前》[1]中的大姊，每个礼拜天都要到教堂做礼拜，最后却发现教堂的上帝并不能拯救自己，并把父亲、母亲的死归咎于上帝，决定向他"复仇"。在萧乾《皈依》中的景龙看来，"华丽的教堂"就是囚禁妹妹的牢笼，教堂象征的就是"白面书生天天所喊打倒的帝国主义"[2]，他在教堂找到了复仇的机会，并在此发泄满腔的民族仇恨。作者通过景龙与教堂之间尖锐的冲突，刻画出一个激进的民族主义者和复仇者形象。而萧乾的另一部小说《参商》则更有意味，参商指的是天上的参星与商星，二者彼出此没，以此比喻彼此对立。小说正是以对立为线索的——主人公萍对教堂充满嫌恶，但女朋友的姑姑是一个虔诚的基督徒，她要求萍在周日一起到教堂礼拜。萍为了"爱"不得不陪女朋友及其姑姑到教堂去，教堂的牧师在萍看来是个

---

[1] 参见田汉《午饭之前》，载《田汉全集》编委会编《田汉全集》（第1卷），花山文艺出版社2000年版，第143—162页。
[2] 萧乾：《皈依》，《萧乾短篇小说选》，人民文学出版社1982年版，第107页。

"丑角",对于在复活节装饰一新的教堂,萍也只有淡漠。小说的叙述看似平缓,但萍与教堂的冲突实则是尖锐的。最后,爱的力量也没能让萍入教,他离开了教堂。小说并没有清楚地交代萍为什么讨厌教堂,但从某些细节来看,包括教堂在内的教会空间、教徒的特权,是主要原因之一——"地窖里有多少人仍在做着苦工是不必问的,教区附近的人家却充满了闲散和慵懒"[1]。

萧乾小说《皈依》中的主人公妞妞,是时代语境下的另一类特殊人物形象。在小说中,妞妞与哥哥景龙、母亲形成鲜明对比,景龙对教堂充满仇恨,把它看作帝国主义的象征,母亲则对教堂充满恐惧,而妞妞却对教堂充满向往。镶满红玻璃、绿玻璃,飘着鲜艳的万国旗的教堂,吸引着妞妞,她甚至不顾母亲与哥哥的反对,跑到教堂去。通过妞妞与教堂的关系,萧乾刻画的是一个对新鲜的事物充满好奇、歆羡的人物形象。

二、教堂的权力空间内涵

在现代中国文学的相当一部分作品中,教堂是必不可少的故事场景,中国半殖民的历史在教堂空间中被"浓缩、凝聚,变成艺术上可见的东西"[2],教堂被卷入情节之中,参与塑造了

---

[1] 萧乾:《参商》,《萧乾短篇小说选》,人民文学出版社1982年版,第154页。
[2] [苏]巴赫金:《小说的时间形式和时空体形式——历史诗学概述》,载钱中文主编《小说理论》,白春仁、晓河译,河北教育出版社1998年版,第275页。

一批近现代中国社会中典型的受殖者形象。这些参与叙述中国历史的教堂空间，无疑具有相应的时空体价值——丰富的空间内涵。

在现代中国文学中，教堂空间具有绝对的优势。在李伯元的《文明小史》[1]中，落难的刘秀才先是逃到寺庙中，但其在寺庙里饱受和尚奚落，无奈之下只能投奔隔壁的教堂。在教堂里，刘秀才不仅生命无虞，还借教士的势力搭救了自己的朋友，教士把刘秀才等一群被官府捉拿的要犯送到城里的教堂，这样一来，即使是傅知府亲自到教堂捉人也无济于事。从小说的这一情节来看，作者首先是在与中国传统的文化空间寺庙的对比中，突出教堂空间的优势。小说中的寺庙，非但没有为落难的刘秀才提供庇护，还在无形中造成对刘秀才的二次伤害。寺庙中的和尚贪得无厌，只想从刘秀才身上捞取好处，眼看刘秀才钱财散尽，便下"逐客令"。而寺庙隔壁的教堂则与其形成鲜明对比，教士不仅精心照顾生病的刘秀才，还凭借教会的势力搭救刘秀才的其他朋友，将他们运送至城里的教堂。其次，作者又在与中国的官府、衙门等政治空间的对比中，突出教堂空间的政治优势（特权）。教堂包庇了一群官府捉拿的要犯，即使知府亲自到场，也不能将"犯人"绳之以法。与中国的官府相比，教堂就是权大一级的"洋衙门"，拥有无上的政治特权。从以上两种对教堂空间的对比描述方式

---

[1] 参见李宝嘉《文明小史》，华夏出版社2013年版。

中，我们可以看出半殖民语境下作者"在多重统治力量裂缝间生存的充满矛盾张力的文化应急状态"[1]。一方面，与教堂空间相比，作为中国传统文化空间代表之一的寺庙藏污纳垢，庙里的和尚卑鄙势力，全无中国传统寺观空间的诗化特征；另一方面，作为"洋衙门"的教堂，反映的正是西方殖民势力对中国主权肆无忌惮的干涉。作者一方面把中国视作"野蛮、愚昧、落后的'非文明'一方"[2]，另一方面也对西方殖民势力进行了批判。

拥有政治特权的教堂空间，不仅能包庇官府捉拿的要犯，亦能庇护弱势群体。在郑伯奇的《圣处女的出路》中，遭受亲族排挤的母亲把女儿梅英献给教堂，寻求教会的庇护；同样，被自己的小叔粪扫骚扰的玉官也加入基督教，只要一进入基督教的福音堂，自己便再也不会受到欺辱。无论是郑伯奇笔下的教堂，还是《玉官》中的福音堂，都是拥有政治特权的空间，其政治特权为中国走投无路的人们提供了庇护，在普通老百姓眼中，教堂就是无所不能的"洋衙门"。在教堂空间中，与政治特权相伴的是经济、文化特权。在《玉官》中，教会通过让教民捐献财物的方式敛财，又以其他方式给信徒施以恩惠。小说中的杏官就捐款，在乡间修盖了一所福音堂。成为"圣经女人"的玉官因此受惠，一

---

[1] [美]史书美：《现代的诱惑：书写半殖民地中国的现代主义（1917—1937）》，何恬译，江苏人民出版社2007年版，第42页。
[2] 于相风、李永东：《半殖民中国应对西方文明的姿态——〈文明小史〉解读》，《福建论坛（人文社会科学版）》2017年第1期。

旦进入福音堂,每月不仅可以领到薪金,孩子亦可到教堂念书,一概免缴学费。而在部分百姓眼中,教堂及其西方文化无疑优于中国文化,教堂是令其神往的文化空间。萧乾《皈依》中的一段文字,典型地写出了这部分人对教堂的向往:

> 当妞妞随了大队跨进"堂"里时,她感到又羞怯又美滋滋的。那"堂"打扮得多好看呀。红的玻璃,绿的玻璃,各色的玻璃把人晃得好像进了仙人世界。鲜艳的万国旗交叉地系满全堂,噼啪地飘响着。那穿制服的黄毛男子嗓音多宏亮啊。他领着大家唱……[1]

由此可见,教堂空间不仅在政治、经济上拥有特权,与中国本土的文化空间相比,亦具有绝对的优势,成为一般百姓羡慕、向往的空间。对普通百姓而言,装潢华丽的教堂无疑是日常生活里唯一可能对其开放的空间,也是一种感受西方文明、现代化的最廉价的方式。因此,教堂对其具有相当的吸引力。

三、教堂的空间冲突与反抗特权

尽管普通百姓受惠于拥有政治、经济、文化特权的教堂空间,但身处教堂空间的中国人又常常遭受精神的煎熬;而作为权

---

[1] 萧乾:《皈依》,《萧乾短篇小说选》,人民文学出版社1982年版,第94页。

力空间的教堂,则常常引发民族主义的情绪。

许地山的《玉官》生动形象地写出了身处教堂空间的"圣经女人"来自精神上的煎熬。小说中的玉官为免受小叔的骚扰,加入天主教会,每天到家附近的福音堂当"老妈"。后来,玉官又被教会派往乡间传教,成为"圣经女人"。但作为"圣经女人"的玉官并不笃信天主教,她从骨子里依然固守中国传统的民间信仰。尽管已经加入天主教,但玉官依然供奉神主,"她把神主束缚起来,放在一个红口袋里,悬在一间屋里的半阁的梁下。那房门是常关着,像很神圣的样子。她不能破祖先的神主,因为她想那是大逆不道,并且于儿子的前程大有关系"[1]。而小说中最典型的一处描写则是玉官到乡下传教时,住在教会准备用来做教堂的院子里极度恐惧的心理动态:

她睁着眼听外面许多的声音,越听越觉得可怕。她越害怕,越觉得有鬼迫近身边。天气还热,她躺在竹床上没盖什么。小油灯,她不敢吹灭它,怕灭了更不安心。她一闭着眼就不敢再睁开,因为她觉得有个大黑影已经站在她跟前。连蚊子咬,她也不敢拍,躺着不敢动,冷汗出了一身。至终还是下了床,把桌上放着的书包打开,取出《圣经》放在床上,口里不歇地念及西信经和主祷文,这教她的

---

[1] 许地山:《玉官》,载乐齐主编《神秘奇特 异域情韵:许地山小说全集》,中国文联出版公司1996年版,第328页。

心平安了好些。四围的声音虽没消灭,她已抱着《圣经》睡着了。一夜之间,她觉得被鬼压得几乎喘不了气。好容易等到鸡啼,东方渐白,她坐起来,抱着圣书出神。她想中国鬼大概不怕洋圣经和洋祷文,不然,昨夜又何故不得一时安宁?她下床到门口,见陈廉已经起来替她烧水做早餐。陈廉问她昨夜可睡得好。玉官不敢说甚么,只说蚊子多点而已。她看见陈廉的枕边也放着一本小册子,便问他那是什么书。陈廉说是《易经》。因为他也怕鬼。她恍然大悟中国鬼所怕的,到底是中国圣书![1]

尽管玉官住在预备用来做教堂的房子里,身旁还有《圣经》,但夜里教堂与《圣经》却不能带给她安全感,在她的意识里,"中国鬼所怕的,到底是中国圣书"。由此可见,教堂于中国人而言依然是隔膜的,玉官精神上的依归还是来自我国传统的民间信仰。其实,与其说玉官在乡间教堂里遭受鬼魅的侵扰,不如说她经历了一场中国传统信仰与基督教文化信仰的暗中较量,所谓的"鬼魅",不过是一直萦绕于玉官心里的信仰冲突罢了。在小说中,玉官的这种信仰冲突转变为空间冲突——中国传统信仰空间与教堂空间的冲突。玉官保留着的供奉祖先的神龛,所代表的就是中国传统的信仰空间;教堂虽然让玉官母子免受小叔骚扰,

---

[1] 许地山:《玉官》,载乐齐主编《神秘奇特 异域情韵:许地山小说全集》,中国文联出版公司1996年版,第331页。

衣食无忧，却不能带给她真正的安全感。从这一点来看，许地山的这部小说，带有"文化民族主义"的倾向。

而郑伯奇的《圣处女的出路》和萧乾的《皈依》，则在一定程度上反映出"政治民族主义"[1]的倾向。郑伯奇把教堂对修女的压制极端化，被迫进入教堂成为修女的梅英，在教堂里饱受牧师的欺侮，精神和身体都受到摧残：小说中形容梅英"面黄肌瘦，形容凄惨"；因为回家照相、玩乐，梅英便被牧姆惩罚，在礼拜堂跪通宵；"拷问""监视"就是梅英在教堂中的日常生活。为了帮助梅英脱离教堂苦海，叙述者"我"和朋友吴剑豪想出对策，最终梅英与吴剑豪逃离西安，在北平过上幸福生活。"反帝"与"讽刺"是郑伯奇小说的两大主题，在《中国新文学大系·小说三集·导言》中，郑伯奇曾这样评价自己的小说创作："就以从前写的东西来看，《最初之课》多少有反帝的意义，《忙人》不失为讽刺的作品。以后他意识到要从事文学，写出来的东西依然不脱这两种倾向。"[2]《圣处女的出路》同样反映出作者反帝的倾向，小说中的教堂，就是帝国主义及其殖民势力压迫中国人民的空间。

同样，萧乾小说《皈依》中的妞妞对教堂充满向往，她的哥

---

[1] "政治民族主义指的是对民族或国家的强烈的政治认同。文化民族主义指的是一种对母语文化的强烈认同。"政治民族主义"对民族的主权和独立，对国家在政治、经济、军事上的荣衰强弱十分关心"。参见阮炜《政治民族主义与文化民族主义》，《书屋》1997年第6期。

[2] 郑伯奇编选《中国新文学大系·小说三集·导言》，上海良友图书印刷公司1935年版，第249页。

哥和母亲却把教堂当作帝国主义与殖民势力的空间,对教堂充满仇恨。在景龙看来,教堂就是帝国主义殖民势力囚禁妹妹的空间,"看到堂役横在绿门的情景,景龙更断定他妹妹必是被囚在里面了。他想一脚踢开这可恶的绿门"[1],在妞妞看来极具吸引力的教堂,在景龙眼中却是异常可恶——"当前他觉得是一个极严重的局势。白面书生天天所喊打倒的帝国主义似乎就立在他面前了。他眼睛里迸起火星,他感到极大的侮辱。他看到了复仇的机会。抓在妞妞肩头的那只毛茸茸的手,像是掐着民族喉咙的一切暴力。他一把给拽开,随着,狠狠地在那姜黄制服的前胸推了一掌"[2]。对教堂空间的两种极端化情绪在萧乾的其他作品中也有表现,如《死水微澜》中的教堂,既是顾天成等人极力巴结、进入的场所,又是罗歪嘴等人眼中洋人势力盘踞的空间。

靠近与逃离,羡慕与仇恨往往是作品中人物形象对教堂空间相互交织的情绪。教堂空间的内涵因此含混不清,现代性与民族主义相互交织,殖民与解殖民循环往复。在现代文学中,教堂一方面被当作"现代味"十足的空间,作品中的"妞妞们"被这一空间所吸引,羡慕其华丽的装潢,"蔡大嫂们"从教堂里学习时髦的装扮,"王志翔们"以教堂为跳板飞黄腾达;另一方面,教堂

---

[1] 萧乾:《皈依》,《萧乾短篇小说选》,人民文学出版社1982年版,第105页。
[2] 萧乾:《皈依》,《萧乾短篇小说选》,人民文学出版社1982年版,第107页。

又对身处其中的中国人造成身体与精神上的双重压迫,年轻的修女被囚禁于教堂空间,身心遭受巨大伤害,教堂虽然保护了"玉官们"生命财产的安全,却不能带给她们精神上的安慰,传统的信仰始终占据上风。而"景龙们"只把教堂当作向帝国主义复仇的场所,对教堂空间充满仇恨。在教堂空间,现代性话语与民族主义话语相互交织,殖民与解殖民并行不悖。

"文学在人们生活的现实时间和空间当中,以一种艺术方式和艺术手段,创造了一个'时间'与'空间'秩序……从文学的'时间'与'空间'角度去接近文学的'本质'问题思考,应该是一种可以成立的研究视角和路径。"[1]作为"空间"的教堂,是郑伯奇的《圣处女的出路》、穆时英的《圣处女的感情》、萧乾的《皈依》以及陈荒煤的《教堂里歌唱的人》中必不可少的故事场景,见证了甲午战争至《辛丑条约》(《死水微澜》)、甲午战争至抗战爆发(《玉官》)的中国近现代历史,容纳了陶茜、玛丽、梅英、王志翔、玉官、妞妞、景龙等一批丰富的受殖者形象。总体而言,现代文学中的教堂是近现代中国的权力空间,其空间内涵含混复杂、矛盾重重,靠近与逃离、艳羡与仇恨成为作品中人物形象对教堂充满悖论的感受,现代性话语与民族主义话语相互交织,殖民与解殖民重复往返,典型地体现出含混的空间特性。

---

[1] 张大为:《文学的"时间"与"空间"》,《文艺评论》2016年第11期。

第四节
阶级与性别话语改写下的教堂空间
——以1940年前后延安文学中的教堂书写为中心

教堂是基督教文化与中国文化碰撞的过程中一个颇有意味的空间。西方的教堂是人与神灵交往的专门场所,是一个宗教的神圣空间。但在中国,教堂除了具有宗教意味,更是一个民族冲突、文化冲突频发的空间。这些点状分布的教堂,逐渐成为古老中国的异质景观,并进入现代作家的创作视野。从日记、游记等纪实性文学到小说、诗歌、散文等文学体裁,都不乏教堂书写。而在现代中国文学的教堂空间图谱中,1940年前后的延安教堂尤其显得别具一格。1940年前后的延安,作家笔下的教堂既具有某种"特殊的情调",又交织着阶级、性别等革命内部的话语,体现出彼时文艺充满活力的一面。本节以毛泽东1942年《在延安文艺座谈会上的讲话》之前的教堂书写为中心,并非强调延安文艺以1942年为界前后两个时段的断裂,而是通过内涵各异的教堂空间,勾勒1940年前后延安复杂的文化语境,以及历史延续中文艺与革命的多种面向。

一、从"小观园"到阶级空间:"鲁艺"的空间意蕴

(一)教堂与1940年前后"生长"中的鲁艺

鲁迅艺术学院成立于1938年4月,其校址1939年8月初从延安城北门外迁至东郊离城十多里的桥儿沟天主教堂。11月,中央新任命吴玉章为院长,周扬为副院长。此后,鲁艺的日常工作,主要由周扬负责主持。1940年5月,鲁迅艺术学院改名为"鲁迅艺术文学院"[1]。据研究,鲁艺的教育方针一度有所调整,成立之初主要是强调培养抗战的艺术工作干部,之后强调共产党的领导地位,整风运动之后则强调艺术为现实政治服务。[2] 总体来看,在1940年前后,鲁艺在教育方针上强调站在马列主义的立场上培养抗战的艺术工作干部和新时代的艺术人才——"以马列主义的理论与立场,在中国新文艺运动的历史基础上,建设中华民族新时代的文艺理论与实际,训练适合今天抗战需要的大批艺术干部,团结与培养新时代的艺术人材,使鲁艺成为实现中共文艺政策的堡垒与核心"[3]。不过,实际的教育情况与该方针尚有一定落差。伯滋在1940年的一篇记叙鲁

---

[1] 王培元:《抗战时期的延安鲁艺》,广西师范大学出版社1999年版,第12页。
[2] 参见朱鸿召《延安曾经是天堂》,陕西人民出版社2012年版,第198—204页。
[3] 罗迈(李维汉):《鲁艺的教育方针与怎样实施教育方针》(1939年4月10日),延安革命纪念馆文献资料,转引自《延安文艺丛书》编委会编《延安文艺丛书·文艺史料卷》,湖南文艺出版社1987年版,第786页。

艺的文章中,就指出鲁艺"新的作风还没有完全建立起来",而是"在一天天生长"。[1]

这种"生长"中的鲁艺在延安多少显得有些特殊,一方面,鲁艺的大部分教师是现代文学史上举足轻重的作家,但初到鲁艺,他们多带有昔日感伤、犹疑的性格特征,体现出"过去"与"当下"、"旧我"与"新我"的交锋。1938年,26岁的何其芳与沙汀、卞之琳等人一起奔赴延安,随后何其芳被任命为鲁艺文学系主任,兼任文学系教员。在何其芳看来,包括鲁迅艺术学院、中国抗日军政大学、陕北公学在内几所学校的创办,表明延安在"不断的进步"[2]。何其芳看到延安的"进步",并大声歌颂延安,想要以饱满的热情投入工作,但昔日的感伤诗人的微妙情愫又不时困扰着他,"'应该的''想成为'的工作状态与自己实际的工作感受、自动涌现的那些隐秘的个人情愫在互驳,更投入地工作的愿望真挚又迫切,而自我说服却又显得犹疑和勉强"[3]。何其芳的这种"生长"、调整中的身心状态,在延安的一部分知识分子中颇有代表性,"过去"与"当下"辩驳的情绪,构成1940年前后鲁艺文化氛围的一部分。另外,在教师知识储备和个人风格的影响下,鲁艺在教学内容和文化氛围上有一段时间偏向

---

[1] 伯滋:《鲁迅艺术学院》,《剧场艺术》1940年第2卷第6—7期。

[2] 何其芳:《我歌唱延安》,《何其芳文集》,华夏出版社2000年版,第359页。

[3] 刘璐:《何其芳的"工作伦理"与文学转向——以1937年—1942年何其芳的经历和写作为中心》,《文学评论》2018年第4期。

"提高",相对忽略了"普及"。以周立波为例,1940年到1942年在给鲁艺文学系的学生开设"名著选读"课时,主要讲授的就是"高尔基、法捷耶夫、绥拉菲摩维奇、涅维洛夫,与普希金、莱蒙托夫、果戈理、托尔斯泰、屠格涅夫、陀思妥耶夫斯基、契诃夫,以及歌德、巴尔扎克、司汤达、莫泊桑、梅里美、纪德等和他们的经典名著","这些课程大大提高了同学们的文学知识和欣赏写作水平"[1]。对于这门课程,鲁艺学生一度认为它是鲁艺历史上"最具有浪漫色彩的篇章之一"[2]。这些"具有浪漫色彩"的学习生活,造成鲁艺一段时间内的相对封闭,偏离了培养抗战需要的艺术干部的目标和中国共产党文艺政策的方向。

除了学习,鲁艺学生的生活在延安的青年中也显得"特殊"。陈学昭在访问延安的时候就捕捉到延安女学生的这种"特殊"。据她的记录,由于自己穿着丝质的西装,走在延安的大街上曾被吹口哨,但一个月后她在鲁艺看到有女学生穿着"绿色丝质西装,式样也还新,正从公路上走来,没有人向她吹口哨。也没有人注视她,我推究缘故,想该是她已经被人们看惯了,熟识了……不觉得特别,也就不觉得不好"[3]。

这种"新""旧"交错的特殊氛围在茅盾1940年创作的《记

---

[1] 林蓝:《〈周立波鲁艺讲稿〉校注附记》,载周立波《周立波鲁艺讲稿》,上海文艺出版社1984年版,第159—160页。

[2] 岳瑟:《鲁艺漫忆》,载程远主编《延安作家》,陕西人民教育出版社1992年版,第232页。

[3] 陈学昭:《延安访问记》,北极书店1940年版,第77页。

"鲁迅艺术文学院"》[1]一文中以哥特式大礼堂的意象得到了生动的反映。1940年5月下旬,茅盾在西安短暂停留之后到达延安,随后寓居桥儿沟东山的窑洞4个多月。其间为鲁艺的学生讲授《市民文学概论》[2]等。从山上的寓所,茅盾正好可以看到山下鲁艺校舍的全景。在《记"鲁迅艺术文学院"》一文中,他首先描写了校舍、学生、山谷,并特别写到"鲁艺教员东山住宅区",描绘了这些"或清雅,或明艳,或雄壮而奇特"的"文艺家之家",以及在广场散步的文艺家的夫人和正在演讲的陈荒煤等人。这些景象构成"'鲁艺'生活的一部分的氛围"。而另一部分,就是鲁艺的校园生活,这也是茅盾这篇散文的重点。茅盾记叙鲁艺的校园生活,是从鲁艺的校舍——道地的西式建筑(天主教堂)写起的:

> "鲁术"[3]的校舍是延安唯一的道地的西式建筑。大约是一九二五年吧,西班牙的神甫在桥儿沟经营了这巍峨的建筑。全体是石头和砖的,峨特式的门窗,可容五六百人的大礼拜堂(现在是太礼堂),它那高耸入云的一对尖塔,远远就可以望到,那塔尖的十字架也依然无恙,"鲁艺"美

---

[1] 该散文分上、下篇,分别刊登于《学习》杂志1941年第5卷第2期和第4期。
[2] 参见王培元《抗战时期的延安鲁艺》,广西师范大学出版社1999年版,第382页。
[3] "鲁术"即"鲁艺"。

术系的一个学生——富有天才的青年木刻家文元,曾经取这从前的"大礼拜堂"及其塔尖为题材,作了一幅美妙的木刻,题名曰《圣经时代已经过去了》[1];正像这幅木刻所示,现在这所巍峨的建筑四周的大树荫下,你可以时时看见有些男女把一只简陋的木刻子侧卧过来,靠着树干,作成一种所谓"延安作风"的躺椅,手一卷书,逍遥自得的在那里阅读。[2]

茅盾首先勾勒出大礼堂的"西式"特征:峨特式的门窗、高耸入云的一对尖塔、塔尖的十字架。寥寥几笔,写出鲁艺的教堂的外形。他接着引用古元的木刻画《圣经时代已经过去了》,以揭示教堂空间性质的变化:青年男女诗情画意的学习生活改写了宗教空间庄严肃穆的一面。这种诗情画意的景象,在《记"鲁迅艺术文学院"(下)》中体现得更明显:"大礼堂后边第一个院子里,正展开一幅诗意的画面,两列峨特式的石头建筑,巍然隔院而对峙,这是学生的宿舍……月明之下,树影婆娑,三人五人,一小堆一小堆的青年……"在茅盾的笔下,这些青年或谈心,或弹曼陀林,和唱,"如微风穿幽篁",后来"终于大家不谋而合地唱起'风在吼,马在啸,黄河在咆哮'","歌声像风

---

[1] "文元"即木刻家古元。《圣经时代已经过去了》现一般作《圣经时代过去了》。
[2] 茅盾:《记"鲁迅艺术文学院"(上)》,《学习》1941年第5卷第2期。

发云涌愈来愈高愈壮烈,到了顶点",笑声过后,"又轻轻传出带点哀婉味儿的民歌的旋律"。[1]

作者对鲁艺空间的描绘以青年人的活动为中心,正如茅盾在同时期的《风景谈》中所写的,人是"'风景'的构成者","人类的高贵精神的辐射,填补了自然界的疲乏,增添了景色,形式的和内容的。人创造了第二自然!"[2]不过,有意思的是,在"鲁艺"空间中,人所创造的"风景"却与《风景谈》中的"风景"有所区别:鲁艺的青年男女"创造"的是充满诗情画意的浪漫"风景",《风景谈》中的风景却显得更为雄浑、质朴,人所"创造"的是与"静穆""雄浑"的大自然融为一体的"美妙的图画"。在《风景谈》中,无论是种田人的剪影、鲁艺师生劳动生活的场面,还是延安人民劳动之余的生活场景、守卫北国的英雄哨兵,由于身处"寂寞的荒山""单调的石洞",他们所"创造"的风景区别于公园里说悄悄话的恋人所构成的"风景",是"使大自然顿时生色"的"奇迹"。作者同时期的另一篇散文《开荒》,突出的也是青年男女对苦寒的黄土高原的改造,而非浪漫的"风景":"曾经是摘粉搓脂的手,曾经是倚翠偎红的臂,现在都举起古式的农具,在和那亿万年久的黄土层搏斗——'增加生产',一个燃烧了热情的口号!而且还有另

---

[1] 茅盾:《记"鲁迅艺术文学院"(下)》,《学习》1941年第5卷第4期。
[2] 茅盾:《风景谈》,《文艺阵地》1940年第6卷第1期。

一面的开荒,扫除文盲,实行民主,破除迷信,发展文艺,提倡科学……"[1]事实上,当时延安的另一位木刻家力群的《延安鲁艺校景》[2]就更接近茅盾在《风景谈》《开荒》等文中描绘的景象。这幅木刻画与古元的《圣经时代过去了》最明显的差异在于,鲁艺校园外不再是古元木刻画中手握一卷书、躺在木凳上悠闲阅读的青年,而是持枪站岗的战士、赶车参加生产的农民。从构图来看,画面的中心是鲁艺——哥特式的教堂,不过这座西式的建筑在远山的衬托下更显巍峨肃穆,战时严肃紧张的生产生活情景与茅盾据以烘托鲁艺诗情画意的古元的木刻画构成极富张力的对比。

茅盾的《记"鲁迅艺术文学院"》两次写到大礼拜堂以及礼拜堂里青年男女的活动,这些带着浪漫色彩的活动所形构的鲁艺,

---

[1] 茅盾:《开荒》,《笔谈》1941年第6期。
[2] 力群的这幅木刻画曾于1941年8月16日在边区美协第一次展览会上展出,艾青参展后肯定力群的创作所体现的新质,认为他这次参展的作品体现出"创作路程上的一个主要的迈进",并特别指出《延安鲁艺校景》是力群这次参展的几幅作品中"最值得称赞的一幅"。在艾青的这篇文章中,这幅木刻画的名字是《昨日的教堂》。参见艾青《第一日(略评"边区美协1941年展览会"中的木刻)》,《解放日报》1941年8月18日。又,根据中国嘉德2019年春季拍卖会上展出的作品,力群1992年12月给这幅木刻画的签名为:"《延安鲁艺校景》力群1941年作。这里是教堂,不宣传上帝,而宣传马克思;这里是教堂,但在教堂里,不诵读《圣经》,而讲授《共产党宣言》。我们是无神论者,而且要把旧世界,打得粉碎。但我感谢教堂,因为在这里我掌握了,革命的思想武器。力群92.12.2。"

更像毛泽东所谓的"小观园",而不是真正的"大观园"。[1]这种充满诗情画意的"小观园",体现出外来作家对教堂的初步改写,而这种改写带着浪漫情调,在某种程度上是一种"小资产阶级"式的改写,捕捉的是鲁艺"生成"中的特殊的文化氛围。对比茅盾匆匆过客的身份(茅盾只在鲁艺停留了4个月),作为鲁艺师生的陈荒煤和贺敬之,对教堂空间政治内涵的微妙变化更为敏感,对延安的文艺政策也更有在地的体验,他们以"工农兵"式的阶级话语进一步改写了教堂空间。

(二)阶级空间:鲁艺师生笔下的教堂

对于鲁艺"小观园"的一面,毛泽东早有警惕。1938年,柯仲平在《是鲁迅主义之发展的鲁迅艺术学院》中就引用毛泽东的文化指示说明了鲁艺的方向——"组织十年来的文化成果,训练起千万的文化干部,送到全国各战线上去工作,这是很有必要

---

[1] 毛泽东关于大观园、小观园的论述,何其芳、胡乔木、岳瑟等人均有回忆,如何其芳在《毛泽东之歌》中记载:"《红楼梦》里有个大观园。大观园里有个林黛玉、贾宝玉。你们鲁艺是个小观园。你们也就是林黛玉、贾宝玉(说到这里,他两只手臂抱在胸前,笑了起来)。但是,我们的女同志不要学林黛玉,只会哭。我们的女同志比林黛玉好多了,会唱歌,会演戏,将来还要到前方打仗。抗日民主根据地就是大观园。你们的大观园在太行山、吕梁山。"参见何其芳《毛泽东之歌》,《何其芳全集》第7卷,河北人民出版社2000年版,第385页。

的……"[1]。1939年,毛泽东又对中央干部教育部副部长李维汉强调鲁艺"没有确定正确的方向"[2]。对此,陈荒煤等鲁艺文艺工作团的成员也有过反思。在总结敌后文艺工作时,他们就指出鲁艺文艺工作团的缺点:工作缺乏计划、不够深入,对于文艺大众化问题注意不够,缺乏检查制度;生活上则深入生活不够,不能真正了解斗争者的生活、感情和思想,仅仅观察了表面的生活和行动。[3]陈荒煤的创作正是在这种反思、总结中进行的,他笔下的教堂通过时间与空间的辩证关系,揭示旧时代作为宗教空间的教堂对阶级压迫的遮蔽,突出延安时期鲁艺教堂的阶级属性,而非"小观园"式的浪漫情调。

1941年,以鲁艺为题材,陈荒煤创作小说《在教堂歌唱的人》。该小说以一个年轻人对教堂的体认为叙事线索。对小说中的年轻人而言,教堂似乎与"起来,饥寒交迫的奴隶"这样的歌声格格不入,与自家"又矮又小""又潮湿又阴暗"的小房子和"肮脏的小胡同"相比,教堂首先意味着"贫""富"的鲜明对比:

---

[1] 柯仲平:《是鲁迅主义之发展的鲁迅艺术学院》,《新中华报》1938年4月20日。另:关于毛泽东的这段文化指示,柯仲平在这篇文章中的引用有错漏。经过"毛泽东先生的亲笔订正",柯仲平在《新中华报》第432期(1938年4月30日)上的《柯仲平启事》中作了修正。
[2] 陈晋:《文人毛泽东》,上海人民出版社2005年版,第190页。
[3] 参见荒煤、梅行、黄钢《关于敌后文艺工作的意见——"鲁艺"文艺工作团集体写作》,《抗战文艺》1940年第6卷第2期。

不过，我记得第一次走进教堂去，倒像真正是走进了天堂。那是一个春天的早上，太阳很好，很暖和。教堂金色的塔尖从白杨树丛里闪着一片耀眼的金光。钟声有节奏地柔和地敲着。在灰色矮墙里，我看见一片绿茸茸的草地，栽满了一些我从来不认识的没有见过的红的，黄的，蓝色的花朵——到现在我还是叫不出那些花的名字——那要是和我的家比较起来，那就是地狱和天堂。[1]

有意思的是，在艳羡天堂般的教堂时，年轻人身处教堂，感到的却是压抑：

我只感觉到阴郁，压得我难受。真的，教堂虽然很高，有高大的窗棂，却是显得十分阴暗：神龛上的白烛摇曳着昏黄的光芒，照着没有光采的死的圣母画像，照着牧师披着一件大的黑袈裟，在台上像幽灵似地摇晃着，祈祷着，如同在呼唤着一种生活底绝望。……钟声在这时候显得很悲凉……[2]

对一个没有受到宗教熏陶的年轻人来说，庄严肃穆、宗教氛围浓厚的教堂空间难免会对其产生无形的威压。教堂内压抑的气氛取代了其华丽的装潢所带给年轻人的愉悦感受。而他对

[1] 荒煤：《在教堂歌唱的人》，《文艺阵地》1942年第7卷第2期。
[2] 荒煤：《在教堂歌唱的人》，《文艺阵地》1942年第7卷第2期。

教堂更深的憎恶则来源于另一次经历。年轻人曾跟随信奉天主教的祖母每周到教堂礼拜，在教堂里，他也曾光鲜地站在台上唱赞美诗，然而，这一切快乐终成转瞬即逝的幻影，他因为穿着补丁衣服遭到嘲笑，祖母在去教堂的路上中风去世。教堂遮蔽了阶级压迫，并不能改变他饥寒交迫的处境。不过，延安的教堂最终彻底颠覆了年轻人对教堂的认识，由教堂改造成的学校真正成了穷人的天堂，在这里，年轻人真正感到了快乐。

陈荒煤对教堂的改造，采用的并不是"正面突破"的方式，而是把童年记忆中的教堂不断纳入叙事，使昔日的教堂与"鲁艺"形成鲜明的对比："鲁艺"的大礼堂挂着鲜艳的红布画像，红色五角星取代了圣母玛利亚的神龛，为穷人呐喊的歌声取代了唱诗班的祷告。小说正是通过这种对比，突出鲁艺与延安所代表的新的方向与阶级属性。借回忆突出新旧世界的区别，进而实现对"桥儿沟天主教堂"（即鲁艺）的"迂回"改造是该小说的一大特点，教堂的空间性质通过时间上的新旧对比得以凸显，教堂成为艺术时空体——"时间在这里浓缩、凝聚，变成艺术上可见的东西；空间则趋向紧张，被卷入时间、情节、历史的运动之中。时间的标志要展现在空间里，而空间则要通过时间来理解和衡量。"[1] 这种在时间、情节、历史的运动中体现出空间的紧张感，以时间的新旧变换来重新衡量空间性质的手法在贺敬之的诗歌中

---

[1] ［苏］巴赫金：《小说的时间形式和时空体形式——历史诗学概述》，载钱中文主编《小说理论》，白春仁、晓河译，河北教育出版社1998年版，第275页。

得到了更鲜明的体现。

贺敬之的《不要注脚——献给"鲁艺"》创作于1940年10月，当时年轻的诗人刚刚考入鲁迅艺术学院，与他同时期的诗歌创作一样，"歌舞""跳跃""欢笑"等诗句表现出抒情主人公昂扬向上的热情。而诗人热情、欢欣的情绪动力，则来自延安所倡导的鲁迅精神。在"鲁迅"的指引下，抒情主人公的热情与欢欣达到了顶点，也正是因为鲁迅精神的加入，抒情主人公沸腾的情绪有了"理据"，而教堂的"改造"也更具合法性：

> 早晨的阳光，
> 铺上那院落，小路……
> 刺槐树茂密的叶子，
> 环绕着
> 教堂的尖顶。
> 早安呵，
> 我们的小溪，
> 我们的土壤。
> 这里是我们的学校——
> "鲁艺"！
>
> 在时代的路程上，
> 教堂

熄灭了火焰，

耶和华

走下了台阶……[1]

在第一段的诗中，"刺槐树环绕"着的教堂焕然一新，成为洒满朝阳的学校——鲁艺；在第二段的诗中，诗人进一步点明教堂新的性质，之前作为天主教教会空间的桥儿沟天主教堂，早已除去宗教的属性——"耶和华走下了台阶"，"教堂熄灭了火焰"。诗人把教堂性质的转变归结为时代的变换，即时间对空间的改造。在诗歌中，桥儿沟天主教堂由教堂向"鲁艺"的变化，于大时代而言，预示的是中华民族新方向的确立；于贺敬之个人而言，也预示着新的开始。贺敬之童年时接受过天主教宗教氛围的感染与熏陶，并且在天主教教堂创办的小学里接受过文化启蒙，但随着抗日战争的爆发，其求学变得举步维艰。在战火硝烟中，贺敬之受到进步思想的影响，从担任拉丁文字学会会长到投考滋阳简师，再到奔赴延安鲁艺，贺敬之开始主动向延安靠拢，在文学创作上、思想上都发生了自觉的转变。[2]

在改造后的鲁艺，鲁迅是一面精神的旗帜。作为一面旗帜，鲁迅精神把延安文人会集在鲁艺，"解释着我们""领导我们"，

---

[1] 贺敬之：《不要注脚——献给"鲁艺"》，《贺敬之文集一·新诗卷》，作家出版社2005年版，第50—51页。

[2] 贾漫：《诗人贺敬之》，大众文艺出版社2000年版，第1—40页。

作为"火把""燃烧不熄";在诗中,"熄灭了火焰""耶和华走下了台阶"的桥儿沟教堂空间,变为"红星照着""铁锤拥抱着镰刀在跳跃"的新空间。"红星""铁锤""镰刀"等意象很显然带有无产阶级的阶级属性,在"时代的路程上"(时间的纵向演变上),阶级空间取代了宗教空间。在阶级空间的鲁艺,文艺工作者也带有阶级的属性——艺术家像农民一样"耕耘",作为"战斗员"和"突击者"而"工作不息",艺术工作者再也不是待在"亭子间"和"山顶上"的孤独者,而是"了解生活和革命","不要注脚"的艺术工作者。在新的阶级空间,昂扬向上的基调成为主旋律,因此,诗人主动抛弃了"'艾青式'的忧郁"[1]:

在我们的场园里
我们赶出了
"伤感"的女神,
摒弃了
镀金的哀愁。[2]

《在教堂里》和《圣诞节》这两首诗歌在创作时间上稍晚于《不要注脚——献给"鲁艺"》,是作者根据"少年时代的生活记

---

[1] 钱理群、温儒敏、吴福辉:《中国现代文学三十年》,北京大学出版社1998年版,第430页。
[2] 贺敬之:《不要注脚——献给"鲁艺"》,《贺敬之文集一·新诗卷》,作家出版社2005年版,第52页。

忆写出来的"[1]。因为"死亡"和"饥饿"的反复渲染，这两首诗歌通常被解读为"批判现实主义"的作品。不过，在"鲁艺"作家普遍昂扬向上的创作氛围下，不妨把这两首诗作为《不要注脚——献给"鲁艺"》的"注脚"来解读。《不要注脚——献给"鲁艺"》属于高昂的抒情诗，在欢快明朗的基调中，代表旧世界的教堂退出了历史舞台，被改造为代表延安无产阶级文艺方向的鲁艺。而对于代表旧世界的"教堂""耶和华"，这首诗歌却并未铺展。把《在教堂里》和《圣诞节》中代表灰暗旧世界的教堂与鲁艺空间并置，"新"与"旧"的对比十分显著。可以说，贺敬之在"改造"桥儿沟天主教堂时，充分调动了童年的创伤性记忆，以回忆中的教堂作为"注脚"，赋予被无产阶级话语征用的"鲁艺"以新意。

值得注意的是，《在教堂里》和《圣诞节》中的教堂空间，虽然代表旧世界与鲁艺形成对比，但与其说二者截然对立，不如说它们代表的是"时代路程"的不同阶段。在贺敬之的回忆中，教堂依然是穷苦百姓走投无路时的选择，只是在贫穷与饥饿面前，教堂所能提供的庇护非常有限，鲁艺的改造正由此凸显出其价值。"空间里弥漫着社会生产关系；它不仅被社会关系支持，也生产社会关系和被社会关系生产"[2]，鲁艺弥漫的是新的生产

---

[1] 贺敬之:《乡村的夜》"附记"，作家出版社1957年版，第108页。
[2] 亨利·列斐伏尔:《空间：社会产物与使用价值》，王志宏译，载包亚明主编《现代性与空间的生产》，上海教育出版社2003年版，第48页。

关系，在与旧的生产关系中为穷人提供有限庇护的教堂相比，鲁艺改造得最彻底，它才是真正充满希望的空间。

在书写鲁艺的过程中，陈荒煤、贺敬之等人都征用了记忆中代表旧世界的教堂，通过时间与空间的辩证法，使鲁艺成为充满阶级隐喻的空间。与鲁艺的呈现方式不同，丁玲笔下的教堂一方面延续了茅盾诗情画意的"小资产阶级"式的面向，另一方面进一步赋予教堂以女作家特有的理性之光，揭示作为宗教空间的教堂在延安的另一重内涵，呈现别有意味的延安教堂图景。

二、性别视角下的天主教堂

鲁艺的大礼堂是当时延安少有的"道地"的西式建筑。不过，根据有关资料显示，边区政府境内还有不少天主教堂和基督教福音堂。1911年，天主教陕北教区成立，其主堂就是桥儿沟天主教堂。由于战乱以及宗教政策的影响，到西安事变后，陕北教区解散。随着抗日民族统一战线的建立，党的宗教政策越来越成熟，开始从政策上保障传教士的权利。因此，在边区政府1944年的统计中，境内还有天主教大小教堂20处，基督教福音堂7处。[1] 对于这一类作为宗教空间的教堂，丁玲在《我在霞村的时候》中做了别有意味的呈现。

---

[1] 参见郭林《陕甘宁边区的民族关系》，陕西师范大学出版社2001年版，第149页。

（一）教堂的呈现方式：逐渐消失的美丽风景

小说一共有两个地方集中描写霞村的风景，而这两处风景又分别对应着叙述者"我"的主体感受。小说的开篇是一段以教堂为中心的优美的风景描写：

> 远远地看这村子，也同其他的村子差不多，但我知道的，这村子里还有一个未被毁去的建筑得很美丽的天主教堂，和一个小小的松林，而我就将住在靠山的松林里，这地方就直望到教堂的。虽说我还没有看见教堂，但我已经看到那山边的几排整齐的窑洞，以及窑洞上边的一大块绿色的树叶，和绕在村子外边的大路上的柳林，我意识到我很满意这村子的。[1]

从这段话可以看出，教堂是优美风景的主要组成部分，日军蹂躏后幸存的美丽的天主教堂使得霞村在"我"眼里区别于其他的村子。也正因此，"我很满意这村子"。丁玲笔下"美丽的天主教堂"与贺敬之等人笔下的教堂有所不同。无论是陈荒煤还是贺敬之，二人都把回忆中的教堂作为旧世界的代表，不断与过去的桥儿沟天主教堂、现下已被改造为阶级空间的鲁艺做对比，使其充满阶级的隐喻。贺敬之对早年教堂的描写来自童年的记忆，因

---

[1] 丁玲：《我在霞村的时候》，《中国文化》1941年第1期。

此他征用教堂,"改造"鲁艺,采用的是"迂回"的方式,其实并没有正面触及延安的教堂。而丁玲笔下"未被毁去的建筑得很美丽的天主教堂"显然还是一个宗教的空间,在小说开篇是作为一道美丽的风景出现的,它并没有被改造,依然是解放区的一道异质风景。霞村教堂的"异质性"从某种程度上看,与茅盾笔下充满特殊情调的峨特式西式建筑鲁艺具有共通性。作为一道美丽的风景,这座依然作为宗教空间的教堂充满诗情画意。不过,如果说茅盾笔下的鲁艺捕捉的是1940年前后鲁艺的特殊文化氛围的话,那么,丁玲笔下作为异质风景的教堂更多的是对应着叙述者"我"与霞村的隔膜。

在小说中,"我"因为生病到霞村疗养。在去霞村的路上,同去的女同志寡言少语,旅途沉闷。到了傍晚,"我"才到达霞村,一到霞村,"我"立刻被它优美的环境吸引,因为"美丽的天主教堂"的存在,"我"对这村子也就感到满意。在丁玲开篇的叙述中,"我"到霞村,关注的第一个焦点是以教堂为中心的外在的美丽风景,对于霞村内部的肌理,"我"并不熟悉,似乎也无意深入了解。"我"对霞村的认识,首先来自同行女伴的介绍。在阿桂的介绍中,霞村非常热闹,但"我"到霞村之后,看到的却是冷冷清清的景象。与"我"形成对比的是同行的阿桂,她对霞村的环境非常熟悉。进村之后,她对我讲述霞村一年前受日军侵略的往事时,与路上的寡言少语不同,而是"显得很有些激动";见到村公所没有人,阿桂显得非常着急,俨然主人的姿态；在去刘二妈家的路上，阿桂明明知道还没有到，但她逢人便问。最有意思的是，到了刘二妈家以后，村里人对"我"和阿桂的态度截然不同：

> 她们里面有认识阿桂的，拉着她的手问长问短，后来她们便都出去了，把我一个人留在这屋子里。我只好整理着铺盖，心里有些闷。……阿桂已经完全不是同一道走路时的阿桂了，她仿佛满能干似的，很爱说话，而且也能听人说话的样子……[1]

由此可见，阿桂是霞村的一分子，她熟悉霞村的环境，也能与霞村的妇女打成一片，并非如"我"一般的外来者，初到霞村感到的只是隔膜。在小说的开篇，"我"对霞村的认识完全基于外来者的视角，而这种视角，又是一个到霞村疗养的，甚至带有"小资产阶级情调"的视角。对"美丽的天主教堂"这一风景的捕捉，就是"我"这一视角的体现。小说第一段对"我"的身份有所交代："我"本来住在邻村的政治部，因为政治部太嘈杂，便听从莫俞同志的建议到霞村疗养，并趁此机会整理近三个月的笔记。从"我"到霞村的动机上看，"我"并不打算深入霞村，触摸它的现实。因此，尽管与贺敬之等人相比，丁玲在小说的开篇正

---

[1] 丁玲：《我在霞村的时候》，《中国文化》1941年第1期。

面触及了解放区的教堂，且这种触摸带有历史的合理性，但也只停留在直观的层面。随着故事情节的发展，小说的主人公贞贞一步步被揭开神秘的面纱，进入"我"的视野；随着对贞贞的了解，"我"对霞村的认识也逐渐加深。

"我"是在霞村村民的流言蜚语中一点点了解贞贞的，而"我"第一次正面听说贞贞，就是她为了逃避包办婚姻逃到教堂当姑姑，却被日军掳走的往事。在小说中，美丽的天主教堂最终失去了庇护效力，成为贞贞命运的转折点，将贞贞推上革命的道路，但革命并没有消除贞贞与环境之间的内在紧张。小说中的霞村虽然设有农民救国会办事处、妇女救国会霞村分会，"革命""救国"似乎已成霞村的主流，但为革命献身的贞贞回到霞村时，迎接她的却是村民类似"比破鞋还不如"之类的恶毒舆论。面对封建势力，教堂空间失效了，此时的"我"再来打量霞村，教堂已然从"我"的视野中消失：

> 我在院子中也踌躇了一会，便决计到后山去。山上有些坟堆子。坟周围都是松树，坟前边有些断了的石碑，一个人影子也没有，连落叶的声音都没有。我从这边穿到那边，我叫着贞贞的名字，似乎有点回声，来安慰一下我的寂寞，但随即更显得万山的沉静。天边的红霞已经退尽了，四周围浮上一层寂静的烟似的轻雾，绵延在远近的山的腰边。我焦急着我要找的人，我颓然坐在一块碑上，我盘旋着一个问题：再上山去

呢,还是在这里等她,而且我希望着我能分担她一些痛苦。[1]

这段描写与小说开篇明丽的风景形成鲜明的对比,寂寞的荒山坟地取代了松树掩映下美丽的天主教堂。消失的优美风景其实暗示着"我"对霞村,也就是革命环境的深入认识:革命内部依然残余封建势力,女性在此环境中饱受戕害。"我"作为革命的干部,在此环境中感受到的只是"踌躇""寂寞""颓然"。但小说并未止于此,贞贞在遭受霞村舆论的围攻之后,最终决定离开霞村,到大地方学习、治病,离开认识的人,继续革命的道路。贞贞的这种选择,又一次使"我"惊诧,让"我"在她身上看到新的东西。这些所谓"新的东西",其实对应的是丁玲自身的情感结构与革命逻辑。这种情感结构与革命逻辑,需要从"到教堂去"这一模式中失效的教堂空间进一步展开探讨。

(二)"到教堂去"的模式与失效的教堂空间

如上文所述,在小说中,霞村的天主教堂先是作为外来者"我"眼中一道美丽的风景加以呈现,随着情节的发展,教堂成为主人公贞贞命运的转折点。贞贞的父亲想把女儿嫁给米铺的老板,孤立无援的贞贞无奈之下只能逃到天主教堂,想去教堂做姑姑。不幸的是,贞贞非但没有做成姑姑,还在教堂遭到日军强

---

[1] 丁玲:《我在霞村的时候》,《中国文化》1941年第1期。

暴。丁玲在小说中设置的"到教堂去"这一情节，其实是现代文学中一种常见的写作模式。路翎、徐訏、曾今可等作家都在其创作中采用过这一模式。

在路翎的长篇巨著《财主底儿女们》中，蒋家的小女儿蒋秀菊笃信基督教，"惧怕世界上的一切东西"，她跟随英国神父学习，甚至渴望"到洁净的修道院去"。[1] 与积极融入时代大潮的蒋纯祖相比，蒋秀菊显得与世界格格不入，她一心要与遭受苦难的国家划清界限，但又不能脱离时代的旋流。她订婚的教堂变成时局讨论的现场，对此，蒋秀菊只觉得"国家在欺凌她"。因此，小说中蒋秀菊向往的"洁净的修道院"，其实是她逃避时代旋流、远离民族国家苦难的所在。与《财主底儿女们》里的蒋秀菊不同，徐訏《风萧萧》[2]中的白萍不仅不躲避国家的苦难，还主动卷入战争中，做了一名女特工。值得注意的是，作者在刻画白萍时，突出了她身上的矛盾性——作为红舞女，白萍在赌窟中如鱼得水；离开赌场，白萍却经常到教堂中虔诚地祈祷，与赌窟中的她判若两人。赌窟与教堂两个风格迥异的空间，折射出白萍复杂的性格。白萍从赌窟到教堂的生活方式，反映的是大时代中女性矛盾的生存状态。曾今可小说《死》[3]中的季莺最后也进了修道院。

---

[1] 路翎:《财主底儿女们》（上），人民文学出版社1985年版，第542页。
[2] 参见徐訏《风萧萧》，春风文艺出版社1988年版。
[3] 曾今可的《死》最初名为《多情的魏珊夫人》，刊载于《新时代》1931年第1期，其续篇更名为《死》，分别连载于《新时代》1931年第2、3、4期。

《死》的主干故事是一场多角恋爱：男主人公何群在魏珊夫人、季莺和绿滴之间纠缠不清。在这场多角恋爱中，三个女主人公都是牺牲品，魏珊夫人因不堪舆论压力生病住院，悲惨死去；绿滴在爱而不得后愤而嫁给银行职员；而季莺在走投无路之下，只能进修道院。小说中，婚恋失意的女性，得不到任何保障，要么走上绝路，要么只能把修道院作为最后的出路。

作为现代中国的异质空间，教堂在某种程度上能够为女性提供庇护，如蒋秀菊把教堂当作远离时代洪流的安全之地，白萍把教堂当作精神的暂时休憩之处，季莺则将修道院作为最后的容身之所。不过，在丁玲的笔下，作为庇护所的教堂空间失效了。贞贞并没有从教堂得到庇护，教堂反而成为她命运的转折点。逃到教堂想当姑姑的贞贞，刚好遇上日本人扫荡，被俘虏做了军妓；作为军妓的贞贞，从此成为不洁的象征，霞村的村民对她指指点点，使她成为不堪的对象，成为村民茶余饭后的谈资；在流言与舆论压力中，贞贞精神受到极大的创伤，只能离开霞村。除了军妓，贞贞还有一重身份——情报员，成为军妓的她曾"跑回来过两次"，后来则"被派去"，而她并没有拒绝，甚至忍着病痛摸黑来回走了三十里传递情报。作为情报员的贞贞尽职尽责，但回到霞村，村民依然认为她做了日本的官太太，霞村并没有她的容身之地。如果再把贞贞逃亡教堂之前的故事放进来，会发现作为女性的贞贞始终遭受着来自父母、舆论的无形压力。无论是作为普通女性，还是身份敏感的军妓，抑或是为革命事业献身的情报员，贞贞都毫无生存空间。在充满威压的霞村，贞贞"到教堂去"的乌托邦式的幻想最终为性别话语所改写。正是通过这一失效的教堂空间，丁玲尖锐地触及了延安革命女性的生存处境，反思了革命与女性之间的复杂关系。

　　丁玲的反思，首先来自她对解放区女性的深入观察与思考。据1940年8月和9月的《萧军日记》记载，在这段时间中，萧军与丁玲经常就延安内部的一些现象展开讨论与批判。其中，对延安女性的思考、批判是两人谈话的一个重要主题，这些谈话的素材，大都进入了丁玲的创作中。在《三八节有感》[1]这篇经典的杂文中，丁玲深刻地触摸了延安妇女的现实处境，特别是认为应该把妇女的落后、过错"看得与社会有联系些"，并给延安的女同志开出与"大话"相对的"药方"——"不让自己生病""使自己愉快""用脑子""下吃苦的决心，坚持到底"。这些日常的"药方"，看似与取得"政权"这样的"大话"格格不入，却是丁玲根据女性自身的特点，提出的最实际的方案。《新的信念》从内容上看与《我在霞村的时候》有相似之处，都反映了边区受辱妇女在抗战中的贡献——"表现'受害者'的翻转"[2]。《新的信念》中遭受日军侮辱的老太婆最终将受辱的经历转化为抗战动员的力量，通过一次次讲述自己的遭遇，感

---

[1] 丁玲：《三八节有感》，《解放日报》1942年3月9日。
[2] 程凯：《重读〈新的信念〉与〈我在霞村的时候〉》，《中国现代文学研究丛刊》2013年第6期。

染周边的群众;《我在霞村的时候》中的贞贞,和老太婆一样,都遭受过侵略者的侮辱。但在设置这一情节时,丁玲很明显比《新的信念》体察得更为深入,在遭受侵略者侮辱之前,贞贞事实上还遭受着来自包办婚姻的压力,而在实现"翻转"——以情报员的方式为革命做贡献之后,贞贞同样遭受着来自霞村村民的舆论伤害。霞村封建势力与侵略者的双重伤害,使得《我在霞村的时候》所反映的现实更为深刻、严峻。边区的封建势力对妇女的戕害,对妇女工作的开展所造成的阻碍,妇女工作者在1938年时就已有所反思,史秀芸在《边区妇女运动的任务——陕甘宁边区妇女代表大会报告提纲》中就指出:"封建残余的束缚仍然存在着。"[1]到1941年,丁玲在《我在霞村的时候》仍在持续反思革命内部的封建残余势力。但丁玲的反思不是停留在批判的层面,而是带着自身的革命逻辑。

　　丁玲作为革命女性的逻辑是在与环境的抗争中不断自我鼓励、自我教育与自我改造的逻辑。小说中的贞贞极具抗争性,她的这种抗争,有时候甚至表现出一种"孤绝"的姿态。"我"第一次正面听说贞贞,就是她为了逃避包办婚姻逃到教堂当姑姑,却被日军掳走的往事,但当"我"见到贞贞时,她却"使人感觉不到她有过什么牢骚,或是悲凉的意味",反而以坚韧的抗争精神教育了"我"。丁玲在小说中设计了一个"到教堂去"而未果的情

---

[1] 史秀芸:《边区妇女运动的任务——陕甘宁边区妇女代表大会报告提纲》,《新中华报》1938年3月15日。

节，失效的教堂反而使贞贞由此成为革命队伍中的一员。成为情报员之后，贞贞回到霞村尽管受尽侮辱，但她依然保持其执拗与理性，在面对"我"和阿桂等人的劝慰时，贞贞反而说出"硬着头皮挺着腰肢过下去""我说人还是得找活路，除非万不得已"这样敢于经受考验、坚强不屈的话。这些话，亦可以看作是丁玲对自己的鼓励、教育与改造。在同一时期，丁玲曾在自己所住的窑洞里贴上裴多芬的名言："我要同运命来决战，它不至于就完全征服了我，人生是如何的优美啊！我要聚千古生命于一生地生活下去。"[1] 由此可以看出，《我在霞村的时候》这篇小说在创作思路上一方面汲取了丁玲自己的早期创作经验，延续着她对女性的持续关注、同情。另一方面，丁玲依然保持着对组织的热爱，渴望通过自身的努力，弥合作为女性的自身与革命的缝隙。

女性的视角是丁玲创作《我在霞村的时候》时的一个基本视角。从以上分析可以看出，丁玲的这种女性视角是从自己的逻辑中生成的：贞贞"到教堂去"的这一行动及由此引发的在革命中的遭遇，融合了作为女性的丁玲自身的革命经验与情感起伏，亦带有她一贯的对女性命运的思考与审视。小说的背景其实是抗日的民族革命背景，但即使是在这样宏大的背景下，丁玲独特的女性之光也没有受到任何磨损，反而通过"教堂"这一空间，将解放区女性的革命之路丰富立体地展现出来。

---

[1] 李向东、王增如：《丁玲传》（上），中国大百科全书出版社2015年版，第225页。

三、余论

1938年8月,陈学昭到附属于基督教堂的大礼堂参看丁玲领导的西北战地服务团演出,对教堂的内景做了记录:

> 七点钟,我赶去赴晚会。在大礼堂进门的院子里,又遇到了陈、吴两先生,于是便一同进去。"大礼堂",只是一间较大的屋子,这是附属于基督教堂的,大约从前是用以说道的吧。里面没有人们会想像到的各色电灯、电风扇、冷气管与绒椅一类的东西……只是一块一块的白木板,一行一行的钉着,就是座位了,人是那么的挤,连窗子边上也坐满了人。我的券号是左一百十四。可是陈、吴两位把我领到最前的一排板上,这是无号的,他们笑着对我说:"我们没有券就坐在这里吧!"[1]

据陈学昭的记录,当晚演出的节目有《忠烈图》(京戏)、《东塔镇》(快板)、《双拾金》(滑稽剧)和《烈妇殉国》(秦腔)。在演出中,京戏和秦腔"都能感动人,看众热烈的拍着手,有时还听到诅咒日本鬼子的骂声:'妈的……'"[2]。从陈学昭的记录中不仅能够看出教堂空间内景的变化,还能感受到整体文化

---

[1] 陈学昭:《延安访问记》,北极书店1940年版,第80页。
[2] 陈学昭:《延安访问记》,北极书店1940年版,第80页。

氛围的变化：简陋的桌椅取代了一般教堂中西化的装饰，空间中弥漫着融合了民族形式与符合抗战需要内容的文化氛围，在这样的空间中，人们被调动起来，"圣经时代"确实"已经过去了"。从这里可以看出，教堂这一空间映射的是延安独特的文化氛围，这种文化氛围正是考察1940年前后不同作家笔下教堂空间内涵的背景。

探讨1940年前后文学中的延安教堂，带出的是其时复杂的文化语境及延安文艺的多种面向。茅盾散文中充满诗情画意的峨特式建筑，捕捉到的是鲁艺"新的作风"还未生成时的特殊文化氛围。鲁艺师生陈荒煤、贺敬之对教堂空间内涵的微妙变化更为敏锐，他们笔下的教堂是一种"艺术时空体"，教堂空间卷入"时间、情节、时代的运动中"，新的时代赋予教堂新的空间内涵，鲁艺被"改造"为阶级空间。丁玲的《我在霞村的时候》则鲜明地体现出延安"新的作风生成"中的主体的变化。霞村的教堂首先是作为一道美丽的风景出现的，它一方面与茅盾诗情画意的峨特式鲁艺具有共通性，另一方面也暗示着"我"与霞村的疏离与隔膜。但随着情节的开展，"我"慢慢深入霞村，丁玲主体的情感结构与革命逻辑也慢慢浮现出来。小说中贞贞逃避包办婚姻的教堂，一方面体现出延安女性的生存境遇；另一方面，失效的教堂空间把贞贞推向更广阔的革命道路，贞贞"去教堂"的乌托邦幻想最终被性别话语所改写——为革命献出身体的贞贞依然遭受舆论的攻击。但丁玲的逻辑并未止于此，即使是在这样的攻击中,贞贞依然"决绝"地继续前进,带有孤绝意味的贞贞恰恰体现出丁玲作为革命女性坚韧与敏锐的一面。小说中作为贞贞命运转折点的教堂,带出的是丁玲作为女性在与环境的抗争中不断鼓励自己、改造自己的革命逻辑。从这个意义上看,鲁艺师生陈荒煤、贺敬之与丁玲又具有共通性,他们都是在革命的内部生成自己的逻辑,只是前者以"歌颂"的方式描摹自己的空间感受,而丁玲则以女性作家的理性之光,烛照出革命内部女性的复杂处境。阶级与性别,体现的正是革命内部教堂空间内涵的不同面向。

结语

本书从新旧身份、性别身份、阶级/革命身份和中西身份四个面向探讨中国文学中的身份建构问题。通过历史性的考察会发现,无论哪一个面向,现代文学中主体的身份建构都呈现出紧张感,其自我不是一个稳定的、统一的、持续的自我,而是一个不安的、分裂的乃至断裂的自我,焦虑与不安是现代文学的基调。本书第一章就指出,新文学家围绕林纾生前身后名的争论背后,是对新文学合法性的焦虑。但我们也会看到,尽管新文学家一度陷入"新"与"旧"的二元对立,历史最终却不是按照进化论的线性模式前进的:一方面,新文学家对"旧文人"的批判是一种建立新文学合法性的策略,"新"并不必然取代"旧";另一方面,在"后五四"的语境之下,"五四式的激情"随着"五四"的落潮而幻灭,在新文学取得合法性之后,"五四"的传统也经受着新的考验。现代文学正是在不断克服焦虑与不安,超克分裂自我的曲径中前进的。

现代文学身份建构中的自我，既指向作为个体的单数的"自我"，也指向作为民族国家的复数的"自我"。正如本书开头所论，研究者应该在"我"和"我们"之间达成一种相互理解：个体是社会性的个体，个体的身份认同折射的是民族国家的认同问题。本书第二章和第三章关于女性身份现代建构和革命身份问题的讨论，就典型地体现出现代文学中"我"和"我们"之间的深刻关联。

曾朴在《孽海花》中曾征用一个符号化的表征空间——异国空间，以此呈现近现代文学史上一个光彩夺目的女性形象——傅彩云。他对异国空间的描写，借镜于晚清上海租界、外国文学作品，其实是晚清社会集体想象物的一部分，它集中代表了晚清一代知识分子对异域的想象与建构；傅彩云在不同空间中的形象特征充满矛盾，这既体现出女性个体身份的冲突，也代表了近现代中国追摹现代性的过程中必然遭遇的矛盾和困境。而假如把傅彩云的原型赛金花形象放在现代文学的整体脉络中来考察，个人身份认同与民族认同、国家认同之间的复杂关联将更为清晰。近代以来的三代知识分子都以赛金花为原型，分别创作出边缘型新女性、不平常的奴隶和生不逢时的现代女性三种人物形象。赛金花形象的流变背后，折射了三代知识分子探寻现代中国之路的艰难历程。作为边缘女性的赛金花们其实一直被启蒙、革命、民族国家等话语规约，何时我们把身体还给它的主体，"人"才能真正确立。正如研究者所言，"人只有先属于自己，才能再进一步建立他与世界、语言、上帝等等对象物的关系"[1]。

"革命"是现代中国的关键词之一。从陈独秀到丁玲，再到贺敬之，正好构成革命的三代谱系。第三章的三节内容切入革命身份的角度各异：对于陈独秀这位五四运动的"总司令"、早期中国共产党的领导者，本书采取传记式的写法，通过描摹研究对象的革命人生来探讨其成败得失；对于丁玲这位在20世纪中国革命史上熠熠生辉的女性，本书并没有作整全式的研究，而是选取上海体验与丁玲"左转"之间的关系，来重探丁玲转型背后的上海经验；贺敬之的研究近年来成果频出，因此第三节立足两部贺敬之研究的著作，通过著作的品评来探讨贺敬之的成长之路。不过，三节内容虽然讨论的对象不一，进入的角度各异，却始终把革命身份认同中"我"和"我们"的关系纳入探讨的视野。陈独秀的革命身份认同历经曲折，但谋求"民族解放、国家独立与统一、发展经济、提高一般人民的生活"的爱国精神始终是其革命的动力，个人的革命认同亦始终与民族国家的富强联系在一起。丁玲走向革命的过程则既有其人生经历的独特性，同时也折射出上海的亭子间文人转变为左翼知识分子的必然趋势——上海杂糅的文化语境孕育出的复杂情感、知识分子的边缘体验，无一不构成中国左翼知识分子革命的底色，丁玲的"左转"经验，其实也是相当

---

[1] 高远东：《现代如何"拿来"——鲁迅的思想与文学论集》，复旦大学出版社2009年版，第63页。

一部分知识分子的转型经验。而贺敬之在革命中对"小我"与"大我"关系的辩证处理，则提供了中国知识分子革命身份认同中的正面经验——"我们的诗歌也表现自我，但革命队伍中不是张扬而是克服个体与集体的对立，不去发掘和同情所谓'失落'的'自我'。只有与大我在一起，自我才能迸发出耀眼的光彩"[1]。

现代文学主体的身份建构既需要超克分裂的自我，也需要处理"我"和"我们"之间的关系，更需要处理"自我"与"他者"的关系。

1889年，薛福成奉旨出使英国、法国、意大利、比利时四国，因病光绪十六年（1890）正月才成行。与晚清的外交官一样，薛福成出使四国期间主要考察的还是轮船、贸易、电话、电报等实务。如行至锡兰时，薛福成就在日记中记载道："克伦伯有炮台、兵房、教堂、书院、铁厂、医馆、监狱、关署、花园、博物院，铁路自山顶（地名椰拉里）至开殿山之中间，自开殿至克伦伯埠南挪野止，计程二百英里。"[2]而薛福成的日记中最引人注目的部分是他对中西文化的对比：

> 西人之恪守耶稣教者，其居心立品，克己爱人，颇与儒教无甚歧异。然观教会中所刊新旧约等书，其假托附会，

---

[1] 贺敬之:《答〈诗刊〉阎延文问（2001年3月29日）》,《贺敬之文集四·文论卷（下）》,作家出版社2005年版,第526页。
[2] 薛福成:《出使四国日记》,湖南人民出版社1981年版,第18页。

故神其说，虽中国之小说，若《封神演义》、《西游记》等书，尚不至如此浅俚也……余是以知耶稣之教之将衰，儒教之将西也。[1]

由此可以看出，中国早期的外交官依然有儒学为天下正宗的狭隘观念，作为"他者"的西方文化，依然被摒弃于中国传统文化之外。相较于晚清一代知识分子，民国前后的留学生对西方文化则抱有更为开放的态度。得益于庚子赔款的胡适，于1910年离开上海，历经一个多月的航程到达美国，入读康奈尔大学。同样是面对西方的基督教文化，胡适却表现出与薛福成迥异的应对方式。他先是在日记中多次记载自己到礼拜堂听道，参加礼拜堂内举行的婚礼，圣诞节到耶稣教堂参观弥撒礼的经历，其中一段写道：

六月十八日（星期）

第五日：讨论会，题为"祖先崇拜"（Ancestor Worship）。经课。Father Hutchington 说教，讲"马太福音"第二十章一至十六节，极明白动人。下午绍唐为余陈说耶教大义约三时之久，余大为所动。自今日为始，余为耶稣信徒矣。是夜 Mr. Mercer 演说其一身所历，甚动人，余为堕泪。听

---

[1] 薛福成：《出使四国日记》，湖南人民出版社1981年版，第60页。

众亦皆堕泪。会终有七人起立自愿为耶酥信徒,其一人即我也。[1]

有意思的是,胡适为使读者明白其加入基督教的情形,特意在这段日记后附录两封写给朋友的书信,详细补充自己当时加入基督教的原因,即有感于基督教变化个人"气质"之功用。但在两封信的末尾,胡适却自加批注否定了这一看法,认为基督教堂内教士的演说不过是一种用"感情"的手段"捉人"的"把戏",并表示自己"细想此事,深恨其玩这种'把戏',故起一种反动"[2]。果不其然,在后面的日记中,胡适对基督教渐渐失去兴趣,不到一年就脱离教会。其实,胡适在教堂内并非真正受到基督教的熏陶,与其说胡适接受了基督教的影响,不如说作者是把"基督教作为'优越的'西方文化之一部分而接受"[3]。因此,胡适在听到教士传道时与中国佛教、道教等传道中类似的荒诞不经的说法,即对基督教生出厌恶,把基督教归入西方文化中"野蛮"的一面。据学者分析,胡适反感基督教还源于其"对传教士和整个西方在中国行为的不满",源于传教士的"文化帝国主义"。[4]

---

[1] 胡适:《胡适全集》第27卷,安徽教育出版社2003年版,第153—154页。
[2] 胡适:《胡适全集》第27卷,安徽教育出版社2003年版,第154页。
[3] 罗志田:《再造文明之梦:胡适传(修订本)》,社会科学文献出版社2015年版,第81页。
[4] 罗志田:《再造文明之梦:胡适传(修订本)》,社会科学文献出版社2015年版,第81—82页。

由此可以看出，面对西方文化这一他者，胡适采取的是有意学习并净化西方文化的方式，以期"他日为国人导师"，"为中国再造文明"。[1]

从上述薛福成和胡适的例子中，我们也会看到作为西方文化之实体的代表——教堂频频浮现，要考察现代文学的主体如何处理"自我"与"他者"的关系，教堂书写其实是一个有意义的切入视角。因此，本书的最后一章从教堂书写入手，致力于探讨现代中国文学主体建构中的"自我"与"他者"的关系问题。在中国，教堂的空间属性一再演变，由迎合中国社会、"在地化"为具有中国传统文化属性的空间变为一个异质空间，正是在这样的历史背景之下，教堂与人形成双向互动。通过现代作家记录教堂的文字，我们可以看到现代知识分子在历史文化语境中充满矛盾张力的文化心态。作家所看到的教堂，经由教堂所获得的文化体验，无不带有当时社会的文化烙印，反映出近现代中国知识分子对教堂这个"闯入"的异质空间复杂而真实的感受。而文学作品中作为西方符号的教堂，或在海派作家笔下被展示、炫耀，成为当时中国的独特风景线；或蕴含了转型期知识分子迷茫、哀婉、焦灼的情绪；或体现出中国作家以东方话语重建与西方话语的关系，缓解其身份认同焦虑的深刻用意。教堂除了作为西方符号被展示，也在文学作品中承担着叙事功能，它一方面与作品的故事

---

[1] 罗志田：《再造文明之梦：胡适传（修订本）》，社会科学文献出版社2015年版，第5页。

情节发展息息相关，另一方面蕴含着特殊的文化意义，关联着近现代中国的特殊历史，参与塑造了一批独特的"受殖者"形象，体现出中国在面对西方文化的"他者"时复杂的应对姿态。而20世纪40年代延安文学作品中的教堂，则为我们展示了阶级与性别话语对作为"他者"的教堂的改造，以及革命历史主体生成的复杂历史过程。

  最后，本书倾向于认为，中国现代文学的主体并不是一个凝固的主体，我们需要重建的自我也不是一个可以给出确定标准与准确描述的自我，而是一个不断向未来敞开，在不同的历史情境之下都需要重新加以探讨的命题。现代文学的"自我"不应该被本质化、固化，而要在具体的语境中不断填充、不断丰富，使其更加饱满、更加坚实。从这个意义上看，重返现代文学重建自我的征程，并对其作出历史性的描述和探讨，不仅有必要，而且需要更多的研究者持之以恒地继续探索。

附录

现代文学中的古典文学传统

文学的古今、中西之争,是文学研究中一个争论已久的话题。从横向看,自近代以来,梁启超等一批先进知识分子就积极引进西方的思想、观念,创立了"新文体",提高了小说的地位,确立了与我国古典文学传统大相径庭的文学样式。而新文学的先驱如胡适、陈独秀,更是提出"文章八事""三大主义"等口号,试图在内容与形式上破除古典文学传统,以激进的战斗姿态确立新文学的正统地位。但从纵向上看,古典文学传统的破除似乎并没有那么容易,新文学发生期就有许多保守派致力于维护古典文学传统,新文学的正统地位确立后,其阵营内部也产生分化,部分新文学先驱开始反思其激进的姿态,重新审视古典文学传统,此后,这一反思始终贯穿于现当代文学的进程中。

　　如果说,新文学主要是以西方为参照系建立起来的,那么古典文学传统就是新文学解构与重构的对象。在新文学建立的过程中,古典文学传统始终是新文学作家不得不面对、考量的一个对象,是新文学传统的一个维度。"传统"本身就是一个民族"历代沿传下来的,具有根本性模型、模式、准则的总和",同时,传统又是"流动于过去、现在、未来的过程,永远在制作、创造中"。[1]我国的古典文学传统自然也有其稳定的核心,并且在长期的发展中,已经成为一种文化精神渗透于每一个中国人身上,它对当下的影响是潜移默化的。在文学创作领域,古代文学中的母题、风格、语言等成为当代作家借鉴、取法的对象;作为一种普遍的文化精神,文学传统构成民族文化精神的一部分,在无形中影响到作家的精神气质、读者的审美心理。

尽管古典文学传统与当代文学有着千丝万缕的联系,但要厘清二者的关系几乎不可能,因为传统未尝不是一种民族的自我想象,是一种"幽灵化"的神气,它总在阐释、生成中。因此,要探讨二者的关系,只能选取古典文学传统中相对稳定、核心的部分,并在"互文性"的视角中,寻找二者的异同及对话关系。本节立足作家、作品和读者三个角度,并分别从三个角度选取古典文学传统中相对稳定的核心:古代知识分子的精神气质、母题、民族审美心理,探讨古典文学传统如何参与现当代文学的重构。

---

[1] 张立文:《传统学引论——中国传统文化的多维反思》,中国人民大学出版社1989年版,第3页。

一、作家——身份角色的重新定位

作家作为一种职业身份，是随着我国封建政体的瓦解，科举制度的取消，现代报刊稿酬制度的建立而得以确立的。科举制度的取消，堵死了读书人以科举取士谋生的道路，而现代报刊稿酬制度的确立，则为其打开了另一条谋生之路。可以看到，我国的作家是从传统的读书人，亦即传统知识分子转化而来的，也正是由于这一渊源，他们身上也就不可避免地带有我国传统知识分子的精神气质。在《士与中国文化》中，余英时概括了我国传统知识分子的几个基本特征：一是具有普遍性的"道"，"道"源于古代的礼乐传统，意即安排人间秩序的文化传统；二是不但代表"道"，而且相信"道"比"势"尊（注：势大概指以王侯为主体的政统）；三是由于"道"缺乏具体的形式，知识分子往往通过自爱、自重来尊显其代表的"道"。[1] 由此可以看出，我国传统的知识分子"以天下为己任"，注重内心修养，具有高尚的道德情操以及强烈的精英意识。传统知识分子虽然随着封建政体的瓦解而消失，但代之而起的现代知识人（包括作家）却依然或多或少地继承了我国"士"的传统，"'士'的传统虽然在现代结构中消失了，'士'的幽灵却仍然以种种方式，或深或浅地缠绕在现代中国知识人的身上"[2]。并且，这一传统从现代知识人的结构确立

---

[1] 参见余英时《士与中国文化》，上海人民出版社2003年版，第95—96页。
[2] 余英时：《士与中国文化》，上海人民出版社2003年版，第6页。

开始，就一直延续下来。

　　我国的早期作家（近代的一批以文为生的作家）作为从传统士人向现代知识分子过渡的主体，与士的传统之间的关系也最为暧昧。限于篇幅，下文仅以吴趼人为例作简要分析。吴趼人一生创作丰富，与同时期的作家相比，文学成就较高，他创作的《二十年目睹之怪现状》被誉为"四大谴责小说"之一；同时，吴趼人还是近代杰出的报人，曾创办《月月小说》等较有影响的刊物。从职业身份上看，吴趼人几乎具备了一个现代知识人的典型特征。然而在思想上，我们会发现传统的质素在吴趼人身上体现得很明显。吴趼人出身书香世家，先祖吴荣光：嘉庆进士，文章学术，具有渊源，金石掌故造诣极深；祖父吴尚志以监生任工部屯田司候补主事，后又任工部员外郎；父吴升福任浙江候补巡检。由于家道中落，迫于生计，吴趼人于1883年到上海谋生，先做抄写，后办文艺小报，1903年正式开始文学创作。在为人上，吴趼人"性刚毅，不欲下于人"，"岸然自异，无寒酸卑琐之气"，至中年则"奔放不羁，有长江大河之概，能道人所不能"，曾参与反美华工禁约运动等，充分表现出传统知识人傲岸的精神气质和"以天下为己任"的气概。[1]吴趼人试图以传统的伦理道德来匡济天下，试图把传统文化作为铸造民心的精神力量。在其创作的一系列小说中，他的这种传统的道德理

---

[1] 王国伟：《吴趼人小说研究》，齐鲁书社2007年版，第22—35页。

想主义式的激情表现得十分明显,在多部小说中,激进的革命党成为作家讥讽、丑化的对象,作者倡导的是符合传统伦理道德规范的价值观念。正如评论者所言,"处在20世纪之初社会文化转型期的包括吴趼人在内的众多新小说家,依然没有完成由传统'士'人向现代知识分子的身份与角色转变;他们虽然获得了一定程度上的经济独立,有的还成为职业小说家,却仍然没有摆脱传统文人的文化身份认定"[1]。

在现代作家中,与我国古代文学传统的关系最为复杂纠缠的是以鲁迅为首的新文学先驱。新文学作家们用激进的策略确立了新文学的正统地位,取得了新文学的话语权,并用其实绩否定了以封建思想为主导的传统文化体系,以白话文取代文言文,建立起中国文学与世界文学的联系。在新文学初期,大多数先驱都表现出与传统(包括文学传统)决裂的姿态,鲁迅、钱玄同等人甚至还提出废除汉字的主张,但仅从作家本人来考察,他们在文化心态、道德模式方面依旧保留有中国传统的特点[2]。"五四"作家们大多出身于书香世家,早期也大多接受过四书五经的熏陶,对我国的传统文化往往具有极深的造诣,如鲁迅的《中国小说史略》奠定了中国小说研究的基础,至今仍无人超越。诚如鲁迅在序言中所言"中国小说自来无史;有之,则见于外国人所作之中国文学

---

[1] 胡全章:《传统与现实之间的探询——吴趼人小说研究》,河南大学出版社2006年版,第74页。

[2] 许纪霖:《中国知识分子十论》,复旦大学出版社2003年版,第83页。

史中，而后中国人所作者中亦有之，然其量皆不及全书之什一，故于小说仍不详"[1]。鲁迅的这一研究著作，开古代小说研究的先河，并以其独特的见解和精准的评价为研究界所津津乐道。周作人是历史上颇有争议的作家，其思想颇为矛盾复杂，其中之一即是他在文学立场上态度的前后不一。在新文学初期，周作人作为旗手，发表《人的文学》等一系列理论文章，奠定了新文学的理论基础，但在《自己的园地》等文集中，周作人日益超离新文学的主潮，"变为自由的思想者"[2]。更重要的是，周作人虽然以其文学创作和理论主张确立了现代散文的文体，但其散文在思想意蕴上表现出我国传统的"佛的苦与超越，儒的仁与中庸，道德恬淡清逸"[3]，以散文抒一己之志，咀嚼"涩味"的人生，具有我国传统文人的审美文化品格。总之，五四新文学的先驱者尽管在姿态上与传统决裂，"以敏感和激情在创造性地转化传统的积淀"，"他们是在中国空前未有的自由氛围中开始寻求自己的道路"[4]，但传统的积淀与营养，文学传统中的文化品格，依然在无形中构成五四新文学作家文化品格的一部分。有学者甚至认为，"五四"以来的

---

[1] 鲁迅：《中国小说史略·序言》，载《鲁迅全集》（第9卷），人民文学出版社2005年版，第4页。
[2] 钱理群、温儒敏、吴福辉：《中国现代文学三十年》，北京大学出版社1998年版，第18页。
[3] 罗昌智：《在现代和传统之间——新文学作家与中国文化论稿》，黑龙江人民出版社2007年版，第77页。
[4] 李泽厚：《中国现代思想史论》，生活·读书·新知三联书店2008年版，第231页。

中国人并没有突破传统，"'五四'以来的中国人尽管运用了无数新的和外来的观念，可是他们所重建的文化秩序，也还没有突破传统的格局"[1]。姑且不论这一观点对"五四"学人的评价是否中肯，但它从一个侧面说明了传统对激进的新文学作家的深层影响。

继现代作家之后，我国的当代作家似乎进一步拉开了与我国传统文人的距离，但作为一种"幽灵"般的气质，我国传统的知识分子精神依然隐含在当代作家身上。大致梳理当代的文学思潮与创作，即可发现我国传统的"士志于道"的精英意识始终体现于作家身上。"十七年"小说和"文革"十年期间的创作以其鲜明的政治性而为评论界所诟病，排除政治的因素，作家其实也在潜意识里试图通过文艺作品直陈社会利弊，过分干预政治，是对"文以载道"传统的一种扭曲的继承；随着"文革"的结束，伤痕文学、反思文学、改革文学、知青文学等一系列文学潮流"你方唱罢我登场"，或反思历史，或借文学反映改革进程。无论哪一种，我们都可以看出作家们鲜明的现实指向以及借文学"发声"的强烈愿望。在当代文学里与我国传统联系较为紧密的是寻根文学，寻根文学的作家从一开始就打出"文学有'根'，文学之'根'应深植于民族传统文化的土壤里，根不深，则叶不茂"[2]的口号。寻根文学作家确实以其创作实绩再一

---

[1] 余英时：《五四运动与中国传统》，载余英时著，沈志佳编《余英时文集·第二卷中国思想传统及其现代变迁》，广西师范大学出版社2014年版，第110页。

[2] 韩少功：《文学的"根"》，《作家》1985年第4期。

次审视了我国的优秀传统文化,并借鉴外来的艺术经验,在一定程度上将传统与当下有机结合。综观当代的这一系列文学潮流,会发现作家一直在传统与现代之间不断定位自身。对21世纪作家身份的公开反思与定位可从20世纪末的"人文精神大讨论"中窥见一斑。此次讨论大概由1993年持续到1995年,其发端是上海学者在《上海文学》上发表的一组讨论文章,而作家张承志、张炜的一系列充满忧患和愤激的文章使得这次讨论进入高潮。这次大讨论围绕"什么是人文精神""对中国古代文化传统和现当代文化困境的内省""市场经济与人文精神""人文学科的危机""'人文精神'之重建"[1]等问题展开,是知识分子的一次自我反思,更是"人文知识分子针对中国市场化进程所带来的'物欲主义'的一场道德惊呼"[2]。在讨论中,张承志、张炜等作家表现出对文学媚俗化、作家商业化的强烈不满,"一个象母亲一样的文明发展了几千年,最后竟让这样一批人充当文化主体,肆意糟蹋,这真是极具讽刺和悲哀的事","诗人,你为什么不愤怒"[3]。而王蒙、王朔等作家则对作家的神圣与崇高表示怀疑和不屑,如王蒙就在文章中为王朔辩护:"王朔他们是太痛恨那种伪道德伪崇高伪姿态了,他们继承了中国文人某种佯

---

[1] 参见杨蓉蓉《90年代"人文精神"大讨论之反思》,《兰州学刊》2005年第5期。
[2] 葛红兵:《新理性:新启蒙及人文精神大讨论的发展》,《探索与争鸣》1998年第1期。
[3] 张承志:《诗人,你为什么不愤怒》,《文汇报》1994年8月7日。

狂的传统……来说出皇帝的新衣的真相。"[1]尽管"人文精神大讨论"因其缺乏对"人文精神"等基本概念的统一认识而自说自话，最后无疾而终，但此次讨论可以看作作家在市场化大潮面前的一次挣扎。

其实，对作家而言，问题的关键不在中国历史上有没有人文精神，人文精神是否已经失落，而是在大众文化泛滥的今天，到底应该怎样定位作家的角色。是像张承志等人一般从古代的传统里找"清洁的精神"，从宗教里寻求终极信仰以保持自我，还是重新找回五四文学家的精英立场？抑或是积极融入商业的大潮——"与时俱进"？问题并没有一个最终的答案，正如讨论发生十年后，王晓明在一次演讲中所言，"十年前发生的人文精神的讨论，并不仅仅是一个已经过去了的事情，它其实依然是我们现实生活的一部分"[2]。

有学者认为，所谓中国传统的人文精神，"是中华数千年文化发展中，值得人们有选择地铭记、体味、传承甚至借鉴的精神财富的一部分，它和中国传统文人的人格精神密切相关"[3]。作家作为一种职业出现后，文学不可避免地与商业相联系。然而无论是

---

[1] 王蒙：《人文精神问题偶感》，载王晓明编《人文精神寻思录》，文汇出版社1996年版，第106页。

[2] 王晓明：《人文精神讨论十年祭》，《上海交通大学学报（哲学社会科学版）》2004年第1期。

[3] 徐清泉：《中国传统人文精神论要——从隐逸文化、文艺实践及封建政治的互动分析入手》，上海社会科学院出版社2003年版，第12页。

近现代作家，还是商业文化泛滥大潮下的当代作家，都不乏发扬我国传统文人高尚的文化品格者。从传统中汲取营养、修养身心，或许是当代作家在消费文化泛滥的今天保持文化品格的一种方式。文学失去了作家的言志与抒情传统，作家丧失了基本的道德情操和人格立场，文学也就失去了存在的意义。

二、作品——文学母题的重构

在作家、作品和读者这三个要素中，作品无疑是体现传统与现当代建构的具体形式，也是探讨二者关系的中心。文学作品对传统的转化关系主要体现在对古代文学经典的重构上，因为经典是传统的载体，"经典是传统的核心……是传统的骨架"[1]。那么，文学经典的具体内涵又是什么呢？在《文学经典建构诸因素及其关系》[2]中，童庆炳从文学经典本身因素和外部因素两个方面探讨了文学经典形成的一些基本要素。作为文学传统的"骨架"，文学经典本身必须具有某些得以成为经典的艺术价值，而诸如意识形态、文化权力、读者等外部因素则会造成文学经典的变化。由此可见，文学经典既是永恒的，又是开放的、生成中的，古代

---

[1] 时胜勋：《西学·维新·传统——现代中国文论的多元文化话语》，河南人民出版社2011年版，第266页。

[2] 童庆炳：《文学经典建构诸因素及其关系》，载童庆炳、陶东风主编《文学经典的建构、解构和重构》，北京大学出版社2007年版，第80页。

文学经典本身象征着古代的文化秩序及其意识形态权力，特别是古代文学经典中的母题及其表现形式，深刻地体现出这种秩序和权力。重构古典文学传统经典的母题，是建立现当代文学传统的一项重要内容。

母题作为一个诗学概念，指的是"一种基本的人类概念、精神现象或动作本身，如乡土、都市、生命、死亡、战争、复仇、漂泊、童年、成长、家族、性爱等等"[1]。我国传统经典文学作品中有一系列母题，至今仍然被作家反复创作，并在创作的过程中重构、深化，如乡土、爱情、羁旅、复仇、英雄、乌托邦等。下文试以乡土、爱情、乌托邦为例作简要分析。

自古以来，我国就是一个传统的农业大国，人们也大多"忠实地守着这直接向土里去讨生活的传统"[2]，"土"是农民的命根，"乡土"是中国社会的本色。思乡怀乡、落叶归根是中国人自古以来的普遍情结，也是中国文学中一个重要的传统。中国的传统文人为了考取功名，常常背井离乡，"羁旅""漂泊""思乡"常常充斥于他们的诗文中。贺知章言"少小离家老大回，乡音无改鬓毛衰"，离家多时，作为一种身份标记，作家依然保留着故乡的口音；王维言"独在异乡为异客，每逢佳节倍思亲。遥知兄弟登高处，遍插茱萸少一人"，离家千里，故乡的风俗依然牢记诗人心中。故乡是诗人的情感依托，因此才会发出"月是

---

[1] 谭桂林：《长篇小说与文化母题》，湖南师范大学出版社2002年版，第2—3页。
[2] 费孝通：《乡土中国》，人民出版社2008年版，第2页。

故乡明"的感慨。而中国文学传统中这种思乡怀乡、叶落归根的意识,正来自安土重迁的民族心理动因,"安土重迁,恋慕坟墓,贤不肖之所同也"(王符《潜夫论·实边》)。"山阻海隔的地理位置、小农经济为主的生产方式,决定了思乡情愫作为农业社会、大陆文化的必然产物及其广阔的民俗背景",而"中国文化重政务,长期政教伦理熏陶下人们极具恒定性的情感生活,深广的经济、政治、文化与民俗传统,使乡土意识早就深植在中国文学的血脉中"。[1]中国现当代的乡土小说,就是与古典文学传统中乡土母题的一次遥相呼应。

中国的乡土小说发端于鲁迅。在《故乡》《社戏》《祝福》等小说中,鲁迅为读者展示了极具中国特色的乡村风貌。然而,与古典文学传统中单纯的思乡怀乡不同,鲁迅的乡土小说充满了启蒙色彩和对故乡的理性批判意识。乡村在"五四"作家笔下,已经不单纯是寄托情感的对象。继鲁迅之后,"五四"乡土小说作家群继承了他的这一批判传统,王鲁彦、许钦文、台静农、蹇先艾、彭家煌、许杰、王统照等人,他们的乡土小说多以批判乡村陋习为主,如王鲁彦《菊英的出嫁》对浙东农村冥婚旧俗的批判;蹇先艾《水葬》《在贵州道上》对贵州乡村旧俗的揭露;许杰《惨雾》对乡村触目惊心的械斗的描绘。这一批评的传统一直延续下来,在革命作家蒋光慈、柔石、叶紫等的笔下,乡村也不仅仅是

---

[1] 王立:《中国古代思乡文学侧议》,《文学评论》1988年第6期。

怀恋的对象,而是充满了阶级压迫与革命胎动的土地。在《咆哮了的土地》《为奴隶的母亲》《田家冲》《丰收》等小说中,阶级斗争、革命理想成为小说描写的中心。在《太阳照在桑干河上》《山乡巨变》《林家铺子》等小说中,乡土特色虽然占有一定的比重,但也被高度的政治自觉性和阶级斗争冲淡不少。到了新时期,在伤痕文学、知青文学等文学潮流中,依然可以看到乡土特色的延续,如古华的《芙蓉镇》既有田园诗风,又有对时代政治、经济的反思,高晓声的"陈奂生系列"一定程度上继承了鲁迅的国民性批判,史铁生的《我的遥远的清平湾》是对知青生活的乡村的眷恋与反思。此外,莫言的高密东北乡、贾平凹的商州、李杭育的葛川江等带有作家自身鲜明标记的乡土,已成为当代文学中独树一帜的"文学故乡",这些文学故乡既有鲜明的乡土特色,亦有作家个人的文化反思与批判。

现当代乡土小说中与我国文学思乡怀乡传统最接近的要数乡土浪漫派小说。废名的诗化小说是这一派乡土小说中较有特色的早期代表,在《桥》《桃园》《竹林的故事》等小说中,作者把诗意和禅趣融入小说,以其朴讷晦涩在乡土浪漫派小说中独树一帜。沈从文的小说已经被相关研究者无数次咀嚼,作者以湘西为背景,构筑了一个别开生面的"边城"世界,与废名传统士大夫式的田园意境不同,沈从文虽然用相对温和的笔触构筑了"边城",但在温和背后又有着对文明的反思。此外,在现代作家中,萧乾的《雨夕》、萧红的《呼兰河传》、孙犁的《白洋淀纪事》等作品的笔调亦充满诗情画意。在新时期,把这一传统发展到极致的是汪曾祺。汪曾祺在新时期开"散文化小说"的先河,在《大淖记事》等小说中,作家充分展现了浙江的风俗人情。乡土浪漫派小说从情感基调上与我国古代的思乡怀乡传统更为接近,作品往往充满诗意与温情,思乡怀乡似乎也成为这一派小说的精神旨归。然而,剥离诗意的文字,这些小说与古代的单纯的以情感依托为旨归的思乡怀乡传统不同,参禅悟道的废名实则表现出对现代文明的逃离;沈从文的"边城"世界里没有传统的伦理道德规范,有自己的一套"山野"法则;萧红的温情脉脉的笔触背后满含生命的辛酸与痛楚;汪曾祺恬淡优美的文风背后是对生命的抚慰、对美的追求。

  无论是以批判为主的乡土小说,还是充满诗意与温情的乡土小说,本质上都是对我国自古以来思乡怀乡传统的继承,都是对深植于血脉中的乡土意识的呈现,都是对亘古不变的创作对象——乡村的再一次重写。无论是批判也好,诗意呈现也罢,面对生于斯长于斯的乡村大地,作家的第一重情感首先都是怀恋。现当代的作家,往往都有一种"离去—归乡—离去"的情结,故乡既是哺育自己的母亲,又是千疮百孔,亟须改造的所在。因此,面对故乡,作家不同于传统的文人,于情于理,都更为纠缠矛盾。而在纠缠矛盾之中,作家对乡土,也就多了一份现代的审视目光,多了一份理性的反思精神。这种植根于现代文明社会的矛盾与纠缠、理性与反思,就是对古典文学传统中乡土母题的一次重构。

　　我国古代文学作品中的爱情母题，可追溯至《诗经》，此后，在历朝历代的文学作品中，都不乏这一母题，汉乐府民歌有之，唐朝诗歌有之，宋词元曲有之，唐传奇、明清小说亦有之。我国古典的爱情母题，或歌咏爱情，或感慨爱而不得，但无论哪一种，在两性关系中，女性大多处于被动的地位，如《诗经》中的"弃妇"，《孔雀东南飞》中因姑婆阻挠最终命丧黄泉的刘氏，《长恨歌》中香消玉殒的杨玉环，《红楼梦》中的林黛玉，都是封建礼教束缚下的牺牲品。即使在以美满爱情为结局的作品中，女性也是依附于男性，以男性为中心的，如在《西厢记》《牡丹亭》这一类戏曲中，崔莺莺、杜丽娘虽然敢于冲破礼教追求爱情，最终却依然落入礼教的传统之中，丈夫高中状元才使得爱情成为可能。现当代作家无疑深化了爱情母题，在两性关系中开始把女性作为独立的个体加以考量。现代作家对女性地位的思考基于对封建纲常伦理的批判，倡导妇女走出家庭和两性平等。然而，在严酷的社会环境中，在女性自身尚未觉醒的情况下，女性走出家庭之后将会怎样？鲁迅的《伤逝》深刻地反思了这一悲剧。此后，新文学作家们基于反抗封建伦理的目的，书写了很多爱情悲剧，如巴金的《家》，曹禺的《雷雨》。随着男女平等思想的进一步传播，妇女解放的进一步深化，基于两性平等的爱情模式得以出现，最典型的如舒婷的《致橡树》、张洁的《爱，是不能忘记的》等作品。

再如我国的乌托邦传统。乌托邦可以分为时间意义上的乌托邦和空间意义上的乌托邦，而中国古典的以"桃花源"为传统的乌托邦属于空间意义上的乌托邦。[1] 几千年前的陶渊明在《桃花源记》中构筑了一个"阡陌交通，鸡犬相闻"，"不知有汉，无论魏晋"，与世隔绝的理想世界，从此，这个小国寡民式的桃花源就成了中国传统士大夫所汲汲追求的世界。近现代作家依然延续了这一乌托邦母题的创作。然而，与我国古典的空间意义上的乌托邦不同，近现代作家更倾向于时间意义上的乌托邦，把理想的世界放在未来，如梁启超的《新中国未来记》就预言了一个60年后的繁荣的新中国。从根本上看，传统的乌托邦是"向后看"的，而近现代作家笔下的乌托邦则是"向前看"的；又如沈从文构筑的湘西，当代作家贾平凹、莫言等构筑的文学故乡，也是一种文学上的乌托邦。然而与古代士大夫的感情取向不同，现当代作家多了一份清醒的批判意识，在感情上依恋文学故乡，在理性上却同样看到了文学故乡的种种弊端，具有鲜明的现实指向。

现当代作家以我国古代文学经典中的母题为重构的对象，一方面抓住了我国千百年来根本性的民族精神，以文学作品反映民族特定的精神现象；另一方面，选取古代文学经典中的母题重构，对基于传统文化秩序的母题构成挑战，以现代性的视野重构起属于现代中华民族的情感世界、生命伦理。当然，从作品的角

---

[1] 参见李永东《上海模式的中国乌托邦叙事》，《文学评论》2014年第2期。

度讲，现当代文学对古代文学传统的解构与重构远不止母题一个方面，从文学的形式技法、审美风格等各个方面看，现当代文学依然与古代文学形成解构与重构的关系。正是在解构与重构中，古典文学传统与现当代文学形成互文性的关系，传统的母题在重构中被进一步深化，传统的技法、风格在无形中融入现当代文学作品，共同参与现当代文学的建构。

三、读者——传统规约下的接受者

从接受美学的角度讲，"文学的历史是一种审美接受与生产的过程"，"每一部作品都有它自己独有的、历史上的和社会学方面可确定的读者，每一位作家依赖于他的读者的社会背景（milieu）、见解和思想"。[1]在文学活动中，读者与作品、作家一样重要，因此，文学传统理应包括读者的传统。读者参与传统的建构，同时也受到传统的规约。传统作为一种"凝聚在物质型文化和精神型文化中的观念、意识、心理等"[2]，往往在价值系统、心气系统等方面潜移默化地影响一个民族，形成一个民族共同的价值取向和特

---

[1] [德]汉斯·罗·尧斯:《文学史作为对文学理论的挑战（摘译）》，载《马克思主义文艺理论研究》编辑部编选《美学文艺学方法论·续集》，文化艺术出版社1987年版，第374、352页。

[2] 张立文:《传统学引论——中国传统文化的多维反思》，中国人民大学出版社1989年版，第33页。

有的审美特征,比如华夷之别、宗族精神、祖先崇拜、叶落归根的心理气质。

在具体的文学活动中,读者因其类型的不同,受传统影响的方式与途径也有所差异。根据读者的具体所指,我们可以把读者分为作家视角下的读者和历史语境下的读者。作家视角下的读者要么是作家借以传达自身价值观念,以期对读者产生影响的"拟想读者";要么是作家的知音,具有较高的文学修养,是作家的"理想读者"。历史语境下的读者有的也是作家所期待的"理想读者"和"拟想读者",但更多的情况下受到时代语境的影响和制约,受民族传统审美心理的影响较大。下文从"拟想读者""理想读者"和历史语境下的读者三个方面,探讨传统读者与现当代读者之间的联系。

孔子从实用的角度,提出文艺"兴观群怨"的社会作用——"小子!何莫学夫《诗》?《诗》,可以兴,可以观,可以群,可以怨"(《论语·阳货》)。此后,钟嵘、黄宗羲、王夫之、袁枚等人都在诗论中进一步总结、阐发孔子的这一主张,使得"兴观群怨"成为我国文艺的一个重要传统。汉代也同样强调诗歌"经夫妇,成孝敬,厚人伦,美教化,移风俗"(《毛诗序》)的社会作用;曹丕在《典论·论文》中则认为文学艺术是"经国之大业,不朽之盛事",进一步提高了文艺的地位。文艺的"兴观群怨"传统,正是作家从读者的角度来体认文艺的作用,在这一视角之下,读者其实是作家的"拟想读者",是接受文艺教化的对象。以"兴观群怨"为主要代表的强调文艺功用的传统,一直延续至今,最有代表性的是近代以梁启超为代表的知识分子对小说作用的强调,以及五四文学对文学启蒙作用的强调。梁启超在晚清以来魏源等人倡导的经世致用思潮的基础上,发起"小说界革命",倡导"欲新一国之民,不可不先新一国之小说。故欲新道德,必新小说;欲新宗教,必新小说;欲新政治,必新小说;欲新风俗,必新小说;欲新学艺,必新小说;乃至欲新人心、欲新人格,必新小说。何以故?小说有不可思议之力支配人道故"[1]。一方面,梁启超等人使为传统士大夫所轻视甚至不齿的小说进入文学主流,并逐渐取得正统地位;另一方面,从根本的文学观念上看,梁启超以小说为"新民"工具的观念依然没有摆脱强调文艺"兴观群怨"社会作用的传统文艺观念的影响。在梁启超看来,小说是移风易俗、改变民智的一种重要手段,读者则是接受改造的对象。五四新文学的发端文学革命,作为新文化运动的重要组成部分,其目的就是思想启蒙。从文学实绩上看,新文学思想启蒙的目的亦十分明显,以冰心、王统照、罗家伦等为首的"问题小说"家,倡导"为人生"的文学研究会作家群等一大批新文学作家,基于思想启蒙的目的,以暴露为主,揭示了当时社会的种种问题与弊端,并企图开出

---

[1] 梁启超:《论小说与群治之关系》,载陈平原、夏晓虹编《二十世纪中国小说理论资料(第一卷)》,北京大学出版社1997年版,第50页。

"良方"。同样地,在五四新文学作家看来,读者是受启蒙、受教育的对象,其文学创作也多是围绕这一目的进行的。

如果说以"兴观群怨"为目的的文艺传统强调的是文艺之于读者的作用,读者是作家的"拟想读者",那么我国传统的强调情景交融"意境"理论,就是从审美的层面要求读者通过想象、再创造等活动体味作家意境的幽思,这一类读者,是作家文学上的"知音",意即作家的"理想读者"。皎然曾提出"诗情缘境发",由此可见意境是衡量诗歌艺术优劣的一个重要标准。而文学艺术中的所谓"意境",指的是"以宇宙人生的具体为对象,赏玩它的色相、秩序、节奏、和谐,借以窥见自我的最深心灵的反映;化实境而为虚境,创形象以为象征,使人类最高的心灵具体化、肉身化"[1]。读者要体会作家的意境,就要善于抓住"象外之象,景外之景","韵外之致,味外之旨"(司空图《诗品》);要能够"呈于象,感于目,会于心"(叶燮《原诗》)。"意境"理论与追求实用的"兴观群怨"传统不同,文学的艺术性被提到很高的地位,而读者只有作为作家的"知音",才能体会到作家的意境美。把读者作为"理想读者",强调读者与作家情感精神上的共通在现当代作家身上亦可寻到蛛丝马迹。新文学社团中的前期文学创造社,公然打出文学"为艺术而艺术"的旗号,强调文学

---

[1] 宗白华:《中国艺术意境之诞生》,载《美学散步》,上海人民出版社2012年版,第80页。

要忠实于作家的内心,强调创作的"直觉"和"灵感",重视文学的美感作用。在当代作家中把文学艺术技巧的追求放到首要地位的是先锋派作家,马原的"叙述圈套"、格非的"叙述空缺"、余华的"零度情感叙述"、孙甘露的"语言迷宫"等即为代表。在先锋派作家身上,作家个人艺术技巧的追求被放到文学创作的首要地位,作为读者,则必须是能够欣赏作家所谓"先锋"技巧的"理想读者"。

从上文的分析可知,"兴观群怨"的传统把读者作为"拟想读者",强调文艺对读者的教化作用,这一传统在近现代的体现:一是"小说界革命"对小说作用的认定,二是五四新文学作家把读者作为受启蒙的对象。"意境"理论强调读者与作家精神层面的互动交流,读者只有通过想象、创造性的活动,方能体会作品。从这一角度讲,作为作家的"理想读者",读者必须具有较高的文化修养,方能与作家进行精神层面的对话,方能体会作品的美感,理解作家的艺术技巧。然而从现当代的实际情况来看,无论是"拟想读者"也好,"理想读者"也罢,两者都没有达到作家的期望。尽管五四新文学作家汲汲于文学的启蒙作用,但读者似乎并不能理解作家的一片"苦心",鲁迅的众多小说就深刻地反映出这份"启蒙者"的悲哀与孤独;当代的先锋小说作家大玩形式与技巧,但真正理解作家的"理想读者"并不多,其结果是文学进一步失去读者,先锋派亦作为一股短暂的文学潮流黯然消失。文学的实际读者是历史语境中的读者,一方面受到时代背景的影响,另一方面作为民族共同体的一部分,又受到传统的规约,具有一些共同的审美心理与习惯,比如对"大团圆"结局的偏好。

我国的民族审美心理中自古以来就有偏好团圆的取向。以孔子为代表的儒家美学强调"和","礼之用,和为贵"——音乐表现的情感要受到"礼"的节制,要适度;"乐而不淫,哀而不伤"——艺术包含的感情必须是一种有节制的、有限度的感情。在儒家思想的影响下,"很多艺术家、文学家的审美趣味、审美理想都是以这个'和'字为核心的"[1]。由于受这种温柔敦厚的审美标准的影响,我国古代的艺术家在创作时往往都会注重节制,悲喜交错,即使在悲剧中,也会设置大团圆的结局,以达到平衡与中和。如在《窦娥冤》中,窦娥虽然遭受冤屈,但最后终得沉冤昭雪,坏人终遭惩罚;在《长生殿》里,杨贵妃与唐明皇最终得以在月宫团聚;在《赵氏孤儿》中,赵武杀死杀父仇人屠岸贾……在其他的一些戏曲中,大团圆结局更为普遍,如《西厢记》中张生最后高中状元并与崔莺莺喜结连理,《牡丹亭》中杜丽娘还魂和柳梦梅终成眷属。当然,我国文学作品中的这种大团圆倾向还受到道家和谐自然的观念、佛教善恶有报观念等一系列因素的影响。

从读者的角度看,一方面,以团圆为取向的民族审美心理

---

[1] 叶朗:《中国美学史大纲》,上海人民出版社1985年版,第47—49页。

构成了一个传统的核心要素,并凝聚成一种稳定的结构;另一方面,以大团圆为价值取向的经典文学作品,在无形中又成为读者文艺鉴赏的标准,进一步加深了读者的这种审美心理取向;另外,大团圆的取向本身比较符合广大读者朴素的感情,世俗化、娱乐化的要求以及一种"缺圆的补足"[1]的深层心理动因。因此,在以读者(观众)为主导的艺术形式中,这一点就表现得非常明显。古代以戏曲为主,到了现当代,这一倾向依然有明显的表现,比如工农兵文学和以消费文化为主导的通俗文学。

工农兵文学的兴起与当时的政治历史环境有关。1942年,毛泽东的《在延安文艺座谈会上的讲话》正式确立了解放区文学的"工农兵"方向,强调文艺应该"为千千万万劳动人民服务"。以工农兵大众作为主要受众的读者群地位空前提高,广大作家主动向工农兵学习,从民间传统中汲取营养,同时,读者大众的审美趣味也就成为作家创作过程中不得不考虑的一个关键因素。工农兵文学中的一系列经典之作如新歌剧《白毛女》、"信天游"《王贵与李香香》,以及赵树理的《小二黑结婚》等,最后都是地主恶霸/封建势力溃败,劳动人民取胜。这样的作品满足了我国读者自古以来偏好团圆的审美心理需求,获得了极大的成功,被读者

---

[1] 杜奋嘉:《缺圆的补足——中国古典悲剧大团圆结局的心理定势》,《东方丛刊》1995年第1辑。

广泛传阅、接受,成为工农兵文学的代表。另一类以读者为"上帝"的文学作品,本身体现的就是商品生产中生产与消费的二重关系,这类文学作品主要是一些以市场为导向的通俗文学作品。同样地,这些文学作品由于把读者的审美需求放在首位,"符合民族欣赏习惯的优势……也必然会反映他们的社会价值观……"[1],因此也有追求"大团圆"的取向。如张恨水的《啼笑因缘》,男主人公樊家树虽然与沈凤喜、关秀姑、何丽娜等深陷感情纠葛,但历经磨难之后,终于与门当户对的何丽娜"有情人终成眷属";金庸的《倚天屠龙记》,张无忌最终逃离江湖的纷纷扰扰,与赵敏长相厮守。在新媒体语境下,与读者关系最为紧密的则是网络文学。在网络文学比例中占有重要地位的言情类小说,通常就会设置男女主人公有情人终成眷属的大团圆结局,或者设置开放式结局或者设置多种结局,其中之一则必有大团圆的结局,以满足读者的审美需求。

无论是工农兵文学也好,以市场为导向的通俗文学也罢,读者的审美趣味都被放在关键位置,甚至"过犹不及",以致造成文学审美性、艺术性的缺失。文学的"光晕"消失了,取而代之的或是政治化、功利化的价值取向,或是商品化、市场化的追求。读者的审美传统,应该是塑造、生成中的传统,而读者审美

---

[1] 范伯群:《总序》,载《中国近现代通俗作家评传丛书(之三)·中国侦探小说宗匠——程小青》,南京大学出版社1994年版,第2页。

传统的重新生成,则是作家和读者博弈、合力的结果。

从作家、作品、读者三个角度看,古典文学传统与现当代文学都有着千丝万缕的联系。新文学作家们以文学创作的实绩破除了古典文学传统,但古典文学传统中的母题依然在现当代文学中延续,古代文学作品中的技法、审美风格,依然或显或隐,体现于现当代文学作品中,现当代文学对古典文学传统是一种重构与深化。从作家、读者的角度看,我国古代文学传统中所形成的作家的文化品格、读者的审美心理,依然影响到当下。在消费文化泛滥的今天,作家如何定位自身,如何兼顾读者的审美习惯,传统依然是一个重要的参考维度。

一般而言,现代文学传统已经是学界的共识,指的是"近百年来那些已经逐步积淀下来,成为某种常识或某种普遍性的思维与审美方式,并在现实的文学/文化生活中起作用的规范性力量"[1]。而当代文学作为当下的文学现象,并不足以形成文学传统。但传统是生成中的,"'传统'是流动于过去、现在、未来这整个时间性中的一种'过程',而不是在过去就已经凝结成型的一种'实体'"[2]。传统的指向是当下的,也是未来的。从作家、作品、读者的角度看,古典文学传统何尝不参与现代文学传统的生成,又何尝不影响到当代文学。古典文学传统,始终是现

---

[1] 温儒敏、陈晓明等:《现代文学新传统及其当代阐释》,北京大学出版社2010年版,第3页。

[2] 甘阳:《古今中西之争》,生活·读书·新知三联书店2012年版,第53页。

当代文学传统生成、阐释的一个重要维度，更是现代中国文学身份认同中居于重要位置的面向之一。

参考文献

一、基本史料

《新青年》《晨报》《甲寅》《北京大学日刊》《民国日报》《每周评论》《努力周报》《语丝》《宇宙风》《国际公报》《独立评论》《人间世》《小说月报》《诗刊》《新时代》《解放日报》《中国文化》《学艺》《抗战文艺》《文艺阵地》《学习》《笔谈》《新中华报》《人民日报》

二、论著

[英]安东尼·吉登斯：《现代性与自我认同：现代晚期的自我与社会》，赵旭东、方文译，生活·读书·新知三联书店1998年版。

夏衍：《夏衍〈赛金花〉资料选编》，安徽大学中文系教学参考书，1980年印制。

[法]安克强：《上海妓女——19—20世纪中国的卖淫与性》，袁燮铭、夏俊霞译，上海古籍出版社2004年版。

包亚明主编：《后现代性与地理学的政治》，上海教育出版社2001年版。

包亚明主编：《现代性与空间的生产》，上海教育出版社2003年版。

[法]贝尔纳·布里赛:《上海:东方的巴黎》,刘志远译,上海远东出版社2014年版。

林乐奇、郁华编:《冰心自叙》,团结出版社1996年版。

(清)曹雪芹著,无名氏续:《红楼梦》(上),人民文学出版社2008年版。

陈炳堃:《最近三十年中国文学史》,太平洋书店1930年版。

陈独秀:《陈独秀文集》,人民出版社2013年版。

陈昊苏:《访日杂咏十首》,1979年5月油印本。

陈荒煤:《荒煤短篇小说选》,人民文学出版社1980年版。

陈晋:《文人毛泽东》,上海人民出版社2005年版。

陈平原、夏晓虹编:《二十世纪中国小说理论资料(第一卷)》,北京大学出版社1997年版。

陈学昭:《延安访问记》,北极书店1940年版。

陈运和:《贺敬之的歌》,中国国际文艺出版社2009年版。

陈子善编:《张爱玲的风气:1949年前张爱玲评说》,山东画报出版社2004年版。

程远主编:《延安作家》,陕西人民教育出版社1992年版。

[法]丹纳:《艺术哲学》,傅雷译,江苏文艺出版社2012年版。

[法]蒂费纳·萨莫瓦约:《互文性研究》,邵炜译,天津人民出版社2003年版。

丁玲:《丁玲文集》,湖南人民出版社1984年版。

丁玲:《丁玲全集》,河北人民出版社2001年版。

丁玲:《魍魉世界》,湖南人民出版社1987年版。

丁七玲:《贺敬之》,中国文史出版社2015年版。

丁西林:《丁西林剧作全集》(上),中国戏剧出版社1985年版。

丁正梁:《贺敬之新古体诗选释》,中央文献出版社2008年版。

范伯群主编:《中国近现代通俗作家评传丛书(之三)·中国侦探小说宗匠——程小青》,南京大学出版社1994年版。

费孝通:《乡土中国》,人民出版社2008年版。

冯至:《冯至全集》,河北教育出版社1999年版。

傅谨、沈冬梅:《中国寺观》,浙江人民出版社1996年版。

甘阳:《古今中西之争》,生活·读书·新知三联书店2012年版。

葛红兵、宋耕:《身体政治》,上海三联书店2005年版。

顾卫民:《基督教与近代中国社会》,上海人民出版社2010年版。

顾长声:《传教士与近代中国》,上海人民出版社2004年版。

高远东:《现代如何"拿来"——鲁迅的思想与文学论集》,复旦大学出版社2009年版。

关英:《景教与大秦寺》,三秦出版社2005年版。

郭林:《陕甘宁边区的民族关系》,陕西师范大学出版社2001年版。

郭沫若著作编辑出版委员会编:《郭沫若全集·文学编·第11卷》,人民文学出版社1992年版。

寒光:《林琴南》,上海中华书局1935年版。

何火任:《贺敬之评传》,社会科学文献出版社2020年版。

何其芳:《何其芳全集》,河北人民出版社2000年版。

何其芳:《何其芳文集》,华夏出版社2000年版。

贺桂梅:《书写"中国气派"——当代文学与民族形式建构》,北京大学出版社2020年版。

贺敬之:《贺敬之文集》,作家出版社2005年版。

贺敬之:《乡村的夜》,作家出版社1957年版。

贺敬之:《笑》,五十年代出版社1951年版。

侯中军:《近代中国的不平等条约——关于评判标准的讨论》,上海书店出版社2012年版。

胡全章:《传统与现实之间的探寻——吴趼人小说研究》,河南大学出版社2006年版。

胡适:《胡适全集》,安徽教育出版社2003年版。

黄湘金:《史事与传奇:清末民初小说内外的女学生》,北京大学出版社2016年版。

黄晓华:《现代人建构的身体维度:中国现代文学身体意识论》,中国社会科学出版社2008年版。

会林、陈坚、绍武编:《夏衍研究资料》,中国戏剧出版社1983年版。

[法]加斯东·巴什拉:《空间的诗学》,张逸婧译,译文出版社2013年版。

贾漫:《诗人贺敬之》,大众文艺出版社2000年版。

金东方:《赛金花》,鹭江出版社1985年版。

康有为著,钟叔河校点:《欧洲十一国游记》,湖南人民出版社1980年版。

[美]柯文:《在中国发现历史——中国中心观在美国的兴起》,林同奇译,中华书局2002年版。

孔范今主编:《二十世纪中国文学史》,山东文艺出版社1997年版。

乐黛云、勒·比雄编:《独角兽与龙——在寻找中西文化普遍性中的误读》,北京大学出版社1995年版。

[英]雷蒙·威廉斯:《马克思主义与文学》,王尔勃、周莉译,河南大学出版社2008年版。

李芳民:《唐五代佛寺辑考》,商务印书馆2006年版。

李劼人:《李劼人选集》第1卷,四川人民出版社1980年版。

李劼人:《死水微澜》,四川文艺出版社2012年版。

李劼人研究学会编:《李劼人研究》,四川大学出版社1996年版。

李今:《海派小说与现代都市文化》,安徽教育出版社2000年版。

李欧梵:《上海摩登——一种新都市文化在中国(1930—1945)》,毛尖译,北京大学出版社2001年版。

李向东、王增如:《丁玲传》(上),中国大百科全书出版社2015年版。

李永东:《租界文化与30年代文学》,上海三联书店2006年版。

李永东:《租界文化语境下的中国近现代文学》,人民出版社2013年版。

李泽厚:《中国近代思想史论》,生活·读书·新知三联书店2008年版。

李辉主编:《林语堂自述》,大象出版社2005年版。

刘禾:《跨语际实践:文学,民族文化与被译介的现代性(中国,1900—1937)》,生活·读书·新知三联书店2007年版。

龙迪勇:《空间叙事学》,生活·读书·新知三联书店2015年版。

鲁迅:《鲁迅全集》,人民文学出版社2005年版。

陆华、祝东力编:《回首征程:贺敬之文学生涯65周年纪念文集》,文化艺术出版社2005年版。

陆华编:《贺敬之研究文选》,文化艺术出版社2008年版。

陆士谔:《孽海花续编》,中国文联出版公司1989年版。

路翎:《财主底儿女们》(上),人民文学出版社1985年版。

罗志田:《再造文明之梦:胡适传(修订本)》,社会科学文献出版社2015年版。

罗昌智:《在现代与传统之间——新文学作家与中国文化论稿》,黑龙江人民出版社2007年版。

罗丹:《法国大教堂》,啸声译,上海人民美术出版社1993年版。

中共中央文献研究室编:《毛泽东书信选集》,中央文献出版社2003年版。

孟华主编:《比较文学形象学》,北京大学出版社2001年版。

[日]木山英雄:《人歌人哭大旗前:毛泽东时代的旧体诗》,赵京华译,生活·读书·新知三联书店2016年版。

穆时英:《穆时英小说全集》,时代文艺出版社1998年版。

[苏]巴赫金著,钱中文主编:《小说理论》,白春仁、晓河译,河北教育出版社1998年版。

《马克思主义文艺理论研究》编辑部编选:《美学文艺学方法论·续集》,文化艺术出版社1987年版。

欧阳哲生:《新文化的传统——五四人物与思想研究》,广东人民出版社2004年版。

彭漱芬:《丁玲小说的嬗变》,湖南文艺出版社1991年版。

钱基博:《现代中国文学史》,世界书局1933年版。

钱理群:《周作人传》,华文出版社2013年版。

钱理群、温儒敏、吴福辉:《中国现代文学三十年》,北京大学出版社1998年版。

[美]乔纳森·卡勒:《文学理论入门》,李平译,译林出版社2013年版。

秦林芳:《丁玲评传》,南京大学出版社2012年版。

[日]清水正夫:《松山芭蕾舞白毛女——日中友好之桥》,王北成、前民译,国际文化出版公司1985年版。

《圣经》,中国基督教协会2009年版。

[日]山田晃三:《〈白毛女〉在日本》,文化艺术出版社2007年版。

邵雍:《中国近代妓女史》,上海人民出版社2006年版。

石评梅:《石评梅文集》,燕山出版社2007年版。

屈毓秀、尤敏编:《石评梅选集》,山西人民出版社1983年版。

时胜勋:《西学·维新·传统——现代中国文论的多元文化话语》,河南人民出版社2011年版。

[美]史书美:《现代的诱惑:书写半殖民地中国的现代主义(1917—1937)》,何恬译,江苏人民出版社2007年版。

[英]戴维·斯坦克利夫:《教堂建筑》,吴丹青译,大象出版社2013年版。

宋伟:《后理论时代的来临:当代社会转型中的批评理论重构》,文化艺术出版社2011年版。

宋益乔:《追求终极的灵魂——许地山传》,海峡文艺出版社1989年版。

孙庆升编:《丁西林研究资料》,中国戏剧出版社1986年版。

孙瑞珍、王中忱编:《丁玲研究在国外》,湖南人民出版社1985年版。

[美]泰勒·丹涅特:《美国人在东亚——十九世纪美国对中国、日本和朝鲜政策的批判的研究》,姚曾廙译,商务印书馆1959年版。

谭桂林:《长篇小说与文化母题》,湖南师范大学出版社2002年版。

唐宝林:《陈独秀全传》,香港中文大学出版社2011年版。

陶东风、周宪主编:《文化研究(第10辑)》,社会科学文献出版社2010年版。

陶东风主编:《中国革命与中国文学》,黑龙江人民出版社2009年版。

陶慕宁:《青楼文学与中国文化》,东方出版社2006年版。

[德]彼德·特拉夫尼:《海德格尔导论》,张振华、杨小刚译,同济大学出版社2012年版。

田本相、刘一军:《曹禺》,中国华侨出版社1997年版。

童庆炳、陶东风主编:《文学经典的建构、解构和重构》,北京大学出版社2007年版。

汪民安、陈永国编:《后身体:文化、权力和生命政治学》,吉林人民出版社2003年版。

王本朝:《20世纪中国文学与基督教文化》,安徽教育出版社2000年版。

王德威:《想象中国的方法:历史·小说·叙事》,生活·读书·新知三联书店1998年版。

王国伟:《吴趼人小说研究》,齐鲁书社2007年版。

王培元:《抗战时期的延安鲁艺》,广西师范大学出版社1999年版。

王铁崖编:《中外旧约章汇编》第一册,生活·读书·新知三联书店1959年版。

王晓明编:《人文精神寻思录》,文汇出版社1996年版。

王晓玉:《赛金花·凡尘》,上海古籍出版社1998年版。

王一川:《中国现代性体验的发生:清末民初文化转型与文学》,北京师范大学出版社2001年版。

王增如、李向东编:《丁玲年谱长编(1904—1986)》(上卷),天津人民出版社2006年版。

魏绍昌编:《孽海花资料》(增订本),上海古籍出版社1982年版。

温儒敏、陈晓明等:《现代文学新传统及其当代阐释》,北京大学出版社2010年版。

吴福辉:《都市漩流中的海派小说》,复旦大学出版社2009年版。

夏衍:《夏衍选集·第一卷》,四川文艺出版社1988年版。

萧乾:《萧乾短篇小说选》,人民文学出版社1982年版。

萧乾:《萧乾回忆录》,工人出版社2005年版。

萧军:《萧军全集》,华夏出版社2008年版。

谢冕:《新世纪的太阳——二十世纪中国诗潮》,中国人民大学出版社2009年版。

谢纳:《空间生产与文化表征——空间转向视阈中的文学研究》,中国人民大学出版社2010年版。

熊佛西:《赛金花》,华中图书公司1944年版。

徐清泉:《中国传统人文精神论要——从隐逸文化、文艺实践及封建政治的互动分析入手》,上海社会科学院出版社2003年版。

薛福成:《出使四国日记》,湖南人民出版社1981年版。

许宝强、罗永生选编:《解殖与民族主义》,中央编译出版社2004年版。

乐齐主编:《神秘奇特 异域情韵:许地山小说全集》,中国文联出版公司1996年版。

许华斌:《丁玲小说研究》,复旦大学出版社1990年版。

许纪霖:《智者的尊严:知识分子与近代文化》,学林出版社1991年版。

许纪霖:《中国知识分子十论》,复旦大学出版社2003年版。

杨剑龙:《都市上海的发展与上海文化的嬗变》,上海文化出版社2012年版。

杨联芬:《晚清至五四:中国文学现代性的发生》,北京大学出版社2003年版。

叶朗:《中国美学史大纲》,上海人民出版社1985年版。

袁良骏编:《丁玲研究资料》,天津人民出版社1982年版。

岳凯华:《五四激进主义的缘起与中国新文学的发生》,岳麓书社2006年版。

余英时:《士与中国文化》,上海人民出版社2003年版。

中华全国妇女联合会妇女运动历史研究室编:《五四时期妇女问题文选》,中国妇女出版社1981年版。

张立文:《传统学引论——中国传统文化的多维反思》,中国人民大学出版社1989年版。

燕谷老人:《续孽海花》,黑龙江人民出版社1982年版。

张爱玲:《张爱玲全集传奇》,中国戏剧出版社2005年版。

张次溪编:《灵飞集》,天津书局1939年版。

[美]张灏:《危机中的中国知识分子——寻找秩序与意义》,高力克等译,山西人民出版社1988年版。

张健:《中国现代喜剧史论》,北京大学出版社2006年版。

张力、刘鉴唐:《中国教案史》,四川省社会科学院出版社1987年版。

张莲波:《中国近代妇女解放思想历程(1840—1921)》,河南大学出版社2006年版。

张器友:《读贺敬之》,红旗出版社2020年版。

张若谷:《异国情调》,世界书局1929年版。

张旭、车树昇编著:《林纾年谱长编(1852—1924)》,福建教育出版社2014年版。

张资平:《张资平文集》,华夏出版社2000年版。

章清:《大上海 亭子间:一群文化人和他们的事业》,上海人民出版社1991年版。

赵林、杨熙楠主编:《人神之际》,广西师范大学出版社2008年版。

曾繁:《赛金花外传》,大光书局1936年版。

(清)曾朴:《孽海花》,上海古籍出版社2011年版。

赵淑侠:《赛金花》,江苏文艺出版社2010年版。

赵一凡等主编:《西方文论关键词》,外语教学与研究出版社2006年版。

赵家璧主编:《中国新文学大系》,上海良友图书印刷公司1935年版。

中共中央文献研究室编:《毛泽东文艺论集》,中央文献出版社2002年版。

钟叔河编订:《周作人散文全集》,广西师范大学出版社2009年版。

周立波:《周立波鲁艺讲稿》,上海文艺出版社1984年版。

朱鸿召:《延安曾经是天堂》,陕西人民出版社2012年版。

朱谦之:《中国景教:中国古代基督教研究》,东方出版社1993年版。

朱晓进:《政治文化与中国二十世纪三十年代文学》,人民出版社2006年版。

朱自清:《朱自清散文全集》,江苏教育出版社1998年版。

宗白华:《美学散步》,上海人民出版社2012年版。

宗诚:《风雨人生——丁玲传》,中国文联出版社1988年版。

邹弢:《海上尘天影》,百花洲文艺出版社1993年版。

L.M. Amundsen-Meyer, etc., *Identity Crisis: Archaeological Perspectives on Social Identity*, Calgary: Chacmool Archaeological Association University of Calgary, 2001.

三、期刊、报纸

陈平原:《古文传授的现代命运——教育史上的林纾》,《文学评论》2016年第1期。

陈智慧:《主体的女人 鲜活的情欲——丁玲〈一个男人和一个女人〉的女性主义解读》,《名作欣赏》2009年第12期。

杜奋嘉:《缺圆的补足——中国古典悲剧大团圆结局的心理定势》,《东方丛刊》1995年第1辑。

高兴:《渊薮与战场——革命文学作家对于民国上海的空间体

验》,《河北师范大学学报(哲学社会科学版)》2013年第5期。

葛红兵:《新理性:新启蒙及人文精神大讨论的发展》,《探索与争鸣》1998年第1期。

韩少功:《文学的"根"》,《作家》1985年第4期。

何莉:《论丁玲小说创作的现代性演变——莎菲系列形象的诞生、发展到消亡》,《南宁师范高等专科学校学报》2007年第2期。

吕周聚:《现代女性视野中的赛金花——赵淑侠的〈赛金花〉解读》,《世界华文文学论坛》2002年第3期。

潘静如:《旧体诗如何介入20世纪的文学史和思想史?——读夏中义〈百年旧诗人文血脉〉》,《中国图书评论》2020年第4期。

钱理群:《丁西林喜剧〈酒后〉批注》,《名作欣赏》1993年第2期。

宋莉华:《上海、法租界与晚清小说对异域的想像性建构——以〈孽海花〉为中心》,21世纪都市发展和文化:上海—巴黎都市文化国际学术研讨会,2009年10月25日。

田培良:《文化外交对中日邦交正常化的作用》,《公共外交季刊》2011年第2期。

王立:《中国古代思乡文学侧议》,《文学评论》1988年第6期。

王晓明:《人文精神讨论十年祭》,《上海交通大学学报(哲学社会科学版)》2004年第1期。

魏泉:《以掌故为小说——曾朴的〈孽海花〉与晚清民国的掌故之学》,《文艺理论研究》2021年第6期。

谢冕:《论贺敬之的政治抒情诗》,《诗刊》1960年11、12月号合刊。

杨蓉蓉:《90年代"人文精神"大讨论之反思》,《兰州学刊》2005年第5期。

张承志:《诗人,你为什么不愤怒》,《文汇报》1994年8月7日。

张翔:《共和与国教——政治巨变之际的"立孔教为国教"问题》,《开放时代》2018年第6期。

赵淑侠、陈贤茂:《海外华文文坛的独行侠——赵淑侠访谈录》,《华文文学》2010年第1期。

蔡翔、罗岗、毛尖等:《重返"人民文艺":研究路径与问题意识——新中国文艺七十周年暨张炼红、朱羽新书研讨会》,《南方文坛》2020年第4期。

程凯:《重读〈新的信念〉与〈我在霞村的时候〉》,《中国现代文学研究丛刊》2013年第6期。

董炳月:《贞贞是个"慰安妇"——丁玲〈我在霞村的时候〉解析》,《中国现代文学研究丛刊》2005年第2期。

董丽敏:《身体、历史与想象的政治——作为文学事件的"50年代妓女改造"》,《文学评论》2010年第1期。

冯望岳:《〈Lobenicht的塔〉〈社戏〉——现代隐喻小说文本》,《宝鸡文理学院学报(社会科学版)》2006年第6期。

蒋利春:《论徐志摩诗歌的基督情结》,《河南科技大学学报(社会科学版)》2003年第4期。

雷鸣:《新世纪小说中妓女形象谱系与中国现代性问题》,《南京师大学报(社会科学版)》2015年第2期。

李永东:《半殖民地中国"假洋鬼子"的文学构型》,《中国社会科学》2017年第3期。

李永东:《半殖民与解殖民的现代中国文学》,《天津社会科学》2015年第3期。

李永东:《文化身份、民族认同的含混与危机——论郭沫若五四时期的创作》,《文学评论》2012年第3期。

李永东:《小说中的南京大屠杀与民族国家观念表达》,《中国社会科学》2015年第6期。

李永东:《上海模式的中国乌托邦叙事》,《文学评论》2014年第2期。

李遇春、曹辛华、黄仁生:《从"合法性"论争到"合理性"论证——现当代旧体诗词研究的问题与方法三人谈》,《文艺研究》2020年第11期。

刘璐:《何其芳的"工作伦理"与文学转向——以1937年—1942年何其芳的经历和写作为中心》,《文学评论》2018年第4期。

卢燕娟:《再谈政治与诗歌——以贺敬之的政治抒情诗为对象》,《文艺理论与批评》2014年第6期。

孟庆澍:《〈甲寅〉与〈新青年〉渊源新论》,《中国现代文学研究丛刊》2010年第5期。

彭建华:《基督教堂建筑空间的发展与演绎》,《建筑与文化》2008年第8期。

秦兰珺:《论松山芭蕾舞团的三版〈白毛女〉》,《文艺理论与批评》

2017年第4期。

邱诗越:《失落与救赎——论石评梅小说基督教思想的驳杂性》,《太原理工大学学报(社会科学版)》2010年第2期。

阮炜:《政治民族主义与文化民族主义》,《书屋》1997年第6期。

孙玉石:《现实的与哲学的——鲁迅〈野草〉重释》(连载九),《鲁迅研究月刊》1996年第9期。

王学富:《冰心与基督教——析冰心与"爱的哲学"的建立》,《中国现代文学研究丛刊》1994年第3期。

王学钧:《〈官场现形记〉连载及刊行考》,《明清小说研究》2008年第3期。

王增如、李向东:《读丁玲〈在医院中〉(草稿)》,《中国现代文学研究丛刊》2007年第6期。

于相风、李永东:《半殖民中国应对西方文明的姿态——〈文明小史〉解读》,《福建论坛(人文社会科学版)》2017年第1期。

袁良骏:《简述许地山先生写于香港的小说》,《河北学刊》1997年第6期。

张大为:《文学的"时间"与"空间"》,《文艺评论》2016年第11期。

张芙鸣:《施蛰存:执著的"新感觉"》,《社会科学报》2003年12月4日。

张宣:《哈代小说的基督教堂文化检视》,《淮北煤炭师范学院学报(哲学社会科学版)》2009年第2期。

祝东力:《站在尖顶教堂门前——理解贺敬之》,《文艺理论与批评》2014年第6期。

周锋:《论贺敬之政治抒情诗的"类"的自我表现》,《文艺理论与批评》2014年第6期。

四、学位论文

李怡:《日本体验与中国现代文学的发生》,博士学位论文,北京师范大学,2003年。

樊朝刚:《创伤体验与沈从文的小说创作》,硕士学位论文,山东师范大学,2012年。

李凌羽:《中日建交以来两国间文化外交的历程与评析》,硕士学位论文,兰州大学,2017年。

于善彬:《晚清妇女解放小说研究》,硕士学位论文,河南大学,2010年。

买琳芳:《带镣铐的舞者——论石评梅的文学创作与精神觉醒》,硕士学位论文,暨南大学,2014年。

周进:《上海近代基督教堂研究(1843—1949)》,硕士学位论文,同济大学,2008年。

后　记

　　2011年的盛夏，当听说我高考志愿想要填报汉语言文学时，家里的两位亲人曾一再劝阻，或建议学经济，或建议学医，但我最后还是坚定地选择了中文。如今，两位怀着善意劝阻的亲人早已与我天人永隔，而我却在中文的路上一条道走到"黑"。当年我曾怀着一个文学青年的梦，但所喜爱的并不是风靡一时的属于90后的青春文学，因为妈妈的严格"管教"，青春期的我读的多是鲁迅作品和四大名著一类与应试教育还能搭上边的所谓文学经典。当我如愿以偿入读中文系后，阅读文学作品终于变得"名正言顺"。但最初阶段，我对文学的理解是狭隘的——"文学性"是我衡量作品与选择阅读对象的唯一标准。当时除了应付文学史课上布置的基本作品以外，更多的时间被我用来咂摸与回味沈从文、废名、汪曾祺的文学世界。

　　因写作本科毕业论文的缘故，我对文学的狭隘理解终于获得延展的契机。还记得当时忐忑不安地询问我的指导老师李永东教授，我能不能选赛金花题材作为毕业论文的研究对象。其实在询问老师之前，我已经阅读了不少相关作品和史料，但若以文学性的标准来衡量，这些作品自然并不都是上乘之作，再加上赛金花这一历史人物的特殊性，自己也在心里揣摩老师一定会觉得这个题目"不正经"。没想到李老师听我汇报完之后，大力支持这一选题，并在我后续的研究中不遗余力地加以点拨和引导。于是，就有了我的第一篇处女作。回头来看，《三代知识分子眼中的赛金花》这篇文章浅陋之处自然不少，但它却引发我了硕士研究生阶段对现代中国边缘女性的关注，并因之获得一种身为女性的切己体验。于是敝帚自珍，我把这一组文章放在了本书"边缘女性身份的现代建构"这一章中。

其他章节的书稿，也大多写于我的硕士研究生阶段。第一章对文学史中新旧身份转换的探索，把中国现代文学放在了历时性的维度中加以考量，初入门时只会以"文学性"的眼光看作品的思路于是得以进一步拓宽。第三章的写作原本是因为对女性的特别关注而迷上丁玲，再由丁玲进入20世纪中国的关键词"革命"，于是有了同一主题之下三节的写作与探索。第四章修改自我的硕士学位论文《半殖民语境下现代中国文学的教堂书写》，因此这一章相对而言更具有整体性。这些写作，大多得到我的硕士研究生导师李永东教授的耐心指导。书稿中亦有部分章节是读博期间的探索，第一章第三节对贺敬之新古体诗的思考，就得益于我的博士研究生导师姚丹教授的"现代文学批评理论"课堂，课堂上对木山英雄《人歌人哭大旗前：毛泽东时代的旧体诗》一书的讨论仍然历历在目。而后我以此文参加学术会议，又得到与会专家的指正。而第三章对陈独秀革命历程的追摹，本是入职时与单位同人一道探索"马克思主义中国化"课题的初步成果。这些写作与探索，均仰赖师长们的一路指点与帮助。当自己终于能够独立开展研究工作之时，方知老师指点学生时所付出的巨大心力，特此向老师们致以诚挚的谢意！回头整理书稿之际，才发觉自己在"身份认同"这一主题之下展开了一段漫长而曲折的摸索，作为学徒期的探索之作，这部书稿的不足之处自然不少，我愿衷心接受读者的批评，并以此作为自己进一步成长的契机。

12年过去了，文学青年的梦终于成为模糊的幻影。这一路的探索痛并快乐着，我没有丝毫的后悔，沿着最初梦想的方向，只管前行便是，即使与最初的想象并不一致，也终究是自己一步一个脚印探索的结果。

拙著能够出版，离不开我的授业恩师李永东教授和姚丹教授的指导，然书稿的浅陋之处都是由于本人能力所限，自应文责自负。去年除夕前夕，作为职场新人的我第一次学习写作课题申报书，鲁太光、崔柯、李静诸位老师不仅大力支持，而且予以耐心指导，所刊同人祝东力、胡月平、丁爱霞、杨娟、刘永明、陈越、秦兰珺、张墨研、王玉珏、叶青等诸位老师亦对本人多有提点和帮助，在此一并致谢！中国艺术研究院的科研处、财务处、院办的诸位老师在我项目执行的过程中，总是耐心答疑解惑并及时提供帮助，令人感佩！文化艺术出版社的诸位老师曾提出宝贵的修改意见，没有她们专业的编辑和敬业的精神，本书难以顺利出版，特此致敬！

本书的写作持续多年，大多数章节已在《文艺理论与批评》《江西社会科学》《现代中国文化与文学》《扬州大学学报（人文社会科学版）》《海南师范大学学报（社会科学版）》《传记文学》

《新文学评论》等刊物发表，没有这些发表平台对年轻学者的鼓励与支持，也许我对文学的热情早已被浇灭。此外，我的爱人吴飞、好友韩旭东、师弟魏创世等人亦对本书的框架和内容提出建设性的意见，感谢你们的一路支持！本书有很多不足，我愿把它当作自己探索文学世界的印记、学徒期写作的初步总结，并在此基础上继续向文学的世界深溯。

危明星
2023 年 8 月